虛空踏步

허공답보

배금산 新무협 판타지 소설

허공답보 5

배금산 新무협 판타지 소설

초판 1쇄 찍은 날 § 2007년 5월 30일
초판 1쇄 펴낸 날 § 2007년 6월 10일

지은이 § 배금산
펴낸이 § 서경석

편집장 § 문혜영
편집책임 § 심재영
편집 § 서지현

펴낸곳 § 도서출판 청어람
등록번호 § 제1081-1-89호
등록일자 § 1999. 5. 31
어람번호 § 제2-1215호

주소 § 경기도 부천시 원미구 심곡1동 350-1 남성B/D 3F (우) 420-011
전화 § 032-656-4452 팩스 § 032-656-4453
http://www.chungeoram.com
E-mail § eoram99@chollian.net

ISBN 978-89-251-0725-7 04810
ISBN 89-251-0431-8 (세트)

5

유시무종(有始無終)

[완결]

배금산 新 무협 판타지 소설
Fantastic Oriental Heroes

허공답보

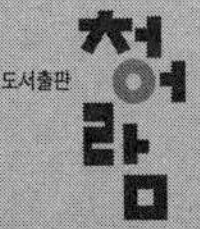
도서출판 청어람

목차

第一章
전설의 재현

만석이 곤륜산을 지나 북해빙궁으로 길을 재촉할 무렵,

"아아, 드디어 도착했어."

홍자려는 쓰러질 듯한 몸을 간신히 가누며 십여 장 밖의 우람한 정문을 주시했다.

만석이 있는 곳. 그녀는 상산에서 무림맹까지의 백여 리 길을 무려 세 달이 넘어서야 도착했다.

그녀가 길을 떠난 것은 초여름, 이제는 아침저녁으로 서늘한 바람이 부는 가을의 초입이 되어 있었다.

상산의 도적 무리들을 피하려고 길도 없는 산길을 헤매고 벼랑을 타고 내리기를 수십 번. 옷은 넝마로 변했고, 찢긴 옷자락 사이로 드러난 상처 부위에는 말라붙은 핏자국들이 애처로웠다.

오는 길에 산발한 머리칼은 대충 뒤로 묶고 얼굴을 씻기는
하였으나 원래 하얀 피부는 시커멓게 타 있었고 여기저기 작
지 않은 상처가 나 있어 그녀의 오랜 고난이 여실히 드러나고
있었다.

"그래그래, 이젠 된 거야."

그녀의 말라 버린 눈물샘에서 홍건한 눈물이 폭포수처럼 흘
러내리기 시작했다.

굶기를 밥 먹듯이 한다는 말은 꼭 그녀의 처지를 표현하는
것 같았다. 나무뿌리와 조악한 산열매로 연명하면서도 오로지
만석을 만날 수 있다는 기대감으로 그 험한 음식을 달게 먹을
수 있었다. 온몸이 성한 데가 없었지만 그녀는 기쁘게 울 수
있었다.

곤륜산을 지나친 만석이 무림맹 추적대에 쫓겨 머나먼 북해
빙궁으로 향하고 있었지만 그녀는 무림맹 근처에 오기만 하면
만석을 만날 수 있을 것이란 허무한 기대를 하고 있는 것이었
다.

무림맹 정문은 수시로 드나드는 각종 마차들로 붐비고 있었
고 다양한 병장기를 휴대한 수많은 무림인들이 요란하게 오가
고 있었다.

대규모 출정을 앞둔 분주함.

이것이 오늘 무림맹의 모습이었다.

그러나 간혹 들어오는 마차에는 부상을 당하거나 시신이 되어버린 무사들이 그득그득 들어 있어 활기찬 한편으로 흉흉한 공기도 떠돌고 있었다.

삶의 활기와 고단함이 함께 묻어나는 극명한 명암의 대비였다.

'누구한테 물어보지?'

대로의 옆에 서서 마차의 행렬과 바쁘게 오가는 무사들을 멍하니 바라보던 그녀가 막 옆을 지나치던 무사에게 말을 걸려다가 움찔하고 입을 다물었다.

만석을 찾는 것만 생각했지 그가 무림공적으로 몰린 것을 깜빡했던 것이다.

"이거 웬 미친년이야?"

그녀가 가까이서 망설이고 있자 참기 힘든 고약한 냄새에 무사가 침을 탁 뱉으며 째려보았다.

'침?'

무사가 뱉은 침을 보자 그녀는 갑작스런 두려움에 사로잡혔다. 걸핏하면 침을 뱉던 상산의 대호(大虎) 천웅이 생각난 것이었다.

"야, 이년아! 여기가 어디라고 감히 얼쩡거려?"

무사는 재수가 옴 붙었다고 생각했는지 거침없이 욕설을 퍼부었다.

"에이! 하도 더러워서 어제 먹은 것도 올라오겠다. 이년아, 험한 꼴 당하기 싫으면 여기서 당장 꺼져!"

무사가 바들거리며 떠는 홍자려를 죽일 듯 노려보더니 다시 한 번 침을 바닥에 찍 뱉고는 가던 길로 갔다.

손을 대서 물고를 내려 해도 상대가 워낙 더러워서 마음이 내키지 않는 모양이었다.

'아아…….'

무사가 지나가자 그제야 두려움에서 벗어난 홍자려가 혼란스런 표정으로 북적거리는 정문을 쳐다보았다.

그런 그녀의 눈에 정문 양쪽에 선 채 오가는 사람들을 눈여겨보고 있는 오륙 명의 무사가 들어왔다.

그들을 보자 그녀는 이곳으로 올 때 길가에서 들은 얘기가 떠올랐다.

만석과는 달리 무림맹에 입문한 소이와 우거형은 각종 전투에서 두각을 나타내 상당한 지위에 올랐다는 소문이었다.

'그래, 두 사람을 찾으면…….'

그녀로서는 선택의 여지가 없긴 했지만 그들을 믿는 마음도 있었다. 아무리 만석이 무림공적으로 몰렸다고 해도 그들만은 만석을 저버리지 않을 것이라는 확신이었다.

홍자려가 오가는 무사들을 피해 주저하며 수문위사들에게 다가가자 그들의 눈이 거의 동시에 그녀에게 향했다. 그녀의 온몸에서 풍기는 고약한 악취.

'이게 무슨 냄새야?'

그들의 눈초리가 졸지에 험악하게 일그러졌다.

"이 더러운 년아, 저리 가!"

"아니, 이년이 어딜 함부로 끼어들어?"

무림맹 정문은 때아닌 욕지거리로 떠들썩해졌다.

과거 무림맹의 정연하고 엄숙한 분위기는 간데없고 그야말로 시정의 잡배들마냥 입에서 나오는 대로 떠들어댄다.

그도 그럴 것이, 때를 만난 듯 설쳐 대는 살막(殺幕)의 살수들이나 중원에 진출해서 무림맹과 다른 행보를 보이는 남해 보타문 등 신경을 건드리는 자들을 빼놓고도, 무당산 근처의 죽림마원, 청해에서 사천성 지역으로 들어온 대초원의 혈사풍(血沙風), 개봉 서쪽 백여 리 근방에서 무림맹과 대치하고 있는 천웅의 상산 대호채(大虎寨) 녹림 무리, 그리고 옛 천무세가 근처에서 암약하고 있는 만석을 따르는 무적문(無敵門)까지. 중원 곳곳에서 벌어지는 싸움으로 무림맹은 중원 정파 일천여 개의 연합체로 확대개편해서 작금의 사태에 맞서고 있는 형국이었기 때문이다.

때문에 서로 기풍이 다른 수많은 문파가 모이다 보니 조직 체계가 엉망인데다 걸핏하면 시비가 붙는 것이 예사였다.

게다가 처음에는 조원형의 뛰어난 전략과 무림맹에서 내세운 십 인의 절정고수로 인하여 죽림마원 등 사마의 무리들이 금방이라도 궤멸될 듯하였으나, 이제는 밀고 밀리는 상황으로 바뀌어 그만큼 무림맹의 피해도 컸다.

이로 인해 사마와의 싸움이 장기전으로 화할 조짐을 보이자 무림의 정의를 지킨다는 무사들의 사명감은 말 못할 불안감과 두려움으로 변질되지 않을 수 없었다.

과연 살아서 고향으로 돌아갈 수 있을까 하는 초조함, 이것
이 홍자려를 대하는 태도에서도 고스란히 드러나고 있었던 것
이다.

"더러운 년, 죽어라, 죽어!"

"벌레 같은 년! 이런 년은 밟아 죽여야 해!"

무사들은 광분하고 있었다. 심중에 가득 찬 불만을 이 기
회에 털어버리려는 듯 무사들의 발길질은 인정사정이 없었
다.

"아아, 여기는……?"

정신을 잃은 그녀가 깨어난 것은 황혼이 지고 땅거미가 어
둑해지는 시각이었다.

온몸의 뼈가 모두 부러진 듯 그녀는 손가락 하나 까딱할 수
가 없었다.

"으으음……!"

잠시 시간이 지나 알알이 깨어난 감각이 그녀를 고통의 늪
속으로 끌고 들어갔다. 고통 속에서 더욱 또렷해지는 정신에
그녀가 몸서리를 쳤다. 이대로 죽어버렸으면 얼마나 좋았을
까.

"흐흑… 정랑(鄭郎)……."

그러나 절절한 고통으로 몸부림을 치면서도 그녀의 뇌리엔
만석의 얼굴이 더욱 또렷이 떠오르고 있었다.

수많은 세월이 흘러, 얼굴 형체가 흐릿하게 보일 법도 하건

만 그녀의 눈에는 만석의 이목구비 하나하나가 바로 옆에서
보는 듯 생생하게 느껴지고 있었다.

"호홋… 나도 웃기다니까……."

그녀는 눈물을 쏟으면서도 웃음을 터뜨렸다. 중간중간 소식
을 듣긴 했지만 그녀가 간직한 만석의 기억은 사실상 십여 세
에서 멈춰 있었다. 그런데 헌헌장부가 된 만석은 아직도 눈매
만 날카롭던 어린 시절 그대로이고, 그를 생각할 때면 그녀도
어느덧 십여 세 어린 나이로 돌아가는 것이다.

홍자려는 울다가 웃고 또 웃다가 울었다. 그야말로 미친 것
처럼 종잡을 수 없는 그녀를 보며 주춤거리는 두 사람이 있었
다. 울창한 숲 속에 은신하고 있어 홍자려 쪽에선 보이지 않았
지만, 한눈에 봐도 곤혹스러운 표정을 짓고 있었다.

"홍자려가 틀림없어."

"휴우. 어쩌다가 저렇게……."

"미쳤어. 괜히 아는 척하지 말고 돌아가자. 내일이면 출정
해야 하는데 이러고 있을 시간이 없어."

"그래도 어떻게 모른 척해. 진짜 미친 것은 아닐 거야."

푸른 색깔의 제복에 가슴에 새겨진 푸른 태양은 무척 진하
고 커서 일반 무사들과는 쉽게 구별이 된다.

각각 청천대의 부대주와 일향주로 임명된 소이와 우거형이
었다.

말쑥한 제복을 차려입은 두 사람은 과거의 촌티를 벗어버리

고 출세한 자의 여유로운 행색이 엿보였다.

정문 쪽이 너무 떠들썩해서 구경차 나와본 두 사람이었다.

왠지 익숙한 얼굴의 여인이 무사들에게 마구 구타를 당하다가 외딴 곳에 버려지자 몰래 따라왔던 것.

"자식, 바보같이! 옛 기억은 그만 지워 버려. 홍자려와 아는 척하다가는 우리의 지위가 위태로워."

"그, 그렇지만……."

"모른 척해. 그러는 것이 홍자려에게도 좋아. 만약 홍자려가 만석과 정혼자라고 밝혀지면 어떤 일이 생길 것 같아?"

"그, 그건……."

"그래. 뇌옥에 갇혀 죽지도 살지도 못하는 꼴이 될 거야. 그러기를 바라? 우리의 동정이 홍자려에겐 해가 되는 거야. 그러니 모른 척하고 돌아가자."

소이의 설득에 우거형의 얼굴이 우거지상으로 변했다.

바보가 아닌 한 소이의 말뜻을 모를 리가 없으니 더욱 안타까웠다. 우거형이 소이의 뒤를 따라가면서도 못내 미련이 남는 듯 연신 뒤를 돌아보자 소이의 얼굴이 설핏 우그러졌다.

'자식도 참, 아직도 그 우직한 성격을 못 버렸어.'

그러나 또 그렇기에 우거형은 소이의 적수가 못 된다.

'두고 봐. 할 수만 있다면 보란 듯이 내 손으로 만석을 잡아넘길 거야.'

아직도 목불인견이란 명호를 기억하고 삐딱한 눈으로 보는 자들이 있었다. 만석이 살아 있다면 죽을 때까지 짊어지고 가야 할 멍에인지도 모른다.

'제기랄. 하필이면 목불인견이 뭐야?'

그가 못내 불만인 이유는 거기에도 있었다.

'정말 이래도 되는 것일까.'

우울해진 우거형이 못내 벗어나지 못하는 생각이었다.

'혹시… 소이는 홍자려가 죽기를 바라는 것일까?'

그렇게 생각하자니 도저히 발이 안 떨어진다. 겉으로 봐도 망가질 대로 망가진 육체. 홍자려가 지금껏 살아 있는 것만 해도 용하다는 생각이 들었다.

'다시 만나면… 만석을 다시 만나면 뭐라고 하지?'

우거형은 바늘방석에 앉은 것처럼 불편했다.

'안 되겠어. 이따가 다시 와서 그녀를 구해줘야겠구나.'

우거형은 그렇게 결심을 굳혔다.

＊　　　＊　　　＊

'만석… 만석의 정혼자라고?'

금혜지는 가슴이 쿵 하고 내려앉는 것 같았다. 조원형은 그녀의 아버지가 주화입마에 들어 와병 중이라면서도 어디에 있는지 알려주려고 하지 않았고, 오빠 금기린은 죽었다는 소문이 있었다. 세상에서 홀로 떨어져 나온 듯한 느낌. 그런 기분 때문인지는 몰라도 주변에서 그녀를 대하는 분위기는 예전과

달렸다.

　그런데 지금, 아직도 마음속에 간직하고 있는 만석의 정혼녀를 보니 이상하게 끌리는 것이다.

　아니, 그것은 측은지심일 게다.

　갈가리 찢겨진 옷 사이로 드러난 피부는 온통 보기 끔찍한 피딱지로 덮여 있었고, 제 모습을 알아보기 힘들 만큼 퉁퉁 부은 데다 핏물로 범벅된 얼굴은 금혜지의 마음을 아프게 했다.

　"저기… 당신이 대견 만석의 정혼자인가요?"

　저도 모르게 숲 속에서 나온 금혜지는 약간 떨리는 음성으로 말을 걸었다. 처참한 꼴을 당한 여인의 모습에서 그녀는 안타까움과 비애를 동시에 느끼고 있었다.

　"누, 누구……?"

　자기만의 슬픔에 젖어 있던 여인의 얼굴에 당혹감이 서렸다. 누군가? 언제 이처럼 부드러운 목소리를 들어본 적이라도 있었던가? 만약에 들었다면 까마득한 옛날얘기 같았다.

　"일어서세요. 지금 당신의 처지에서는 무리한 말이라는 건 알아요. 하지만 당신이 진정 대견 만석의 정혼녀라면 일어나야 해요."

　어쩌다가 들었던 얘기. 지하 동굴에서의 만석을 떠올린 금혜지는 억지를 부리고 싶었다. 불굴의 의지란 아마도 만석에게 적합한 말인 것 같았다.

　"네… 일어나고말고요. 지금 당장 죽더라도……."

　거의 외마디 비명처럼 간신히 목소리를 짜낸 홍자려는, 그러나 일어서려고 용을 쓰자마자 정신을 잃고 말았다.

"불쌍한 여인……."

금혜지는 그 자리에서 넘어져 버린 홍자려에게 깊은 연민을 느꼈다. 넘어진 여인을 반듯하게 눕힌 금혜지가 그녀의 혈맥을 주무르기 시작했다. 그대로 놔두었다가는 죽지는 않더라도 반송장이 될지도 모른다.

뼈마디가 손가락을 찌를 만큼 마른 여인. 홍자려를 안아 든 금혜지는 말라서 한없이 가볍게 느껴지는 감각에 또 한 번 장탄식을 발했다.

"그래요. 우리 함께 그 사람을 기다려요."

홍자려에게 말을 건네는 것 같지만 실상 그것은 그녀 스스로에게 한 말이었다.

"아, 아니, 어디 갔지?"

속이 안 좋다는 핑계로 저녁도 먹는 둥 마는 둥 못내 의심쩍어하는 소이를 애써 떼어내고 홍자려가 쓰러져 있던 장소로 돌아온 우거형은 마음이 급해졌다.

이미 휘영청 달이 떠오르고 은하수가 별빛을 뿌려대는 밤중이라 숲 속은 시커먼 나무 그림자로 덮여 있었다.

"젠장. 없어!"

우거형은 바닥에 털썩 주저앉아 멀거니 허공만 올려다보았다.

몸이 아니라 마음이 지쳐 버린 것이다. 홍자려의 상태로 봐서 혼자 힘으로는 절대 숲 속을 빠져나가지 못한다.

누군가 홍자려를 데려갔다면? 그것은 별로 좋은 일이 아닐 것이다. 그녀가 흉한 꼴을 당했을 것 같은 불길한 느낌.

"내가, 내가 몹쓸 놈이야."

그러나 우거형은 이러고 있을 때가 아니라고 생각했다. 하지만 그녀가 버려졌던 숲을 중심으로 만장평 근처의 십 리 사방을 미친놈처럼 쏘다녔지만 아무런 소득이 없었다.

"틀렸어……."

우거형은 다시금 장탄식을 발했다. 일은 언제나 때가 있는 법이다. 그때, 바로 소이와 같이 있을 때 어떡하든 그를 설득해서 홍자려를 구하고 봐야 했던 것이다.

넋을 놓고 앉아 있는 우거형의 커다란 얼굴로 달빛의 그림자가 섞여들었다.

*　　　*　　　*

'크크큭! 이런 걸 두고 횡재라고 하는 거야!'

무무성은 옆의 환희마녀가 부담스러울 만큼 좋아서 제정신을 차릴 수가 없었다.

과거 무림맹에 잠입해서 자신의 마공을 절대경지로 이끌어 줄 금혜지를 욕심내다가 만석의 개입으로 실패한 적이 있었다. 그런데 무림맹의 동정을 염탐할 겸 무림맹 주변을 얼쩡거리다 무사들에게 짓밟히고 있는 여인을 발견한 것은 바로 행운의 시작이었다.

'호호. 요럴 때는 정말 쓸 만하단 말이야?'

같은 여인으로서 홍자려의 처지가 너무도 애처로워서였을까? 환희마녀가 평소와 달리 여인이 불쌍하니 살려주자는 말을 들은 것이 행운을 가져온 것이다.

그런데 정신을 잃은 여인이 만장평 근처의 숲 속에 버려지자 무림맹 청천대 복장을 한 두 놈이 여인을 버리는 무사들의 뒤를 따라가는 것이었다.

거기까지도 그렇거니 했다. 죄없는 여인을 무림맹 무사들이 두들겨 팼다는 사실이 소문나면 무림맹의 얼굴에 똥칠을 하는 셈이다. 그래서 깨끗이 뒤처리를 하려고 따라온 줄 알았더니 알고 보니 저 불쌍한 여인이 만석의 정혼자라는 것이다.

그러나 원수나 다름없는 자의 여인이라고 해도 여인의 몰골이 너무 지저분하고 곧 죽을 것 같아 애써 심화를 누르고 있는데 금혜지가 등장해서 여인을 구해가는 게 아닌가.

"아는 여자인가요?"

옆에서 봐도 심상치 않은 느낌을 받은 모양이다.

무무성이 입이 째지도록 벌리고 침을 질질 흘리자 환희마녀의 눈이 샐쭉해졌다.

"크흐흐. 물론, 내 마공을 연성하는 데 꼭 필요한 계집이야. 크큭. 바로 금태원의 딸년이지."

그말에 놀란 환희마녀의 눈이 급히 금혜지에게로 돌아갔다.

"어머, 그럼 저년이 금혜지?"

"그래, 오랫동안 공들인 계집이야. 전에는 대견이란 놈 때문에 실패했지만 이번에는 끝장을 보겠어. 그러니 언감생심 방해 놓을 생각은 하지 마."

"호홋. 물론이에요. 난 명문의 요조숙녀입네 하며 귀하게 커온 저런 년을 보면 눈이 뒤집혀요. 당신 마음대로 해요."

말로는 금방이라도 행동에 들어갈 것처럼 보였지만 무무성은 신중했다.

다된 밥에 재를 뿌린 경우는 단 한 번이면 족했다. 그 재를 뿌린 것이 만석임은 물론이었다.

'크흐흐. 저 만석의 계집은 죽여 버리고 금혜지 년을 취하는 거야.'

생각만으로도 더욱 몸이 달아오른 무무성은 더 이상 견딜 수가 없었다.

"넌 여기서 망이나 봐."

환희마녀를 힐끗 본 무무성이 그대로 신형을 띄웠다.

"누, 누구냐?"

홍자려를 품에 안고 황급히 달려가던 금혜지는 눈앞이 어찔한 느낌에 발을 휘청하며 멈춰 섰다.

이어 몸 앞을 가로막은 무형의 기운이 유형의 압력으로 다가왔을 때, 그녀의 앞에는 얼굴에 징그러운 미소를 띤 호리호리한 형체가 서 있었다. 어릴 때부터 몸이 약해 무공의 기본만 익힌 그녀로서는 알고도 피할 수 없는 상황.

"내가 누구냐고? 크크큭. 너는 내게서 벗어날 수 없어. 그러니 반항할 생각은 말아라."

"네, 네놈이 누구이기에……?"

그러나 이번에는 마혈이 뜨끔하자 그녀는 더 이상 말을 잇지 못하고 정신을 놓아버렸다.

'이 계집은 여기서 죽여 버리고 갈까?'

정신을 잃은 금혜지 옆에 쓰러져 있는 홍자려의 처리를 놓고 잠시 망설이던 무무성의 뇌리에 만석의 모습이 떠올랐다.

'아냐, 절대 쉽게 죽일 수는 없지. 네년도 두고두고 괴롭힌 다음에 죽일 거야.'

양 옆구리에 한 여인씩을 끼운 무무성의 발걸음은 나는 새처럼 유연하고 빨랐다.

바짝 마른 홍자려야 딱딱한 나뭇등걸을 안은 것처럼 무감각했지만, 오른 옆구리에 끼운 금혜지로부터는 뼈가 없는 듯한 나긋한 감촉이 느껴져 와 그의 흥분을 돋우고 있었다.

'혹시라도 다른 놈들이 눈치 채면 골이 아프잖아?'

그의 발길은 자연스럽게 동굴을 찾아 돌아다니고 있었다.

'아, 저기!'

만장평 아래 지하 동굴이 있던 곳은 무너져 버렸지만 또 다른 동굴들이 형성되어 있다는 것을 알았다.

재빠르게 지하 동굴 입구로 들어선 무무성은 동굴이 꽤 깊이 형성되어 있는 것을 알았다.

'이왕이면 아무도 찾지 못하게 깊이 들어가야지.'

무무성은 속으로 쾌재를 부르며 지하 동굴의 깊숙한 곳으로 발길을 옮겼다.

'엥? 이게 무슨 소리야?'

먹이 찾는 토끼가 덤불을 헤치는 소리가 이럴까, 노인은 부산스럽게 부스럭대는 소리에 설핏 들었던 낮잠에서 깨어났다.

'가만있자, 한 십 리쯤 되나?'

귀를 쫑긋 세우며 소리의 정체를 파악하던 노인이 손뼉을 짝 치며 어린애처럼 환성을 올렸다.

"우와아! 이제 보니 계집애 옷 벗는 소리 아냐?"

남자들이 세상에서 가장 좋아하는 소리가 여인이 옷 벗는 소리라고 하던가? 그저 늙으나 젊으나 여자 옷 벗는 소리에는 사족을 못 쓰는 법이다.

"아, 아냐, 이건……?"

그러던 노인이 금방 심각한 표정을 지었다. 무턱대고 좋아할 것이 아니다. 이건 옷을 '벗는' 것이 아니라 옷을 '벗기는' 소리였다.

"겔겔. 이거 더욱 흥미로워지는걸?"

노인의 작은 형체가 그 자리에서 꺼져 버렸다. 원래부터 그 자리에 없었던 듯 표홀한 신법이었다. 이 한 수만으로도 노인의 정체가 범상치 않아 보였다.

어둠 속에서도 매끄럽게 빛나는 벗겨진 허벅지와 미려한 허리선에서 굴곡진 엉덩이는 소담스러우면서 매혹적이었다.
"지랄. 이게 왜 이렇게 안 벗겨지지?"
서둘러 금혜지의 겉옷을 벗긴 무무성은 살에 찰싹 달라붙은 매미 날개 같은 속옷을 벗기느라 애를 먹고 있었다.
그러나 그의 벌겋게 물든 눈동자는 금혜지의 탐스러운 몸매를 응시하느라 정신이 나가 있었다. 이마를 달구는 열기와 가슴속에서 열화처럼 끓어오르는 욕망에 무무성의 이지는 한껏 흐려져 있었다. 단지 수컷으로서의 역할에 충실하려는 본능적인 욕구만이 그의 뇌리에 들끓고 있었다.
"꿀꺽!"
어쩔 수 없이 마른침을 삼키는 소리가 났다.
처음에는 무무성 자신이 내는 소린 줄 알았다.
"꾸, 꿀꺽."
조금 더 뜸을 들인 요란스러운 소리가 연이어 들렸다.
쉽게 지나치기 어려운 소리. 무무성의 흐릿한 머릿속에서 경종이 울리기 시작했다.
'이상한데……?
욕구에 미쳐 있으면서도 무무성의 뇌리가 빠르게 돌았다.
"젠장할! 이 멍청한 놈아, 안 벗겨지면 찢으면 되잖아."
"마, 맞아! 찢으면 되는 것을 말이야."

까마귀가 우짖는 듯한 이상한 목소리에 저도 모르게 맞장구를 친 무무성이 목 어림의 옷을 찢어발기려다 동작을 뚝 멈추었다.

"누, 누구……?"

"켈켈켈, 모른 척했으면 그냥 지나칠 것을, 실로 한심한 놈이로다!"

퍼퍽! 깨개갱!

노인이 지게 작대기 같은 막대로 머리통을 후려치자 무무성이 개소리를 지르며 동굴 뒷벽에 틀어박혔다.

"끄으으으……."

엄청난 충격에 비명을 내지른 무무성의 크게 벌어진 입에서 뿜어진 핏물이 노인이 있는 곳까지 날아갔다.

"에잉. 쯧쯧, 더럽게스리."

노인이 경망스럽게 혀를 차더니 지게 작대기를 가볍게 흔들었다.

그러자 시뻘겋게 날아오던 핏물이 공중에서 푸수수 소리를 내더니 안개 같은 기체로 화하여 흩어져 버렸다.

실로 보고도 믿기지 않는 고절한 수법이었다.

"어머나?"

석실의 굽은 통로에서 바깥의 동정을 살피던 환희마녀는 석실 안에서 들리는 답답한 비명 소리와 더불어 석벽이 쿵 하고 울리는 소리에 얼른 달려와 동굴 입구를 살폈다.

“이년아! 더러운 냄새를 풀풀 풍기는 것을 보니 구멍을 벌리고 살아가는 년이로다. 당장 이놈을 데리고 꺼져 버려라.”

노인이 석벽에 틀어박혀 신음하고 있는 무무성을 손가락으로 가리키자 무무성의 몸이 둥실 떠올라 환희마녀에게 날아갔다.

“잘 받아라. 잘못하면 받다가 다친다?”

노인이 짐짓 한마디 하며 손을 가볍게 저었다.

‘흥! 이쯤이야!’

속으로 코웃음을 치며 무무성을 받으려던 환희마녀가 비명을 지르고 말았다.

“엄머머!”

미처 피하지 못하고 무무성과 충돌한 그녀가 뒤로 나뒹굴고 말았다. 치마가 뒤로 홀렁 쳐들리면서 대리석 같은 삼각주가 덜렁 드러나자 노인이 곁눈으로 슬쩍 보더니 눈살을 찌푸리며 소리쳤다.

“에라, 네 다리 사이에서 추잡한 벌레가 우글대고 있구나. 보기 싫으니 썩 물러가거라!”

노인의 호통에 정신이 번쩍 난 환희마녀가 무무성을 안은 채 서둘러 일어서자 노인이 혀를 차며 한 소리 했다.

“쯧. 저런 추잡한 아이들 때문에 세상이 어지럽도다.”

환희마녀가 감히 노인을 바라보지도 못하고 고개를 수그리고 사라지자 노인이 눈을 돌려 두 여인을 살폈다.

“쯧. 이 아이가 더 심하구나.”

금혜지를 슬쩍 일별하기만 한 노인이 손바닥을 아래로 향한 채 홍자려의 머리끝에서 발끝까지 더듬는 시늉을 했다.

보통 손바닥을 직접 몸에 대고 추궁과혈의 수법을 사용해야 하지만 노인은 그럴 필요성을 못 느끼는 모양이었다.

노인이 손바닥을 살랑살랑 흔들자 아지랑이 같은 기운이 홍자려의 전신을 희뿌옇게 덮었다. 마치 살아 있는 생물처럼 위아래로 움직이던 기운이 잠시 후 홍자려의 몸으로 일시에 빨려들자 노인이 금혜지를 향해 가볍게 손가락을 튕겼다.

잠시 후,

"으으응."

금혜지는 왠지 몸에 활력이 넘치는 느낌으로 기분 좋게 깨어났다.

그녀가 깨어난 직후 몸을 일으키려다 눈앞에 시커멓게 웅크린 왜소한 그림자를 봤다.

"누, 누구……?"

화들짝 놀란 금혜지가 몸을 벌떡 일으키자 노인이 쩝 하고 입맛을 다셨다.

"에잉. 한창 감상 중이었는데 아깝다."

노인이 금혜지의 탐스럽게 드러난 허벅지와 크게 출렁이는 젖가슴을 핥듯이 살피며 투덜거렸다.

"어머, 그리고 보니 당신은……?"

노인의 아까워하는 눈빛에 자신 앞에 나타난 괴한을 떠올린 금혜지가 바락 눈살을 좁히며 노인을 노려보았다.

조금씩 어둠에 익숙해지자 형체가 드러난 노인의 모습은 일면 기괴하게 보였다.

　머리숱이 적어 정수리에 조막만 하게 얹어놓은 상투에 턱없이 커다란 비녀를 찔러 넣었다. 게다가 얼굴은 팍 삭은 조랑박처럼 쪼그라들었는데, 버릇처럼 쓰다듬는 염소수염에 말할 때마다 부르르 떨리는 실같이 가는 눈꼬리까지, 한마디로 볼품없는 노인네였다.

　금혜지는 노인의 시선에 몸에 벌레가 기어다니는 것 같은 징그러움을 느꼈다.

　"이 부끄러움도 모르는 늙은이가!"

　'엉? 이거 졸지에 치한으로 몰리겠다?

　노인이 다급한 표정을 지으며 몸을 뒤로 물리려 하자 금혜지가 불문곡직 쌍장을 쳐나갔다.

　퍽!

　미처 피하지 못한 노인이 고스란히 그녀의 쌍장을 가슴에 얻어맞고 비명을 내질렀다.

　"아구! 가슴이야! 뼈다귀가 부러졌나 봐!"

　'커흑. 정말 손이 야리야리한 것이 감칠맛 난다야. 크으. 백년만 젊었어도 어떻게 해보는 건데.'

　노인이 일부러 엄살을 피우며 가슴을 마구 문지르자 금혜지가 기세등등해 소리쳤다.

　"더러운 늙은이! 당장 본 낭자를 납치한 이유를 대지 않으면 늙은이의 뼈다귀를 통째로 부숴 버릴 거야!"

　"아구구. 나, 낭자, 제, 제발 살려주. 이 늙은이가 눈이 멀어서 그만……."

그러면서 노인이 우스꽝스런 얼굴을 불쑥 내민다.

짜악!

'아이고, 진짜 착착 감기는 게 감촉이 그만이야.'

왼쪽 뺨을 얻어맞은 노인이 몸을 부르르 떨며 오른 뺨을 내밀었다.

"여, 여기도 한 대 때려주련?"

"어머! 뭐 이런 개뼈다귀 같은 늙은이가 다 있어?"

그제야 노인이 장난을 치고 있다는 것을 알아챈 금혜지의 눈꼬리가 이마로 뻗쳐올랐다.

그녀로서는 진짜 어이가 없었다. 다시 살펴보아도 보잘것없는 외모에 왜소한 체구. 노인이 진짜 자신을 납치한 사람이 맞는지도 의심스러웠지만, 그녀의 분한 마음은 아랑곳없이 장난질이나 치는 노인을 보니 억장이 무너지는 느낌이 드는 것이다.

노인이 금혜지의 성이 난 얼굴을 보고 그제야 정색을 했다.

'어머? 사람이 전혀 달라 보이네?'

욕지거리를 하려던 금혜지는 서둘러 입을 닫고 노인의 표정을 살폈다.

여전히 우스꽝스런 얼굴. 그러나 그 얼굴은 평범한 가운데 뭔가 사람의 마음을 휘어잡는 후광이 서려 있었다.

'히히히. 어째 저렇게 백이면 백, 다 벙찐 표정을 짓냐? 역시 사람은 잘나고 봐야 한다니까.'

사실은 그게 아닌데도 노인의 메기 입이 저절로 벌어졌다.

늙으나 젊으나 아리따운 여인의 관심을 받는다는 것은 이처럼 기분이 좋은 것이다.

"저……."

금혜지가 감이 안 잡힌다는 표정으로 말을 막 꺼내려고 할 때,

"계집애야, 넌 금성혼 녀석하고 무슨 관계냐?"

몰라서 묻는다기보다는 확인해 볼 요량이었다.

"네에? 저기… 금… '성' 자 '혼' 자 쓰시는 분을 말씀하셨나요?"

"아이야, 넌 아직 예의를 잘 모르는 모양이구나."

"그게 무슨……?"

"이것아! 네 윗사람보다 어른을 대하면서 '성' 자니 뭐니 붙이는 게 아니다."

"네? 제 증조부님보다 어른이시라구요?"

"그래. 하여간 허여멀건한 멀대 같은 놈이 자식들은 잘도 이쁘게 퍼질러 났다니까."

노인이 장난처럼 구시렁거리는 말은 귀에 들어오지도 않았다.

살아 있다면 물경 백사십이나 되는 증조부를 애 취급하는 사람이 있다니…….

그녀가 거의 전설처럼 집안에 내려오는 기억을 떠올린 것은 바로 그때였다.

"저, 혹시 어르신께서……?"

"됐다, 내가 누군진 알 것 없고, 저기 옆에 있는 아이는 누

구냐?”

　노인의 시선이 아직 정신을 차리지 못하고 있는 홍자려에게 돌려지자 금혜지는 그제야 마비되었던 몸이 풀린 걸 알았다.

　“네, 저… 이름이 홍자려라고…….”

　“에잉! 멍청한 계집애 같으니. 누가 이름을 물어봤냐? 노부가 알아듣게끔 얘기를 해보라니까?”

　노인이 역정을 내며 눈을 부라리자 금혜지가 금세 다른 생각을 못하고 반사적으로 대답했다.

　“대견 만석이란 사람의 정혼녀라고…….”

　“뭐야? 그게 사실이냐?”

　이번에는 노인이 서둘러 묻자 금혜지가 고개를 끄덕였다.

　“어허, 인연이야, 인연이로고…….”

　노인이 요란스럽게 고개를 끄덕이며 연신 감탄했다.

　제자가 남겼을 표식을 찾아 지하 동굴에 들어온 노인이었다.

　그리고 어렵지 않게 제자의 흔적을 찾았고, 다행히 무너지지 않은 비동(秘洞)에서 그가 남긴 글귀를 발견했던 것이다.

　‘내가 전해준 책자를 받은 놈이 만석이라고 했는데 녀석은 북해빙궁으로 떠나고 놈의 계집을 보게 되다니…….’

　“하아아…….”

　그때였다. 노인이 복잡한 시선으로 홍자려를 보고 있을 때 그녀가 깊은 한숨을 토하며 깨어났다. 실로 기나긴 동면 속에서 금방 깨어난 짐승처럼 홍자려는 어리둥절했다.

　따뜻한 공기로 봐서는 아직도 한낮인 것 같은데 주위는 어두컴컴해서 아무것도 보이지 않는다.

‘여기가 어딜까? 내가 죽어 지옥에 들어온 것일까?’

그러나 그렇게 생각하기에도 어딘지 마음에 들지 않는다.

지치고 성한 데가 없던 육신이었다. 그런데 지금은 몸이 날아갈 듯 가볍고 모든 속박에서 벗어난 듯한 자유로운 느낌이 들었다.

“어머? 이제 깨어났네?”

환청처럼 부딪쳐 온 젊은 여인의 탄성이었다. 반가운 느낌을 가득 품은 여인의 숨결은 부드럽고 따사로웠다. 양손이 붙잡힌 느낌이 드는 것을 보니 그 여인이 자신의 손을 잡고 있는 모양이었다.

‘아… 다른 사람이 있었구나?’

홍자려는 그제야 미몽(迷夢) 속에서 깨어났다. 어둠에 조금씩 익숙해진 눈에 늘씬한 여인의 동체가 생동하며 뛰어들었다.

“누구… 누구세요?”

스스로 느끼기에도 소리가 너무 미약하게 느껴졌나 보다. 그녀가 뒷말을 거의 고함을 지르듯이 하자 세차게 혀를 차는 소리가 들렸다.

“허어, 고년 되게 시끄럽게 구네. 아, 살려줬으면 납작 엎드려 고맙다고나 할 것이지, 소리는 왜 지르냐?”

잔뜩 못마땅해하는 노인의 목소리에 놀란 홍자려가 얼른 소리가 난 방향으로 눈을 돌렸다.

‘어머, 그러고 보니……’

이상하게 몸이 가뿐한 것이, 노인이 자신의 상세를 치료해 주었다는 생각이 든 홍자려가 얼른 고개를 숙이며 감사했다.

"목숨의 은혜를 입었습니다. 정말 고맙습니다."

"말로만?"

"네……?"

"팔팔한 계집애가 말귀도 못 알아듣냐? 아, 말로만 감사하면 배가 불러, 재물이 늘어나?"

"저……."

노인의 심통스런 말에 홍자려가 무슨 말을 해야 할지 몰라 쩔쩔매자 옆에서 금혜지가 웃으며 끼어들었다.

"호호, 안심하세요. 말씀은 저래도 알고 보면 무척 인자하신 분이랍니다."

여인이 그녀의 손을 토닥거리며 안정시키려고 하자 노인이 꽥 소리친다.

"저년이 조금 전엔 겁에 질려 발발 떨더니, 이젠 노부를 언제 봤다고 인자 운운하냐?"

"흥! 그만 하세요. 소녀의 증조부와 친하신 분이면 저하고도 남이 아니잖아요?"

사실 금혜지는 노인의 강짜를 전혀 무서워할 필요가 없었다.

"내가 금성혼이 그 얌체하고 친해? 아서라. 실은 노부가 여기 온 건 말이다."

'아차. 그 얘긴 하면 안 되지.'

뭔가 말을 덧붙이려던 노인이 손으로 자신의 입술을 콩콩

찢으며 입을 다물었다.

'에이잉. 진짜 일 갑자 만에 젊은것의 속살이나 구경하려 했더니 일이 엉뚱하게 되었잖아?

"키키킥……!"

노인의 손으로 자신의 입술을 때리는 모습에 두 여인이 터져 나오려는 웃음소리를 간신히 틀어막았다.

"에이이잉!"

노인이 두 여인을 힐끔거리며 헛기침만 하더니 홍자려를 보고 생각난 듯 물었다.

"근데 너는 집이 이디기에 하필 여기에 누워 있는 거냐?"

노인이 묻자 홍자려가 공손히 대답했다.

"네. 실은 소녀의 집은 천중산 밑에……."

"아, 아니, 너 천중산이라 했느냐?"

노인이 필요 이상으로 놀라 묻자 홍자려가 얼떨떨해서 대답했다.

"네. 무슨 잘못이라도……?"

"됐다, 됐어 어서 계속 말이나 해봐라, 그리고 가능하면 대견 만석이 그놈 얘기도 보태서. 에구, 근데 하필이면 큰 개새끼가 뭐냐? 좀 그럴듯하게 이름을 붙이지."

"아뇨! 대견이란 이름이 얼마나 멋진 이름인데요? 못된 놈들을 개 패듯이 한다고 해서 붙여진 이름이에요. 두고 보세요. 그분이 지금은 어렵더라도 언젠가는 위대한 영웅으로 무림사(武林史)에 우뚝 설 그날이 올 거예요."

"엥? 누가 뭐라 했냐? 입에 아주 게거품을 무는구나?"

"어, 어머? 죄, 죄송해요……."

자신의 실태를 깨달은 홍자려가 말을 더듬으며 부끄러워하자 노인의 실눈이 더욱 가늘어졌다.

'허어, 고년. 겉으로는 여리게 보이는데 고집깨나 있는걸? 게다가 말이지, 일도 잘하게 생겼잖아?'

금혜지의 부드럽고 촉촉한 손과 달리 홍자려의 손은 거친 노동을 한 흔적이 역력했다. 손바닥에 박힌 굳은살과 거칠고 두터운 손가락은 굳이 눈여겨보지 않아도 뚜렷했다.

"자신의 낭군에게 그 정도의 믿음은 있어야지. 아암, 그렇고 말고."

'종잡을 수 없는 어르신이네?'

노인이 선선히 고개를 끄덕이자 금혜지가 갸우뚱하며 노인을 이상스런 눈으로 보았다.

"그러고 보니 너 여긴 낭군 찾으러 왔냐?"

거칠지만 따뜻한 정이 든 음성.

"흑……!"

홍자려가 저도 모르게 눈물을 쏟자 금혜지는 속으로 조마조마했다. 지금껏 느낀 노인의 성격상 틀림없이 불호령이 떨어지리라.

"허어, 고년 참. 참으로 고생이 심했던 모양이구나. 그런데 네 낭군이 어디에 있는지는 알고나 찾는 거냐?"

"네에? 호, 혹시… 그이가 있는 곳을 알고 계시나요?"

홍자려가 울다 말고 눈을 동그랗게 치뜨며 묻자 노인이 혀를 찼다.

"낭군 얘기가 나오니 눈이 번쩍 뜨이는 모양이구나. 이래서 계집애는 키워놔 봤자 말짱 헛것이야."

"어, 어머머……."

홍자려가 부끄러워하며 얼굴을 붉혔다. 볕에 시커멓게 탄 얼굴에 온통 피멍이 들고 피딱지가 앉은 모습이었지만 그럼에도 추하게 보이지 않는다.

"호오……."

금혜지가 홀린 듯 그녀를 보더니 가만히 탄식을 발했다.

한 남자를 사랑하고, 그 남자로부터 사랑을 받는 여인이란 얼마나 행복한 것인가?

'그런데 나는…….'

부친의 행방도 모르고 믿고 의지하던 오빠도 죽었다고 했다.

오랫동안 그녀와 함께한 측근들도 어쩐지 거리를 두고 있는 것 같아 그녀는 새삼 마음 붙일 곳이 없음을 뼈저리게 느끼지 않을 수 없었다.

"흐흑……!"

이를 악물고 참으려고 해도 절로 입술에서 기어나오는 울음 소리는 애절했다.

"울지 말아요."

홍자려가 이번엔 거꾸로 금혜지의 손을 잡으며 위로했지만 한번 터진 울음은 잦아들 줄 몰랐다.

"흐흑, 울지 말아요, 으흑……."

그녀의 울음에 자극된 홍자려마저 금혜지를 부둥켜안고 눈물을 흘리니 졸지에 동굴 안은 두 여인의 울음소리로 홍건하게 젖어버렸다.

"에에잉! 쯧쯧쯧! 이것들아, 뚝 그치지 못하겠냐? 남들이 들으면 늙은 내가 죽은 줄 알겠다!"

노인이 세차게 혀를 차며 못마땅해했지만 자신들만의 설움에 깊이 잠긴 그녀들의 울음은 한참이 지나도 그칠 줄 몰랐다.

울음을 그칠 기미가 없자 노인이 버럭 소리를 지르며 자리에서 일어섰다.

"에이잉. 노부는 그만 갈 테니 울든 말든 마음대로 해라!"

노인의 짜증이 가득 섞인 목소리에 두 여인이 놀라 울음을 그쳤다. 성격도 종잡을 수 없고 나이를 측량하기도 어려운 노인. 이름도 출신도, 그가 어떤 사람인지 아무것도 모른다.

하지만 노인의 성격이 종잡을 수 없이 괴팍하다는 것이 오히려 궁금증을 더해준다. 혹시 강호의 기인이 아닌가 하는 짐작은 그녀들이 노인을 따라나서게 한 주요 원인이었다.

'겔겔겔. 그럼 지들이 안 따라오고 배겨?'

노인은 기분이 무척 좋았다. 산중에서 혼자 살다 보니 사람이 그리운 건 물론이지만 식사 준비를 하다 보면 괜히 외로워지는 것이 노년의 서글픔이었다. 그런데 더군다나 톡 건드리기만 해도 푸른 물이 좔좔 흐를 것 같은 계집애들의 시중을 받으면 적어도 백 년은 젊어질 것 같았다.

노인은 흐흥거리며 콧노래를 부르고 싶었다. 이제 두 아이를 살살 꼬여서 집으로 데려가는 일만 남은 것이다.

"저어, 근데 어디로 가시는 건가요?"

동굴은 구불구불 길기도 했고 답답하고 무료해진 금혜지가 넌지시 물었다.

"어허허! 내 너희들의 관상을 보니 가까운 시일 내에 친인(親人)을 만나지 못하겠더구나. 그렇다고 이 승냥이가 우글거리는 들판에 어린 양 같은 너희들을 남겨두면 해를 입기 십상이니… 허어, 어쩌면 좋단 말인가? 그렇다고 무림을 구하느라 눈코 뜰 새 없이 바쁜 내가 너희들을 돌볼 수도 없으려니와…….."

노인이 안타깝다는 듯 허허롭게 웃으며 허공을 올려다보았다.

실상 그의 눈은 허공이라기보다는 두 여인의 눈치를 살피고 있었으나 두 사람은 알 수가 없는 노릇이었다.

다만 무림을 구한다는 노인의 말에 역시 무림의 기인일지 모른다는 생각을 더욱 굳힐 수 있었다.

"어허. 하늘에서 피 비가 내리고 지옥의 유황불이 대지를 삼키도다."

엄숙한 척 말을 하면서 겁에 질린 여인들의 얼굴을 보는 것도 재미가 그만이다.

'겔겔. 너무 멋진 말 아냐? 이쯤 했으니 내 바짓가랑이를 붙들고 제발 데려가 달라고 애걸하겠지?'

스스로 만족에 겨워 마음이 느긋해진 노인이 눈을 더욱 가늘게 뜨고 두 여인을 옆 눈길로 볼 때, 홍자려가 입술을 꼭 깨물며 말했다.

"저희들을 걱정해 주시는 어르신의 말씀은 고맙지만 소녀는 도움을 받고 싶지 않아요. 다만, 그 사람이 지금 어디 있는지만 가르쳐 주세요, 네?"

아까 노인이 한 말을 잊지 않고 만석의 행방을 알려달라고 조르는 홍자려였다.

'엥? 가만히 있다가는 산통 다 깨지겠다.'

노인은 쐐기를 박아야 한다고 생각했다.

"만석이 그놈, 북해빙궁 쪽으로 갔다더라."

"네? 북해빙궁이라시면……?"

"이 계집애야! 넌 북해빙궁도 모르냐? 대충 여기서 십만 리를 가야만……."

"죽어도 가야 해요. 십만 리가 아니라 이 세상 끝이라도 좋아요."

홍자려가 말끝에 다시금 눈물을 주르르 흘리자, 노인은 혀를 차고 금혜지는 안타까이 그녀를 보고 있었다.

"이런 한심한 년! 네 심정이야 알 만하다만 네가 연약한 아녀자의 몸으로 먼 길을 가자면 무슨 일을 당할지 몰라. 죽지는 않더라도 못된 놈에게 잡혀 능욕을 당할 수도 있고… 음음… 그러니 진짜 만석 녀석을 사랑한다면 지금은 네 고집을 꺾어야 할 때다. 언젠가 놈이 돌아왔을 때 그 녀석이 찾기 쉬운 곳에 있는 것이 좋지 않겠냐?"

똥줄이 탄 노인이 이례적으로 길게 설득했다. 실은 만석을 만나러 오다가 음산의 천웅에게 일을 당할 뻔한 홍자려로 봐서는 너무나 당연한 말이기도 했다.

그래도 그녀가 망설이고 있자 금혜지가 넌지시 권유했다.

"어르신의 말씀이 맞아요. 거리뿐만 아니고 그곳으로 찾아가는 것도 거의 불가능할 거예요. 생각해 보세요. 그곳은 가도 가도 끝이 없는 설원에 막막한 숲만 이어지고 이정표도 없다고 하니 길을 잃고 헤매다가 죽기 십상이에요."

진심 어린 금혜지의 설득에 홍자려가 침울해하더니 마지못해 노인에게 물었다.

"그런데 그 사람이 찾기 쉬운 곳이라면……?"

"이 멍청한 것아, 네가 살던 곳이지 어디겠냐? 마침 내 집이 그 근처의 산중에 있으니 더욱 잘되었구나."

"그럼……?"

"그래, 천중산으로 가는 게야. 그리고 너도 물론 가는 거지."

노인이 금혜지를 보며 말을 마치자 그녀가 난색을 표했다.

"저… 하지만 소녀는 무림맹을 떠날 수 없어요."

"됐다, 이년아. 네 아비 때문에 그러는 모양이다만 그럴 필요 없다."

"네에? 그게 무슨……?"

뭔가를 아는 듯한 노인의 말에 금혜지가 눈을 동그랗게 뜨며 반문하자 노인이 얼굴에 주름을 지으며 웃었다.

남들이 보면 벌레 씹은 얼굴이라지만 노인에게는 회심의 미소였다.

"껠껠. 그 녀석이 네 아비가 죽도록 내버려 두지는 않겠지. 아암, 얼마나 약삭빠른 놈인데."

"저기, 누구를 말씀하시는……?"

금혜지가 재차 의문에 찬 눈으로 묻자 노인이 고개를 저었다.

"나중에 자연히 알게 된다. 하여간 너희들은 노부의 말만 들으면 돼. 천기를 보면 네 아비는 쉽게 죽을 사람이 아니다."

이제는 천기까지 운운하는 노인이었다. 그래도 금혜지가 완전히 납득한 기색이 아니자 노인이 짜증스럽게 한마디 보탠다.

"네가 여기 무림맹에 머물면 오히려 네 아비에게 해가 되는 거야."

그 말을 끝으로 노인이 얼굴을 돌리고 멈췄던 발길을 이었다.

'어떡하지?'

생각해 보면 부친의 주화입마로 모습을 감춘 이후로 주변의 공기가 싸늘해진 것을 느낀 그녀였다. 가끔 만나는 조원형만이 그녀를 애써 부드럽게 대하려고 하지만 거기서도 억지로 꾸민 기색을 느끼곤 했었다.

'그래, 가는 거야. 저분을 완전히 믿을 수는 없지만 지금보다 더 나빠지지는 않을 거야.'

고심하던 금혜지는 자신을 관심있게 살피는 눈길을 느꼈다.

그녀가 그대로 서 있자 걱정이 되었는지 홍자려가 노인을 따르던 걸음을 멈추고 돌아보고 있었던 것이다.

"그래요, 같이 가요."

그녀에게 다정한 미소를 보낸 금혜지가 빠르게 다가오자 홍자려가 물었다.

"괜찮겠어요?"

"호호, 뭐가요? 사실 그렇지 않아도 집을 떠날까 망설이던 차였으니 오히려 잘됐어요."

"그래도……."

홍자려는 경험상 자신이 살던 곳을 떠나는 것이 얼마만큼 큰 결심을 요하는지 알고 있었다.

"아녀요. 둘이 함께 가니 못내 마음이 놓여요. 우리 잘 지내 봐요."

"네, 네."

홍자려는 그녀가 너무 고마웠다. 아직 그녀가 누군지는 몰라도 고급스런 차림새나 백합처럼 성결해 보이는 얼굴만 보아도 자신과는 비교도 안 될 만큼 귀하게 자란 여인이란 걸 알 수 있었다.

그런데도 지금까지 정중함을 잃지 않는 그녀에게 은연중 호감이 생겨나고 있었던 것.

"이것들아, 거기서 뭐 하나?"

동굴의 입구, 황혼의 빛이 저물고 있는 시각인 모양인지 노인의 형체가 붉은 어스름 속에 담겨 있었다.

"네, 네, 가요!"

서로 손을 잡은 두 여인이 날렵하게 노인을 향해 달려갔다.

곧바로 무창의 천무세가로 향할 것 같던 노인은, 그러나 서두르지 않았다. 만석평을 벗어난 노인은 새삼스러운지 발에 차이는 돌멩이 하나라도 지나치는 법이 없었다. 지금도 숲길을 가다 말고 자잘한 구멍이 숭숭 뚫린 주먹만 한 돌을 들고는 뒤집어도 보고 손가락으로 톡톡 두들기기도 하면서 혀를 차는 것이다.

"쯧쯧, 불쌍한 놈. 냇물 속에 있었으면 매끈하기나 하련만 하필이면 길 위에 있어 세상의 온갖 풍상을 겪었구나."

황혼이 지는 자리를 땅거미가 빠르게 채우고 있어 곧 밤이 되련만 노인의 행동은 굼뜨기만 했다.

"저기, 어르신. 지금 뭐 하시는 건가요?"

예기치 않게 집을 떠나게 된 금혜지는 우울할 법도 한데 노인의 동작 하나라도 놓치지 않으려는 듯 관심이 깊었다.

전혀 들어본 적도 없는 노인. 노인의 말대로 증조부인 금성혼과 동시대 사람이라면 그 무공은 거의 신선지경에 이르렀다고 봐도 무방한 것이다. 노인과 함께 있으면서 그의 무공 한 조각이라도 배울 수만 있다면 얼마나 좋을까 하는 것이 금혜지의 속심이었다.

그러나 홍자려는 아무런 생각 없이 걸음만 옮기고 있었다. 어쩌면 만석에 대한 생각으로 머리가 꽉 차서 다른 생각을 할 여지가 없어 보이기도 했다.

"뭐 하긴? 돌멩이 보지."

"그거 왜 보시냔 말예요!"

금혜지가 동문서답 격인 노인의 말에 음성이 뾰족해졌다.

그녀를 힐끗 올려다본 노인이 빗자루 같은 눈썹을 찡그렸다.

'계집애가 얼굴값을 하는지 앙칼지단 말이야. 거기에 비해서 저 아이는 얼마나 얌전하냐 이거야.'

속으로 혀를 찬 노인이 뻐딱하게 입술을 열었다.

"그냥 보는 거다. 그러니 신경 쓰지 마라."

실망스러운 노인의 대답이었다.

'에계, 겨우?'

뭔가 그럴듯한 대답을 기대한 금혜지가 입술을 삐죽 내밀었다.

'엥? 저놈 봐라? 감히 노부 앞에서 실망스런 표정을 지어?'

금혜지의 표정을 흘깃 살핀 노인이 마지못해 한마디 보탠다.

"이건 아무리 봐도 돌이야. 근데 돌중들은 돌을 보고 깨달음을 얻으려고 하거든?"

"그게 무슨 소리예요? 스님들이 돌을 보고 무슨 깨달음을……?"

"아, 이놈아! 넌 돌부처를 모셔놓고 도로아미타불하고 비는 중놈들을 못 봤단 말이냐?"

"아유, 말도 안 되는 소리 마세요. 그건 돌을 보고 비는 것이 아니라, 마음속에 부처님을 모셔놓고 수도를 하는 거잖아요?"

"뭐어? 마음속에 부처를 모셔? 그런 놈들이 술과 고기나 처먹고 계집질이나 한단 말이냐? 난 당최 네 말이 무슨 뜻인지 모르겠다."

"아니, 대체 누가 술과 고기를 먹고 그런단 말이에요?"

"에잉. 이년아! 너 소림사에는 가봤냐?"

"가보기는 했지만 그분들은 언제나 고아한 태도로 불도를……."

"헤헹, 고아한 태도 좋아하네. 야심한 밤중에 소림사 경내 식당에 가보면 말이다, 주지 놈부터 시작해서 고위직이란 놈들이 몽땅 모여 술주정이나 하고 지들끼리 멱살잡고 돌아가더라니까?"

"말도 안 돼요! 아무리 세상이 썩었어도 불도의 성지라는 소림사가 그럴 리가 없어요. 소림사의 엄한 계율은 유명하잖아요?"

"겔겔겔. 그게 다 세상을 속이는 소리다. 술과 고기나 처먹고 주정만 하는 줄 아나? 그 주지란 놈은 계집질까지 해서 애까지 있다. 그래 놓고는 모른 척하고 아이 놈한테 소림사 중노릇을 시키고 있다니까?"

"아유. 할아버지 하고는 무슨 말을 못해."

금혜지는 두 손을 바짝 들어버렸다. 말도 안 되는 소리는 둘째 치고 말을 나눌수록 노인은 외고집이 되어가는 것이다.

'아무래도 잘못 생각한 것 같아.'

노인이 알려지지 않은 전전대의 은거기인일 것이란 생각은 점점 엷어졌지만 그래도 미련이 남는다. 금혜지가 실망스런 심정을 애써 떨치면서 다시 반박하려고 할 때, 홍자려가 조심스럽게 입을 열었다.

"저어, 어르신. 만석, 그 사람 지금쯤 잘 있을까요?"

아까 노인이 금태원의 관상 운운하던 것을 기억한 그녀의
물음이었다.

"엉? 내가 언제 그놈의 얼굴을 봤어야……."

대뜸 말도 안 된다는 듯이 머리를 흔들던 노인이 무슨 생각
이 들었는지 중간에 말을 멈추었다.

'가만 있어 봐라? 이렇게 얘기하면 안 되지. 사람 보는 눈만
은 그런대로 쓸모있는 녀석이 내가 남긴 책자를 넘겼단 말이
야? 게다가 모른다고 그러면 혼자라도 빙궁으로 간다고 고집
부리겠지?

노인이 얼른 넉넉한 웃음으로 얼굴을 치장했다.

"엇헛헛! 아, 그야 물론이다. 절대 단명할 상이 아니야."

"맞아요. 그럴 거예요. 그 사람은 저를 만나기 전에는 절대
죽을 리가 없어요."

'볼수록 이상해.'

홍자려는 뛸 듯이 좋아했지만 노인의 표정을 주시하던 금혜
지는 달랐다. 관상에 도통했어도 최소한 사람의 얼굴을 봐야
하는 게 아닌가. 순간 순간을 넘기려는 노인의 연극은 눈물겨
웠지만 제정신을 가진 사람이라면 그 내면을 뚫어볼 것이다.

그러나 그러면서도 노인의 곁을 떠나지 못하는 것은 대체
어인 심사일까?

'조금만, 조금만 더 두고 보자.'

지금 와서 집으로 돌아가겠다고 하기에도 우스웠다.

“저기 음식점에서 요기나 하고 가요.”

몇 굽이의 산등성이와 계곡을 지나 웬만큼 무림맹과 멀어졌다고 생각한 금혜지가 손가락으로 산 밑에 자리 잡은 건물을 가리켰다.

건물로 들어가는 진입로에 ‘주(酒)’ 자가 쓰인 깃발이 바람에 나부끼고 있었다.

“나 돈 없다. 넌 돈 있냐?”

노인이 금혜지의 눈치를 살피며 은근하게 물었다.

“어머? 여행을 하시면서 돈도 안 가지고 다니세요?”

“아, 배고프면 빌어먹으면 되고, 빌어먹지 못하면 물고기나 산짐승을 잡아먹으면 되는 거지, 돈은 무슨?”

“킥. 그럼 잠자리는요?”

금혜지가 노인이 거의 가락조로 읊어대는 것이 우스워 입을 가리고 웃으며 묻자 노인은 더욱 신이 났다.

“하늘이 이불이고 땅이 요요, 돌덩이가 베개라, 이처럼 자연을 벗하고 아무런 욕심이 없으니 이를 두고 허심(虛心)이라 하여 예로부터 도를 닦는 자가 궁극으로 삼았던 이치로다.”

“어머머! 그거야말로 마음을 비우는 경지로군요. 그럼 무공을 닦는 무인이라면 어떻게 해야 할까요?”

‘엥? 요 계집애가 이제 보니?’

금혜지가 눈을 반짝하며 감탄사를 발하자, 노인이 킁 하고 콧방귀를 뀌더니 고개를 홱 돌렸다.

“일 없다! 세상에 공짜가 어딨냐?”

‘아유. 노인네가 눈치도 빨라.’

"좋아요. 그럼 소녀가 밥을 살 테니 얘기 좀 해주세요, 네?"

"껠껠껠. 네가 그런다면 그야 뭐 어렵겠냐?"

‘아참!

금혜지가 서둘러 머리를 풀어 뒤로 늘어뜨리자 지금까지와는 다른 인상이 되었다. 깔끔하던 인상이 수더분한 모습으로 바뀐 것만으로도 그녀가 맹주 금태원의 딸이라는 것을 쉽게 눈치 못 챌 것 같았다.

‘호오, 고년. 제법인걸?

노인이 고개를 주억거리며 앞장서 주점으로 향했다.

주점은 다 쓰러져 가는 겉모습과는 달리 매우 붐비고 있었다.

아직 초저녁인데도 불구하고 벌써 술에 취해 혀가 꼬부라지는 소리가 들리고 왁자지껄한 분위기는 여느 술집과 다름이 없었다.

그런데 한 가지 의외인 것은 손님의 거의 전부가 무림인이라는 것이다.

노인을 필두로 한 일행이 막 주렴을 걷고 들어가자 주점 손님 대부분의 눈길이 일시에 그들에게 집중되었다.

말라비틀어진 노인이 젊고 아리따운 여인들을 데리고 있다면 흔히 있을 수 있는 반응.

보통 사람 같으면 눈싸움을 하듯 사람들을 둘러볼 텐데 노인은 아무런 느낌도 못 받았는지 천연덕스럽게 실내의 중간쯤에 위치한 탁자로 다가갔다.

"허험. 여기밖에 없구나."

노인이 유일하게 비어 있는 탁자의 의자에 앉고 맞은편에 두 여인이 엉덩이를 깔고 앉아 주위를 돌아보자 그제야 눈길을 거둔 사람들이 저희들끼리의 잡담으로 돌아갔다.

"여기서 제일 잘하는 음식이 뭐죠?"

금혜지가 곧장 다가온 점소이에게 입을 열었다.

"옙. 본 주루로 말할 것 같으면……."

점소이가 목청을 높여 읊조리려다 우물쭈물 뒷말을 삼켰다.

'제기랄. 너무 예뻐서 말이 안 나오네.'

점소이가 얼빠진 표정으로 금혜지를 응시하며 말을 멈추자 노인이 눈을 옆으로 째며 점소이를 올려다보았다.

'이놈도 남자라고, 그저 이쁜 것은 알아가지고.'

점소이의 표정을 바로 알아챈 노인이 심통스럽게 한마디 했다.

"조금 있으면 다리가 풀려 바닥에 주저앉을 태세네? 그만하고 오리 구이나 가져오너라."

"예엡."

점소이가 화들짝 놀라 급히 돌아갔지만 한참이 지나도 음식은 나올 생각도 않았다.

"아니, 이놈들이 오리를 키워서 잡아오나. 왜 이렇게 음식이 안 나와?"

노인이 빽 소리를 질렀지만 대꾸하는 사람은 없었다.

노인의 실낱같은 눈자위가 실룩하며 주변을 훑었다.

"에잉! 음식 나오려면 아직 멀었구나."

노인이 된소리로 투덜거렸다. 옆의 탁자도 음식이 없었으니 차례를 기다려야 하는 것이다.

시간이 흘렀다. 노인이 기분 나쁜 표정을 풀지 않고 입을 꽉 다물고 있자 무료해진 금혜지가 입을 열었다.

"저기 할아버지, 강호를 오랫동안 돌아다니시다보면 재미있는 일도 많이 겪으셨을 텐데요. 그 얘기 좀 해주세요, 네?"

"어엉? 아, 물론이지."

기억을 더듬던 노인의 눈에 얼핏 띈 것이 있었다.

혼자 탁자를 차지하고 앉아 얼굴을 숙인 채 자음자작하는 기골이 장대한 노인.

'하, 그 녀석. 덩치가 크기도 하구나.'

무공과 관계없이 나이가 들면 키가 줄어든다. 그런데도 아직도 저렇게 장대한 체구를 가지고 있다는 것은 젊었을 때의 체구가 어떠했으리라는 것을 능히 짐작케 했다.

노인을 슬쩍 일별하던 그의 기억에 떠오른 자가 있었다.

"아마도 일 갑자쯤 전이었다. 그 녀석의 별호가 폭풍신군이라 했었지?'

'어엉? 어떤 자식이 내 이름을 불러?'

겔겔거리며 웃는 소리와 얄팍한 음성까지. 과거의 무창제일루에서 주노, 그러니까 소림의 전대 방장인 무초 대사를 떠올린 폭풍신군 목철군은 이를 부드득 갈며 옆을 돌아보았다.

그가 돌아보는 사이에도 노인은 입술에 침을 튀기며 옛 애기를 하고 있었다.

"놈이 노부의 작은 체구를 보고 낄낄거리며 비웃더니 대뜸 그 뭐냐, 폭풍도란 멋도 없이 크기만 한 칼을 들고 쫓아왔단 말씀이야?"

'끄으으으!'

얼추 사람이 바뀌고 마주 앉은 사람도 놈들에서 년들로 바뀌었을 뿐이지 어찌 이렇게 그때의 상황과 유사하단 말인가.

짧은 시간 동안에 얼굴이 수십 번 변했을 것이다. 노화가 속에서 부글거리며 솟아올랐지만 목철군은 애써 노기를 억눌렀다.

'크윽. 이래서야 광견(狂犬)이란 별호가 아깝다.'

목철군은 거칠게 술잔을 들어 목젖에 쏟아 부었다.

'좋아! 저자의 말에 따라 병신을 만들 것인지, 박살을 내버릴 것인지 결정하는 거야.'

"커허! 놈이 폭풍도를 들어 하늘을 가리키며 소리를 지르는 거야. 천상천하 유아독존이라! 세상천지에 이 폭풍신군을 막을 자가 누가 있으랴!"

"엄머머! 천상천하 유아독존이라면 부처님이 말씀하신 게 아닌가요?"

"그거야 내가 알겠냐만 젊은 놈이 벌써 맛이 갔더라니까?"

"그래서요?"

이번에는 그동안 말 한마디 없던 홍자려가 끼어들자 노인은 더욱 기분이 째졌다.

"놈이 하도 방방대긴 했지만 놈이 병기를 꺼내서 난리를 치니 나도 뭔가를 꺼내는 게 예의 아니냐? 그래서 바로 이 걸……."

노인이 말을 하면서 탁자 옆에 세워둔 이 척 반짜리 지게 작대기를 붙잡고 흔들었다.

"딱 들고는 점잖게 한마디 했어. '아이야, 네가 만약 노부의 지게 작대기를 한 번이라도 막을 수 있다면 내 너에게 절이라도 하겠노라' 고 말이지."

'엉? 저게 무슨 소리야?'

발작하려던 마음을 술로 달래고 있던 목철군이 술잔을 잡은 손을 뚝 멈추었다.

일 갑자가 넘는 아득한 옛날의 비사. 노인의 말이 진행될수록 목철군의 안면이 딱딱하게 굳어갔다.

"녀석이 코웃음을 치며 달려들었다만 노부는 지게 작대기를 위에서 아래로 살짝 긋는 것으로 족했어."

"와아아, 그래서 어떻게 되었어요?"

금혜지가 환호성을 지르며 뒷말을 재촉하고 있을 때, 목철군은 거대한 체구를 일으키고 있었다.

"당연히 놈은 백사장에 누워 숨만 거칠게 내쉬고 있었던 게지."

거기까지 노인이 막 말을 끝냈을 때, 그들이 앉은 탁자 옆에 다가온 목철군이 그 자리에서 무릎을 꿇고 노인을 우러렀다.

"너, 뭐 하는 짓이냐?"

옆에서 그가 일어나 다가오는 낌새야 느꼈지만 무릎까지 꿇을 줄이야… 노인이 얼떨결에 묻자 목철군이 떨리는 음성으로 말을 건넸다.

"무적초자 어르신, 저 폭풍신군 목철군이올시다."

단 한마디였다. 그 한마디에 장내는 완전히 얼어붙고 말았다.

'무, 무적초자라고?

주방에 있던 화화공자 무무성은 가슴이 덜컥 내려앉았다.

어떻게든 금혜지의 정혈을 취하려는 욕구로 마침 가까이에 있던 죽림마원의 수하들을 동원한 터였다.

그런데 저 노인이 진정 전설의 무적초자라는 말인가.

"이놈아, 쓸데없는 소리 말아라. 그런데 너 여긴 웬일이냐?'

그러나 노인은 자신이 무적초자라는 것을 시인하기 싫은 모양이었다.

"예. 일 갑자 전에 어르신의 지도를 받고 느낀 바가 있어 모든 것을 정리하고 어르신을 찾아 강호를 떠돌았습니다. 그런데 이렇게 만나뵙고 나니 실로 지난 세월이 아깝지 않군요."

말하느니 점입가경이었다. 금혜지와 홍자려가 눈을 동그랗게 뜨고 두 노인을 번갈아 보고 있을 때, 무무성은 결론을 내리고 있었다.

'백 년 전에 우리 죽림마원을 멸망시킨 원수 무적초자의 등장, 이건 실로 엄청난 소식. 이러고 있을 때가 아니다.'

얼마 후, 칼 찬 무림인들이 썰물 빠지듯 주점을 나가자 노인이 혀를 찼다.

"쯧. 이번에는 버릇을 확실하게 가르쳐 주려고 했더니……."

"어머? 그게 무슨 말씀이세요?"

노인의 말에서 뭔가 낌새를 느낀 금혜지가 바로 물어왔다.

"됐다. 네가 알 것은 없고 먹기나 하자."

어느새 점소이가 커다란 접시에 담은 오리 구이를 탁자 위에 올리자 냉큼 오리 다리를 북 찢어 입으로 가져가는 노인이었다.

아구아구, 쩝쩝.

석 달 열흘 굶은 아귀가 오랜만에 포식을 하는 듯한 소리였다. 실로 전설상의 기인이라는 거창한 이름과는 달리 너무도 소탈하고 인간적이었으며 경망스러운 모습이었다.

'아아, 바로 저것이야!'

노인이야 아무런 생각 없이 오리 다리를 뜯고 있지만 그 모습을 바라보는 목철군은 감격으로 눈알이 떨리고 있었다.

다시 만난다면 죽기 살기로 싸워보리라던 평생의 결심이 한순간에 와르르 무너져 내리고 있었다. 구십 평생 버리지 못한 작은 과시욕과 아집이 지금 이 순간 얼마나 하찮은 것이랴.

목철군은 무적초자가 발가락을 핥으라고 하더라도 능히 감수할 준비가 되어 있었다.

"꺼억! 아, 잘 먹었다. 내 평생 이렇게 맛있는 오리 구이는 처음이야."

노인이 아직 입 안에 남은 오리 구이 때문에 어눌한 발음으로 치사했다.

'겔겔겔. 역시 음식은 공짜로 얻어먹어야 제 맛인 게야. 아
암!'

노인의 진짜 속심은 이랬다.

"뭣이? 나를 따라가겠다고 했느냐?"

"예, 어르신. 하인이 되어서라도 어르신을 모시고 싶습니다."

노인 등이 오리 구이를 다 먹고 난 다음 목철군이 작정한 듯
말했을 때, 노인이 방정맞게 머리를 흔들었다.

"이놈이 웃기는 소리도 하네? 이놈아! 다 늙어서 누구한테
빌붙으려고 해? 일없다. 그러니 넌 네 갈 길이나 가도록 해라."

노인이 말도 안 된다는 표정으로 자리에서 일어나더니 지게
작대기를 챙겨 들었다.

"어, 어르신, 제, 제발… 어흐흑… 어르신!"

목철군이 바닥에 털썩 주저앉아 닭 똥 같은 눈물을 흘리자
노인이 혀를 세차게 찼다.

"다 늙은 놈이 부끄럼도 없이 어린애처럼 울기는? 너와 같이
있다가는 나도 정신 나간 놈 취급받겠다. 어서 일어나거라."

"어르신께서 절 데려간다고 하시지 않는다면 이 자리에서
죽더라도 꼼짝 않을 겁니다."

"이놈아! 네가 죽든 말든 나하고 무슨 상관이야? 진짜 별 웃
기는 놈 다 봤네."

실로 전설상의 기인이 하는 말치곤 너무 경박스럽고 유치했
다. 하지만 정체를 모르면 모를까, 좌중의 사람들은 그저 황송

한 눈길로 노인을 쳐다볼 뿐이었다. 그때,

"저기, 할아버지. 저렇게 말씀하시는데 같이 가면 좋겠어요."

목철군이 안되어 보였는지 홍자려가 끼어들자 얼굴을 와락 찌푸린 노인이 뭔가 생각난 듯 눈을 빛냈다.

'옳지! 그 녀석에게 보내면 되겠다.'

그가 생각한 사람은 바로 상산의 천웅을 도와 무림맹과 일전을 벌이고 있는 주노였다.

노인이 고심하는 척 염소수염을 배배 꼬다가 곁눈으로 목철군의 눈치를 살폈다. 그의 주름진 노안을 적신 눈물 자국에 마음이 움직였는지 노인이 나직하게 한숨을 쉬며 말했다.

"어허, 노부는 마음이 약해 탈이라니까."

"그, 그럼……?"

목철군이 눈을 와락 치켜뜨며 갈망의 눈빛을 보내었을 때,

"엇헛헛. 업이로다, 업이야. 그러나 지금 당장 너를 데려갈 수는 없다. 아직 너에게 세상의 일이 남았으니 내 어찌 천명을 거역할 수 있으랴."

잔뜩 기대하던 목철군이 실망스러운 표정으로 고개를 숙였다.

'껠껠, 노부의 말 한마디에 저렇게 일희일비하니 실로 단순한 놈이라니까.'

노인이 절로 흐뭇해서 눈가에 주름을 잡으려다 얼른 눈을 부릅떴다. 지금은 엄숙한 시간. 실실거리며 가볍게 보일 때가 아닌 것이다.

"내 너에게 이르노니."

한마디 운을 뗀 노인이 은근슬쩍 상대의 반응을 엿보니 과연 목철군이 귀를 바짝 세우고 듣는 꼴이다.

"지금 무림은 사마의 무리가 횡행하여 엄청난 혼란에 직면해 있도다. 이에 모두 함께 힘을 모아 사마의 무리를 물리쳐야 하는 것. 너는 지금 즉시 상산으로 가서 추노를 만나 그에게 힘을 보태주어라."

말을 마친 노인이 뒤도 안 돌아보고 주점의 문을 향해 가자 그의 뒷등으로 목철군의 말이 들렸다.

"어르신, 다시 뵈올 때까지 만수무강하소서."

'켈. 나야 만수무강하겠다만 너희 두 놈 다 거기서 뒈질 팔자란 말씀이야?

노인의 눈에 새파란 광망이 스쳐 지나갔다. 덜컥 하고 심장이 떨어질 만큼 노인의 눈빛은 무서워 보였다.

금세 평상시의 눈빛으로 돌아온 노인이 계산대 옆을 그냥 지나쳐 가려고 하자 술집 주인이 턱하니 노인의 앞을 가로막았다.

"저기… 계산은 어느 분이 하실 거죠?"

'어엉? 이놈이 어른도 몰라보고?

노인이 에헴 하는 표정으로 턱을 바짝 들고 한마디 했다.

"뒤에서 낼 거야."

第二章

빙궁암투(氷宮暗鬪)

　중원은 대혼란으로 날이 새고 해가 지며 하루아침에도 수십, 수백 명의 목숨이 사라지는 아비규환의 지옥도가 연출되고 있을 때,

　좌아아아!

　불어오는 거센 바람에 휩쓸린 짙푸른 물결이 천장 절애에 부딪혀 하얀 포말로 부서져 내리고 있었다.

　뱀의 몸통처럼 구불구불한 길이 일천 리에 폭 일백여 리의 거대한 호수. 가파른 서쪽의 물깊이는 최고 육백 장에 이른다고 하며 가장 얕은 동쪽의 물 깊이도 이십 장이라 하니 과연 북해(北海)라고 불릴 만했다.

　호수는 사면이 험준한 절벽으로 둘러쳐져 있어 호수 안으로 들어오는 길은 호수에서 발원하여 동쪽으로 흘러내리는 금단 강(禁斷江)밖에 없었다.

물속에 뿌리를 박고 날카로운 머리 부분만 삐죽이 드러낸 돌바위가 가득 들어찬 금단강은 물길을 모르면 들어오고 나갈 엄두도 못 낸다. 섬의 원주민들도 금단강으로 나가기를 두려 워할 만큼 물길은 험난했다.

들어오기도 나가기도 어려운 천험의 요새.

그런 호수의 중앙부에는 세 개의 큰 섬이 일 자로 나란히 위 치하고 있었는데, 가운데 소뿔 모양으로 삐죽 솟은 섬이 북해 빙궁이 있는 우각도(牛角島)이다. 달리 여인도(女人島)라 칭해 지는 곳이었다.

그 우각도가 좌우에 시위처럼 거느리고 있는 두 개의 섬은 각각 반월도(半月島)와 유황도(硫黃島)라고 불리고 있었는데 세 섬 모두 사방 삼십여 리의 비슷한 크기였다.

북해빙궁은 겉으로는 무척 평온하였다.

여인들만이 거주하는 우각도에 만석들이 들어온 것이 최대 의 소식일 만큼 빙궁은 아무런 다툼도 없어 보였다.

부부의 관념이 없는 곳. 교접할 남녀를 선택하는 것은 오로 지 궁주의 권한으로, 연중 석 달을 기한으로 반월도의 남자가 매일 밤 우각도로 들어와 교접을 하고 다음날 아침이면 다시 반월도로 돌아가는 생활을 반복한다. 이어 남아가 태어나면 부친의 성을 따서 곧 바로 반월도에 보내고, 여아가 태어나면 모친의 성을 받아 우각도에 거주하는 것이다.

그런데 여아가 태어나지 않으면 남자는 그 죄에 대한 형벌을 받아 늙어서 남자의 역할을 못할 때까지 노역을 해야 했고, 여인은 또 다른 남자를 맞이해서 수태할 때까지 같은 일을 반복해야 했다.

이처럼 북해의 주인은 여인이었으며 남자들은 호수에서 고기를 잡거나 사람이 살지 않는 유황도의 유황을 채취하는 등의 노역을 통해 여인들을 먹여 살리는 역할을 한다고 한다.

남자들은 일 년에 겨우 한두 차례 시기를 정해서 아이들을 만나는 것이 허용될 뿐 그 외에는 함부로 우각도에 발을 들이지 못했고, 특히 빙궁으로 들어오려면 빙궁주의 특별한 허가가 있어야 한다는 것이다.

아무리 외부인이라고 하지만 만석들에 대한 빙궁주의 대우는 매우 이례적이었던 것이다.

만석들의 북해 생활에 조금이라도 보탬을 주려는 빙한설의 간략한 얘기였다.

처음 이 얘기를 들었을 때, 만석은 아무런 말도 없이 약간 쓸쓰레한 웃음을 보일 뿐이었지만 소주만은 달랐다.

빙한설이 돌아가고 난 후, 대뜸 참지 못하고 투덜거리는 것이었다.

"이거 우리도 노예로 부리려고 데려온 거 아냐?"

긴 얼굴을 바싹 찌푸린 소주만의 안색은 나름대로 심각해 보였지만 운산은 코웃음으로 일소에 부쳤다.

"흥! 말도 안 되는 소리. 십만 리 먼 길을 데려와서 고작 노예로 부려먹으려고 한다는 말이야?"

"그게 왜 말이 안 돼요? 우리가 유일하게 믿는 건 빙궁주 아뇨? 그녀가 배신하기라도 하면 우린 졸지에 오도 가도 못하는 신세가 될 거요. 그럼 별수 있어요? 그녀의 치맛자락이나 붙들고 애걸할 수밖에."

"자식이 못 먹을 것을 먹었나, 헛소리를 찍찍 갈기게. 얌마, 나를 믿고, 아니, 만석을 믿고 마음 턱 놓아라. 그렇지 않아도 만리타향에 와서 마음이 뒤숭숭한데."

막 반박을 하려던 소주만이 어딘지 울적해 보이는 운산을 보고는 입술만 삐죽이며 한마디 했다.

"쳇. 나도 괜한 걱정이라면 얼마나 좋겠소?"

'소주만의 생각이 옳을지도 모르지.'

만석의 속심이었지만 그 역시 확신을 못하기는 마찬가지였다.

만석들의 빙궁 생활은 따분할 만큼 한가했다. 빙매향은 빙궁 뒤편의 숲 속 호수가에 따로 숙소를 마련해서 불편함이 없도록 배려하고 생활 도구와 양식을 넉넉히 공급해서 만석들은 그저 먹고 자기만 해도 그만이었다.

그렇게 세월이 흘러 만석들이 북해에 온 지도 삼 개월이 지났다.

쿠콰콰쾅!

북해빙궁의 봄은 천지를 울리는 요란한 굉음으로부터 시작된다.

수천 척 호수 사면의 벼랑에서 겨우내 얼어붙었던 빙벽이 오월의 따스한 봄볕에 녹아 호수 속으로 떨어져 내린다.

얼음이 완전히 녹는 것은 육, 칠, 팔월의 겨우 삼 개월.

그러나 오월 하순에 이르자 시시각각 일 장 두께의 얼음이 눈에 띄게 엷어지더니 호수의 가운데부터 새파란 물결이 드러나고 있었다.

이때를 기해서 여기저기 타원형으로 드러난 수면을 빙 둘러 그물을 치고 각각 수십 명의 사람들이 영차영차 힘을 합해 그물을 걷는 소리가 적막함을 깨치고 들리고 있었다.

평화로운 정경이었다. 하지만 어부들은 그물에 가득 든 큼직한 물고기를 보면서도 왠지 수심에 차 있는 듯 활기가 없었다.

호수변, 불어오는 바람결에 뒤로 묶은 긴 머리칼을 날리는 만석의 옆에는 의외로 단정한 차림의 운산이 나란히 서 있었다.

"참으로 멋진 곳이야. 겨울이 너무 길긴 하지만 그건 그대로 운치와 멋이 있고, 또 이처럼 얼음이 녹아 푸른 물결을 보니 풍덩 뛰어들고 싶도록 마음이 들뜨는군."

만석의 눈이 자연스레 그런 운산의 옆모습을 살폈다.

옛날의 너저분한 모습은 간데없고 입에 나오는 소리도 점잖기 이를 데 없다.

'이게 사랑의 힘이라는 것인가?

가끔씩 빙매향이 빙궁으로 식사 초대를 해서 함께 가보면 애써 숨기려고 하지만 만석은 운산의 눈이 그녀에게서 줄곧 벗어나지 못함을 알고 있었다.

그러나 빙매향은 언제나 고고하고 정숙한 태도를 보일 뿐 운산의 마음을 모르는 듯해 옆에서 보기에 안타깝지 않을 수 없었다.

아니, 한편으로는 변해 버린 운산의 모습이 낯설기도 한 것이다.

"그렇군요. 모든 은원을 잊고 이곳에서 영원히 살고 싶습니다."

"크크큭. 그렇지? 역시 자네와 난 마음이 통한다니까?"

운산이 과장된 동작을 하며 좋아했지만 만석의 마음은 그리 편한 것만은 아니었다. 무림과 마찬가지로 이곳도 무인들이 사는 곳이며 청정한 공기 속에 더러운 공기가 섞여 있다는 것을 피부로 느끼고 있었다. 오히려 과거 살수였던 운산이 사랑에 빠져 그런 예리한 감각을 잃은 것이다.

"어서 오세요."

비취색 나의를 걸친 빙매향이 그 화사한 옷만큼이나 화려한 미소로 운산을 맞았다.

운산으로서는 처음 들어오는 빙궁의 심처였는데, 살짝 열린

원형의 창문 사이로 흐드러지게 핀 꽃들이 요염한 자태를 자랑하고 있었다. 그러나 운산의 단춧구멍처럼 쭉 째진 두 눈은 빙매향의 흑요석 같은 눈동자에서 떨어질 줄 몰랐다.

사십대 중반의 무르익을 대로 익은 농염한 육체. 짧은 치마 아래로 윤기가 자르르 흐르는 탄력있는 허벅지와 풍만한 굴곡을 여지없이 드러낸 몸매에 운산은 눈을 둘 곳이 없었다.

'윽! 속에서 올라올 것 같아.'

왜소한 체구에 보잘것없는 용모의 사내. 게다가 게슴츠레 풀린 눈과 축 늘어진 메기 입 까지. 그야말로 단 한 군데도 마음에 들지 않는 사내다. 하지만 애초에 운산을 유혹한 것이나 만석을 데려온 것도 모두 욕심이 있어 한 일. 빙매향은 구역질을 하는 대신에 몸을 살짝 꼬며 운산을 응시했다.

'어흑.'

운산은 손가락 하나 까딱일 수 없는 무기력증에 빠져 버렸다.

그녀의 달콤한 숨결, 가벼운 손짓, 몸짓 하나에도 폭발적인 유혹이 숨겨져 있었다.

꿈결인 듯 의식이 허공을 둥둥 떠가는 것 같았다.

'못난 놈!'

속으로는 욕을 하면서도 빙매향의 입가에 걸린 미소는 더욱 짙어지고 있었다.

"이쪽으로 앉으세요."

빙매향이 운산의 손을 살짝 잡아끌며 원형 탁자로 향하자 운산은 이 순간 죽어도 좋다는 생각이 들었다.

두 사람이 둥근 탁자를 사이에 두고 앉자 단정하게 차린 시비가 얼음 꿀물이 담긴 찻잔을 내려놓고 총총히 물러갔다.

"맛이 어떠신가요?"

"예, 예. 정말 맛이 그만입니다요. 호, 혼자 먹다가 두, 둘이 죽어도 이상하지 않겠어요."

운산이 연신 떠듬거리며 흔한 소리를 하자 빙매향의 얼굴에 살짝 자괴심이 들었다. 모자란 얼굴만큼이나 학식도 없다고 생각하니 그런 자를 유혹해서 일을 꾸미려는 자신이 한심하다고 느끼는 것이다.

사실 운산은 꿀물의 단맛을 전혀 못 느끼고 있었다. 그는 빙매향의 표정 변화 하나하나를 살피며 가슴을 졸이고 있었던 것이다.

홀짝, 홀짝.

따뜻한 햇빛이 비춰드는 실내에는 두 사람이 찻잔을 달그락거리는 소리와 찻잔을 들어 입술을 축이는 소리만이 사람이 있음을 보여주고 있었다.

'이 순간이 영원히 계속되었으면 얼마나 좋을까?

가볍게 눈을 감은 운산은 꿈을 꾸고 있었다. 운산의 손을 잡은 빙매향과 함께 허공을 훨훨 날고 있었다.

맑고 경쾌한 그녀의 웃음소리와 운산의 함박웃음이 어울려 귀청을 쟁쟁 울렸다.

'아아, 이게 진정 꿈이라도 깨지만 말아다오.'

운산이 다시금 기도하는 심정이 되었을 때,

“흐흐흑!”

“아, 아니? 이 무슨?”

난데없는 울음소리에 운산이 흠칫 놀라 눈을 떴다. 주단 위에는 그녀가 마시던 찻잔이 떨어져 있었고, 빙매향은 양손으로 얼굴을 감싸 쥐고 울고 있었다.

“구, 궁주님, 소인이 무슨 잘못을?”

운산은 놀라 어쩔 줄을 몰랐다. 자신도 모르는 새에 그녀에게 큰 실수를 했던가?

“아녀요, 아녀요…….”

한사코 도리질을 하면서도 그녀는 울음을 그칠 줄 몰랐다.

‘궁주가 내 앞에서 눈물을 흘리다니.’

운산은 빙매향과 아무런 관계가 없는 외간 남자일 뿐이다.

그런데 그 앞에서 울음을 터뜨린다는 것은?

‘마, 맞아! 이건 나와도 관계가 있다는 거야.’

운산은 갑자기 떠오르는 생각이 타당하다고 믿었다.

그렇지 않다면 북해의 여왕으로 고귀한 신분의 그녀가 운산 앞에서 함부로 눈물을 흘릴 리가 없는 것이다.

“궁주께서 우는 이유를 소인에게 말해주십시오. 이 운산, 신명을 다해 궁주님을…….”

“흑, 아녀요. 말씀은 고맙지만… 어려울 거예요.”

울음은 그쳤지만 눈물 자국이 남아 있는 그녀의 모습은 빗물에 젖은 배꽃처럼 애처러워 운산에게 찡한 감동을 안겨주었다.

‘그래, 궁주가 기뻐하는 일이라면 난 뭐든 할 거야.’

운산이 두꺼운 메기 입술을 꾹 다물며 그녀를 정면으로 응시하면서 말을 꺼냈다.

“설사 하늘에 올라가 천도복숭아를 따오라 해도 이 운산, 능히 그렇게 할 수 있소. 그러니 무슨 일인지 말해주시오.”

“그, 그것은……”

몇 번씩 망설이던 그녀가 꺼낸 말은 놀라운 것이었다.

바로 남편 빙백신군 양초심(楊初心)을 제거해 달라는 것이었다.

“그는 사사건건 우리 빙궁의 일을 간섭하고 나를 빙궁주 자리에서 쫓아내려고 음모를 꾸미고 있어요. 게다가 이번에 외지에서 여러 사람을 데리고 들어오니 여러분들까지 제거하려고 노리고 있으니……. 호오.”

그녀가 한숨을 지으며 말을 잇지 못하더니 자리에서 벌떡 일어나 운산의 옆으로 갔다.

“그가 죽는다면 저는 당신을 새로운 남편으로 맞이하고 싶어요.”

“그, 그, 그것이……?”

정말이냐고 묻고 싶었다. 그러나 운산은 그녀의 진정 어린 눈동자에 그만 아무 말도 할 수 없었다. 이대로 온몸이 부서져 내려도 아무런 고통도 못 느낄 것 같았다.

＊　　　　＊　　　　＊

푸핫!

투명한 물속을 박차고 나온 생동하는 구릿빛 동체에서 맑은 물방울이 후두둑 떨어져 내리며 초여름의 따사로운 햇살을 반사했다.

호수 안의 또 다른 호수. 사방 이백 장에 이르는 만월(滿月) 형상의 호수는 초록빛 솔잎을 우산처럼 내려뜨린 백송(白松) 숲으로 둘러싸여 있었고 가벼운 바람결에 주억거리는 나뭇가지들 사이로 첨탑처럼 치솟은 하얀 대리석 건물의 귀퉁이가 드러나 보였다.

유월이 초여름이라지만 북해의 공기는 서늘한 기운이 감돌았다. 태고의 오염되지 않은 공기를 흡입하는 느낌이 이럴까.

만석은 숨을 들이쉬고 내쉬는 단순한 동작만으로도 온몸의 세포를 알알이 깨우는 청량함을 느끼고 있었다.

울창한 가지가 수면 위로 늘어진 은밀한 공간.

벌거벗은 채 모래사장으로 나온 만석이 울퉁불퉁한 피부결을 쓸 듯이 지나치는 시원한 바람결에 온몸을 내맡겼다.

"아아, 좋구나."

이대로 잠이 들면 얼마나 좋을까. 만석은 온몸을 사근사근 자극하는 부드러운 햇볕을 받아 피부를 한 겹씩 들추며 채워드는 듯한 빛의 알갱이를 온몸으로 느끼고 있었다.

온몸이 형체도 없이 녹아드는 느낌. 모공 속으로 들어온 공기 알갱이들이 서로 속삭이며 얘기를 나누는 것 같았다.

하아아!

만석이 왠지 격동하는 심정을 숨길 수 없어 양손을 양쪽으로 한껏 벌리며 긴 한숨을 토해냈다.

그러자 몸속에 들어온 자연의 기운이 순식간에 온몸의 혈맥을 돌아 통과해서 몸 밖으로 뛰쳐나가려고 했다.

후우웁!

만석이 숨을 깊게 들이켜 나가려는 공기를 다시 붙잡자 뛰쳐나가려고 바둥거리던 공기의 알갱이들이 다시금 온몸의 혈맥 구석구석으로 채워들며 터질 듯한 활력을 선사했다.

"좋아!"

호기가 치솟은 만석이 큰소리를 치며 양옆으로 벌렸던 팔을 앞으로 모아 수면으로 살짝 밀었다.

그러자, 촤아아아!

수면이 거센 폭풍을 만난 듯 거대한 파랑이 일며 일거에 십여 장 높이로 솟구쳐 올랐다.

"자, 가라! 파(波)!"

만석이 앞으로 모았던 양손을 살짝 부딪치며 양옆으로 미는 시늉을 하자 솟구쳐 올랐던 거대한 물기둥이 한꺼번에 백송나무 숲으로 쏟아져 내렸다.

와지끈, 뚝딱!

졸지에 거대한 물기둥을 맞은 수십 그루의 거목들이 부러질 듯 휘청거리다 물 힘을 못 이긴 몇 그루의 나무들이 아우성을 쳐대며 부러져 나갔다.

"뢰(雷)!"

만석이 벌렸던 양 손바닥을 똑바로 댔다.

우르릉!

그러자 뇌성이 가볍게 들리더니 허공 십여 장을 덮은 푸른 번갯불이 번쩍하고 나무들 위로 낙하했다.

파직, 푸시시시!

나무들의 윗부분이 재가 되어 흩날리자 만석이 마주 댄 손을 다시 양쪽으로 벌리며 원을 그렸다.

"멸(滅)!!"

고오오오!

공간이 마구 떨리며 압축되는 듯 이상한 압박감이 느껴지고 있었다. 한 가닥 바람도 없는 상태에서 나무들이 마구 흔들리기 시작했다. 그러나 비록 소리도 없고 보이지도 않지만 지금 주변에선 엄청난 기운이 휘몰아치고 있는지 바위와 풀 더미, 그리고 모래와 물이 한꺼번에 솟구쳐 오르고 있었다.

실로 장관이었다. 만석의 손짓에 따라 이리저리 움직이는 모든 물체들은 실로 경이적이었다. 무중유(無中有)의 기운.

만석이 끝내 깨닫고야 만 무중유의 기운은 파괴적인 기운을 내포하고 있었다.

"자, 가라!"

만석이 장난처럼 흔들던 손바닥을 멈춰 세우며 가볍게 마주 쳤다.

탁!

가벼운 손뼉 소리와 함께 휘돌던 모든 물체들이 순식간에 조그맣게 오므라드는 것처럼 보이더니 한꺼번에 사라져 버렸다.

놀라운 광경.

와아아! 짝짝짝짝!

환호성과 손뼉 소리가 요란했다.

"아이구. 정말 놀랍습니다요. 그 많던 것들이 갑자기 재가 되어 사라지는 광경이라니요. 정말 보고도 믿지 못하겠습니다요."

뒤에서 길쭉한 장한이 호들갑스럽게 소리치며 다가오자 만석이 듣기 싫지는 않았는지 유쾌하게 웃었다.

"응? 핫하하. 어디를 돌아다니다 이제 오는가?"

빙궁에서 좋은 옷을 내주었는데도 굳이 거부하고 허름한 옷을 입은 소주만이 장난스러운 눈길로 만석을 응시하고 있었다.

"크훗. 어서 옷이나 걸치시지요. 보기가 면구스럽네요."

"엉? 핫하. 남자끼린데 뭐 어때?"

만석이 쑥스러운 듯 웃으며 옷을 걸치자 잠시 기다린 소주만이 심각한 표정을 했다.

"공자님, 근데 운산 형님이 빙궁에 들어가더니 전혀 소식이 없네요."

벌써 사흘째다. 빙매향의 부름을 받고 들어간 운산의 무소식은 두 사람에게 불안감을 안겨주고 있었다.

하지만 특별히 좋지 않은 일이 발생했다고는 생각할 수도 없었다.

"별일없을 거야. 무슨 일이 있었으면 오히려 소식이 없을 리가 없지."

만석은 답답했지만 빙궁에서 아무 연락도 없는데 그 주변을 돌아다니며 운산을 찾을 수는 없었다.

"조금만, 조금만 더 기다리기로 하지."

만석이 결론 삼아 한 말에 소주만이 입을 다물었다. 만석에게는 친혈육이나 다름없는 운산이었다. 그 누구보다도 걱정하고 있는 사람은 바로 만석일 것이다.

*　　　　*　　　　*

동굴은 길고 거칠긴 했지만 아무런 위험은 없었다.

우각도와 반월도를 지하로 연결하는 천연동굴. 실로 기이한 노릇이긴 했지만 운산은 사실 끔찍했다.

무림맹의 만장평 아래 지하 세계에서 겪은 일들이 아직도 생생하건만 이번에는 십만 리 먼 길 빙궁까지 와서 지하 동굴을 통해 누구를 죽이러 가야 하다니.

동굴을 지나 반월도의 동쪽 암석 해안으로 나온 운산은 빙매향의 말대로 해안 쪽을 빙 돌아 북쪽 해변으로 발길을 옮겼다.

이미 어둑해진 밤중이라 인적은 드물고 가끔씩 해변을 치는 물결 소리만이 귓전을 적셔왔다.

깃털처럼 가벼운 몸놀림. 백년혈린어를 먹은 후 더욱 고절한 경공을 발휘하는 운산의 모습은 금방이라도 연기로 화해 어둠 속에 스며들 것처럼 보였다.

'음? 저기에……?

반원형을 이룬 포구를 중심으로 수백 채의 인가가 모여 있는 곳. 해변을 막아선 울창한 방풍림 속에 몸을 숨긴 운산은 무성한 수풀 뒤에 납작 엎드려 주변의 동정을 살펴보았다.

무질서하게 늘어선 집들은 거의 대부분 갈대집이었는데 벽면까지 갈대로 엮어놓은 것으로 보아 보온에 신경 쓴 듯했다.

'모두 비슷해서 어느 집이 빙백신군의 집인지 모르겠구나.'

빙매향으로부터 사전 지식을 얻었다고 해도 처음 와보는 곳이다. 아무리 무중살객 운산이라고 해도 쉽게 그의 집을 찾을 수는 없었다.

'빙백신군의 집은 다른 집보다 크고 외떨어진 곳에 있을 가능성이 높다.'

운산은 수풀을 벗어나 인가 사이의 골목길로 잠입하면서 생각을 정리했다. 보통 우두머리란 부하들과 어울려 북적거리기보다는 과시욕과 함께 일정한 거리를 두려는 본능적인 의식이 있는 것이다.

'역시!'

운산의 가느다란 눈이 달빛을 받아 번쩍 빛났다.

오밀조밀하게 붙어 있는 집들 사이를 지나니 아름드리 자작나무 숲을 배경으로 크고 높직한 집이 한눈에 들어왔다.

그리 크지 않은 마당이지만 정성 들여 가꾼 꽃밭은 온갖 꽃들이 한창 꽃망울을 부풀리고 있어 어촌의 비릿한 내음을 한꺼번에 몰아내는 듯했다. 그때,

콰르릉!

지축이 들썩거리면서 운산의 작은 체구가 널뛰듯 튀어 올랐다. 그의 모습을 아지랑이 같은 안개 속에 감추고 있는 천변만화술은 깨지지 않았지만 무척 신경이 쓰이는 일이었다.

'젠장, 또 시작이군.'

하루에도 수차례 울리는 지진이었다. 어떤 때는 지면이 쭉 갈라지기도 해 잘못하면 갈라진 웅덩이에 빠지기 십상이었다.

요즘 들어 더욱 심해지는 경향이 있지만 빙궁 사람들은 흔히 있는 일이라며 별로 신경을 쓰지 않는 듯했다. 하지만 운산은 여기에 영 익숙해지지 않았다.

'그건 그렇고… 누가 있나?'

운산이 피부로 전해지는 이상한 느낌에 온몸의 감각을 바짝 곤두세웠을 때,

"응? 아닌가? 무슨 기척이 있었는데……."

"빙궁의 냄새나는 계집이라면 몰라도 누가 들어온다고 그래?"

'이런!'

얼른 기식대법으로 숨을 멈춘 운산이 바짝 긴장했다.

겨우 삼사 장 거리에서 들려오는 목소리는 지하에서 발한 듯 명쾌하진 않았다.

'으음… 대단한 자들이다. 이런 자들이 지키고 있는 곳이라면?'

우르릉대며 지축이 울리는 소리가 서로의 기척을 숨겨주고 있었다. 하지만 운산은 목표물이 가까이 있음을 자각하고 긴장을 최대한 유지하려고 애썼다.

'전후좌우, 적어도 칠팔 명은 된다.'

운산은 고민에 빠졌다. 빙백신군의 거처를 지키는 자들만 해도 만만치 않다. 그렇다면 정작 빙백신군 본인은 어떨까?

"아무도 없지?"

다시 지하에서 들려오는 목소리. 그런 다음 대화를 나누던 두 사람의 기척이 거의 동시에 사라져 버렸다.

'지하가 통로로 연결되어 있다.'

운산은 또다시 만장평의 지하 미로를 떠올렸다. 우각도에서 지하 통로로 반월도로 넘어올 때도 그랬지만 불쾌함이 더욱 심해졌다.

'그렇지만 이대로 돌아갈 수도 없어.'

운산은 설령 세상이 무너지는 것보다 빙매향이 실망하는 모습이 더욱 두려웠다.

그 자리에서 미동도 않고 눈알만 굴려 주변을 살피던 운산의 눈이 번쩍 뜨였다.

양초심의 집 뒤, 자작나무 숲을 배경으로 작은 창고 같은 건물이 눈에 들어왔던 것이다.

보통 집과 마찬가지로 갈대로 지붕을 이고 외벽을 싸긴 했지만 문도 하나고 사람이 거주하기엔 작아 보였다.

'그래, 바로 저기야!'

운산의 희미한 형체가 천천히 우회해서 작은 건물로 접근했다. 가까이 다가갈수록 코끝을 스치는 이상야릇한 내음새.

운산은 무릎을 치고 싶을 만큼 기분이 좋아졌다.

어떤 때는 코끝을 스치는 미풍처럼, 또 어떤 때는 피부를 긁어대는 솔잎처럼 다가오던 기운이 건물의 뒤로 돌아가면서는 씻은 듯이 사라져 버렸다.

'마지막! 마지막으로 한 번 해보는 거야.'

운산은 다시는 하고 싶지 않은 일이었지만 빙매향을 위해서라면 못할 것도 없다고 생각했다.

'자, 조심, 조심.'

운산이 마침내 살짝 벌려진 문틈에 손가락을 집어넣었다. 문고리는 쇠붙이라 잘못하면 쩔렁거리는 소리가 날 수도 있었다.

문틈에 손가락을 집어넣고도 운산은 다시 한 번 주위의 낌새를 살폈다. 지각이 미치는 범위 안에는 어둠 속에서 살랑거리는 키 큰 잡풀과 축 늘어진 가지가 지면을 스치는 소리만이 귓전을 맴돌 뿐 아무런 인기척도 없다.

'됐어!'

운산은 드디어 문을 열고 안으로 들어갔다.

훅 끼치는 열기와 함께 코끝을 맴도는 악취. 숨을 멈추긴 했지만 지독한 악취가 피부 속으로 침투해 들어오는 듯 온몸이 스멀거리기 시작했다.

'젠장. 이 짓은 언제나 익숙해지려나.'

생각해 보면 만석을 만난 이후로 살수행은 이미 포기한 것이었다. 아니, 만석에게 똥통 속에서 들킨 이후라고 해야겠다. 다시 시작이다. 그러나 이것으로 끝이다. 진정 사랑하는 여인을 위해서 그가 할 수 있는 일. 운산은 그 여인을 위해서 자신이 뭔가를 할 수 있다는 데서 지극한 행복감을 느꼈다.

'깨끗하게도 청소를 했구나.'

어둠에 금세 익숙해진 눈에 뒷간 안의 정경이 일목요연하게 들어왔다.

바닥은 잘 다져진 황토 흙으로 밟으면 뽀송뽀송 소리가 날 만큼 부드러웠고 통나무를 반으로 뚝 잘라 양쪽으로 걸친 변기는 오물 한 점 묻어 있지 않았다.

'제기. 아예 혀로 싹싹 핥았나 보다.'

이 정도의 청결함이라면 빙백신군이 볼일을 보는 즉시 오물이 달라붙지 않았을 때 청소를 했을 것이다. 어쩌면 살짝 젖은 걸레로 싹싹 문지르고 기름칠을 했는지도 몰랐다.

'크큭. 나도 별 상상을 다 하네?'

운산은 억지로 웃으려고 애썼다. 막상 목각 인형처럼 입을 벌린 변기 속으로 들어가자니 전혀 마음이 내키지 않았다. 생각 같아서는 천장에 달라붙어 상대를 노리고 싶었다.

'말도 안 돼!'

운산은 대뜸 고개를 저었다. 상대는 빙매향도 두려워하는 자. 일단 들키면 정면으로는 상대가 안 된다.

'쓸데없는 생각은 금물이야.'

일을 결행할 때 지나치게 많은 생각은 방해가 될 뿐이다. 운산은 자신의 마음을 단순하게 가지려고 애썼다.

그러나 운산은 더 이상 망설일 필요가 없었다.

저벅, 저벅!

누군가 변소로 걸어오는 소리가 들린 것이다. 의식적으로 발소리를 작게 내려고 노력하고 있지만 운산의 귀에는 시끄러울 정도로 크게 들렸다.

'무공을 모르는 자다. 그런데 저자가 왜 이리로?'

이제나 저제나 양초심을 기대하는 상황이라 김이 빠진다.

하지만 의문을 달고 있을 시간이 없었다. 운산의 가느다란 몸이 막 똥통 속으로 쏙 하고 들어갔을 때, 바깥에서 등롱이 어른거리더니 변소 문이 살짝 열렸다. 시커먼 형체가 불빛을 받아 긴 그림자를 드리웠다.

그는 문을 열자마자 이리저리 불을 비춰가며 변소 구석구석을 살피더니 자그맣게 혼잣말을 했다.

"오늘은 지진이 심해서 똥물이 튀겨 올라왔나 했더니 멀쩡하네?"

그리고는 곧바로 몸을 돌려 나가 버렸다.

문이 쿵하고 미약한 소리를 내며 닫히고 발자국 소리가 멀어지자 운산이 기식대법을 풀며 가볍게 심호흡을 하였다.

그렇게 심호흡을 하자니 긴장으로 잠시 잊었던 악취가 코끝을 뭉갤 듯이 적셔오고 뜨뜻한 똥물이 가슴께에서 찰랑대며 더러운 느낌을 자아낸다.

억만 번 반복해도 결코 익숙해지지 않는 고약한 냄새와 느물거리는 느낌에 운산이 몸을 세차게 떨었다.

'흐읍. 이럴 때는 딴생각을 하는 게 가장 좋은 수야.'

운산은 애써 하인에게로 생각을 돌렸다.

아마도 변소를 관리하는 하인인 모양이었다. 그렇게 생각하던 운산이 머리를 스치는 생각에 정신이 번쩍 들었다.

'가만! 하인이 이 시간에 변소를 살피고 갔다면 양초심이 곧 들어온다는 얘기 아냐?'

다시 생각해 봐도 그럴 듯하다.

보통 사람은 대개 아침을 먹고 난 다음에 뒤가 마렵다. 하지만 저녁을 먹고 뒷간을 찾는 경우도 드물지 않으니 양초심이 그런 경우일지도 모른다. 이것은 하인의 행동으로 뒷받침된다.

'잘라내야 하나?'

운산이 소맷자락을 내려다보며 잠시 주저했다. 단검으로 상대의 항문을 찌를 때 긴 소맷자락은 행동에 방해가 된다.

운산은 단검으로 널적한 양 소매를 어깨 부위까지 잘라내어 양손에 묻은 똥물을 세심히 닦아낸 다음 사타구니 밑으로 처박았다. 그가 이곳으로 오기 전, 빙매향이 직접 전해준 초록색 경장이었다.

'그녀도 이해할 거야.'

운산은 속으로나마 그녀라고 불러보았다. 빙궁주라고 부를 때보다 얼마나 가깝게 느껴지는가.

'바보, 지금은 그런 생각을 할 때가 아니잖아?'

한동안 흐뭇한 상상 속에 빠져 있던 운산이 다시금 자신의 위치를 자각했다.

놈이 항문을 씰룩이며 첫 번째 변을 떨구는 그 순간, 한 치의 오차도 없이 일 검에 항문을 쑤셔야 한다. 손이나 단검에 묻은 콩알만 한 변 찌꺼기도 엄청난 방해물이 될 수 있었다.

'그래, 단 일 검이야, 살수에게 두 번은 없다!'

그렇게 생각하자니 과거 똥통 속에서 만석을 기다리며 다짐하던 일들이 주마등처럼 스쳐 지나갔다. 운산의 입가에 피식하고 헛웃음이 피어올랐다. 그러나 그때는 오랜 기다림에 지쳐 막상 만석이 왔을 때는 정신이 오락가락하던 때였다.

'자, 놈이 곧 온다. 긴장을 최대한 늦추고 근육을 이완시킨다.'

운산은 똥물 속의 몸을 움직거리며 미끌한 바닥을 짚은 발가락을 오물거려 보았다.

단검을 쥔 손도 폈다 오무렸다 하며 경직되는 것을 막으려고 애썼다.

뚝!

이마 부위에서 생겨난 땀방울이 눈썹 위에서 대롱거리다 눈 속으로 기어들었다.

'제기. 그런데 너무 더워.'

공간을 떠도는 공기는 후덥지근하고 똥물이 썩으면서 나오는 변열(便熱)이 묵직하게 피부 구멍을 억누르고 있었다.

'그래도 얼마나 다행이야?

운산은 다행이라고 생각하려고 애썼다. 만석을 기다릴 때는 사타구니까지 달라붙은 허여멀건한 놈들이 수시로 꼬물거리는 통에 그걸 잊느라 심력이 배로 낭비되었다.

그 대신 똥물은 끈끈액을 넣은 것처럼 피부에 착착 달라붙긴 했지만 이만하면 충분히 무시할 만했다.

'에이. 근데 똥 같은 자식이 평소 뭘 처먹기에 똥물이 붙어 떨어질 줄 모르냐?

슬금슬금 다리를 휘저어 보니 평소보다 다리가 배는 무거운 느낌에 속으로 욕했다.

얼마의 시간이 지나고 모든 움직임을 멈춘 운산이 촉각을 오로지 바깥의 동정에만 집중하고 있을 때,

또박또박!

가벼운 가죽 신발 소리가 들리며 다가오는 인기척이 있었다.

'응? 이건 또 뭐야?

역시 무공을 익히지 않은 티가 나긴 했지만 그 소리는 틀림

없이 여인의 발소리였다. 실로 의외의 일이었다. 빙궁의 여인들에게 노예처럼 부림을 받는 이 남자의 섬에 또 다른 여인이 있을 줄이야…….

운산이 궁금해하거나 말거나 여인은 바람을 쐬러오는 것이 아닌지 변소로 똑바로 걸어오고 있었다.

삐이걱!

아까 하인이 다녀갔을 때보다는 좀 더 조심성이 없는 행동에 변소 문이 소리도 크게 비명을 질렀다.

그러자 왜소한 인영이 들고 있는 작은 등롱에서 새어 나온 불빛이 너울거리며 변소를 밝혔다.

얼마 후 변통 안에 비춰들던 빛줄기가 차츰 약해지며 멀어지는 느낌이 들었을 때, 운산은 등롱이 벽에 걸린 것을 알았다.

'크으. 저 계집이 똥 싸러 왔구나.'

"아우. 요즘은 시도 때도 없이 설사가 난단 말야."

계집이 작은 목소리로 투덜거리더니 이윽고 변기 위에 발을 올렸다. 원체 몸이 가벼워서 그런지 변통의 양쪽에 걸쳐진 통나무 판자는 미동도 않는다.

부스럭!

치마가 들춰지는 소리와 함께 진한 지분 냄새가 운산의 콧구멍을 쑤셔왔다.

'으흭!'

운산은 하마터면 놀라서 소리를 지를 뻔했다. 겨우 머리의 이삼 척 위에서 둥근 보름달같이 하얀 것이 복숭아 열매처럼 속살을 벌리고 있었다.

"끄으응!"

운산이 놀라거나 말거나 이윽고 여인이 용을 쓰기 시작하자 뭔가 걸쭉한 것이 불쑥 튀어나와 어지럽게 튀어 얼굴을 뒤집어 씌웠다.

'제, 젠장!'

충분히 예상을 해야 했다. 운산은 변기 구멍 바로 아래에서 꼼짝하지 않았던 죗값을 치르고 말았다.

얼굴을 재빨리 돌리긴 했지만 머리서부터 목 부위까지 갓 나와서 뜨끈한 변으로 범벅이 되어버렸다. 그러나 손을 내밀어 털어낼 수도 없다.

'에라이, 더러운 년!'

아무리 속으로 욕을 해도 성이 풀리지 않을 성싶었다. 오늘 따라 왜 이렇게 화가 날까. 반 단계 이상 무공이 높아지면서 얻었던 평정심이 여인의 똥 벼락을 맞았다고 깨지고 있었다.

'이래서는 안 돼! 빙백신군이 이 자리에 있다면 난 벌써 죽은 목숨이야!'

운산이 열심히 스스로의 마음을 진정시키려고 애쓰는 새에 여인이 마지막으로 끙하고 용을 쓰더니 물 단지의 물을 퍼서 엉덩이를 씻어 내렸다.

'제에기, 이번엔 똥물이구나.'

운산은 머리카락을 적시며 얼굴을 질질 흘러내리는 똥물을 훔칠 생각도 못하고 눈만 질끈 감았다.

여인이 서둘러 옷을 걸치고 나간 다음 한참의 시간이 흘렀다.

시간은 벌써 야심해져 있을 것이다. 잠시의 노력 끝에 평정심을 회복한 운산은 조용히 눈을 감고 무아지경에 빠져 있었다.

얼마나 시간이 지났을까?

탁. 탁. 탁.

이번엔 누군가 급히 달려오는 소리였다. 그러나 운산은 소리가 들리자마자 그자의 정체를 알아챘다.

'크으. 아까 그자가 웬일로 또?

운산은 실망감으로 머리가 어질했다. 멀리서나마 느껴지던 경비인들의 기척도 사라지고 적막감만이 공간을 채우고 있었다. 때문에 이제는 빙백신군 양초심이 올 이유가 없다고 생각하던 차에 그자가 또 오고 있는 것이다.

무거운 발자국으로 봐서는 손에 뭔가를 들고 있으리라.

변소문 밖에 도착한 예의 장한이 문을 조심스럽게 밀고 들어왔다.

그리고는 뭔가를 내려놓는 소리를 내더니 조그맣게 투덜거리는 것이었다.

"에라, 냄새나는 계집이 더럽게도 싸놓았네. 하여간 청소나 해야지."

그러더니 바닥에 놓았던 것을 번쩍 들고 거꾸로 내리부었다.

촤아아!

물이 쏟아지는 시원한 소리와 함께 변기판자에 묻었던 오물이 한꺼번에 씻겨 똥통으로 흘러내렸다.

‘에퉤퉤!’

이번엔 똥물을 머리끝에서 얼굴까지 뒤집어쓴 운산이 자기도 모르게 입을 벌리고 숨을 쉬다 들어온 오물을 소리없이 뱉으려고 애썼다. 시큼털털하면서도 달착지근한 이상야릇한 맛에 운산이 진저리를 치고 있을 때,

“자, 물을 뿌렸으니 걸레로 닦아야지.”

장한이 쪼그리고 앉아 마른걸레로 판자를 미는 소리가 운산의 귓전을 자극해 왔다.

어느 정도 물기를 닦아냈다 싶었는지 장한이 이번엔 판자 위에 무릎을 꿇고 모서리까지 삭삭 문지른다.

그러는 차, 바짝 숙인 장한의 눈과 운산의 눈이 정면으로 마주쳤다.

“어헉! 귀, 귀신……?”

놀라기는 함께 놀랐지만 장한의 목에서 간신히 짜낸 미약한 비명이었다.

‘귀신은 자식아! 너도 똥물 맛이나 봐라!’

화가 잔뜩 치민 운산이 단검을 들지 않은 왼손으로 장한의 다리를 낚아챘다.

‘끄아!’

미처 소리도 내지 못한 장한이 똥물 속에 주둥이부터 처박

혔다.

'이게 무슨 소리지?'

대꼬챙이처럼 마른 사십대 장한. 달빛 속에서도 아지랑이처럼 어른거리는 눈빛을 가진 이목구비가 뚜렷한 중년인이 밖으로 나오던 걸음을 뚝하고 멈추었다. 집에서 십여 장을 격하고 들려온 매우 미약한 소리지만 꼬챙이로 귓속을 쑤시는 것처럼 뚜렷하다. 틀림없이 사람의 음성이다. 무척 귀에 익숙한 소리.

'아직 남아 있는 자가 있었던가?'

생각은 그랬지만 몸으로 느끼는 감각은 그의 생각을 거부하고 있었다.

'아니, 저건 비명 소리였어.'

보통 자정이면 빙백신군이 변소에서 변을 누는 시간. 주변에서 경호를 서던 빙백십영(氷魄十影)이라 불리는 수하들은 소리가 들리지 않는 곳에 운신하고 있을 것이다.

더러운 것을 병적으로 싫어하는 그답게 누구든 자신이 변을 누면서 내는 소리를 듣는 것도 원치 않았다.

'그렇다면… 침입자! 침입자가 있다.'

작은 비명. 그것 하나만 가지고도 양초심은 어렵지 않게 적의 등장을 눈치 챘다.

양초심의 입가에 비릿한 미소가 들었다. 오랜만에 흥분으로 심장 박동이 커지고 있었다.

'그놈들이 틀림없어!'

　중원으로 나갔던 빙매향이 석 달 전, 외지인 세 명을 데리고 들어왔다는 소식은 즉시 그에게 전해졌다. 그 직후 뒤따라오던 자들은 어떻게 되었는지 알 수 없으나 그의 관심은 빙매향과 직접 동행한 만석들이었다. 어쨌든 그러지 않아도 그녀가 놈들을 데리고 온 목적이 무엇인지 탐문을 하던 차에 이곳으로 잠입한 자가 있다니.

　'역시 그 여우 같은 계집이 나를 제거하려고 놈들을 데리고 왔던 거야.'

　양초심은 일부러 발소리를 크게 내며 변소로 다가갔다. 자신이 들은 소리는 변소를 청소하던 하인이 낸 것인지도 모른다.

　양초심은 걸으면서 변소 주위를 빠르게 훑어보았다. 감각을 총동원해서 상대의 위치를 찾는 양초심의 자세는 매우 신중했다. 이곳까지 잠입해서 자신의 목숨을 노릴 정도라면 그 만큼 자신이 있다는 증거. 순간의 방심의 천추의 한을 남기리라.

　'온다!'

　운산은 온몸의 피가 아우성치며 혈관을 흐르는 것을 느꼈다.

　적절한 긴장감은 전력 이상을 해낼 수 있도록 신체에 활력을 줄 것이다. 정연한 걸음걸이는 가벼우면서도 힘차게 느껴진다.

　무엇보다 주위를 전혀 신경 쓰지 않는 듯한 거침없는 걸음걸이는 그가 이곳의 주인이라는 것을 나타내고 있었다.

'양초심! 너는 오늘 여기서 죽는다!'

아무런 원한이 없는 자. 하지만 운산은 살의(殺意)를 더욱 다졌다.

다만 마음이 걸리는 것은 조금 전에 장한이 낸 비명 소리였다. 소리가 극히 미약하긴 했지만 특별한 소음도 없는 고요한 밤중. 고도의 무공을 익힌 자라면 십여 장 밖의 소리를 못 들었을 리가 없다.

그러나 운산은 그 순간 기우라는 말을 떠 올리고 있었다.

'크크큭. 괜한 걱정이야. 아무렴 저자가 내가 똥통 속에 들은 것을 짐작이나 할까?

적이 잠입했다고 하면 누구든 은밀한 곳을 떠올리겠지만 그곳이 변소의 똥통이라고는 생각지도 못하리라. 더욱이 적의 침입을 눈치 챘다고 해도 그것이 양초심의 목숨을 노린다고 생각하긴 어렵다.

운산은 가슴의 고동 소리를 하나씩 셀 수 있을 만큼 마음이 가라앉는 것을 느꼈다. 급박하게 혈관을 치받던 피도 평상시로 돌아갔는지 잔잔한 흐름을 보여주는 것 같다.

운산이 오른손에 움켜쥔 단검을 살짝 위로 움직여 보았다.

놈이 엉덩이를 까 내리고 용을 써대는 꼴이 눈앞에 선연하게 떠올랐다. 단단한 엉덩이 살을 비집고 발그레한 연한 속살이 열리면 밀기울 같은 누런 놈이 툭하고 떨어질 것이다.

'크크크.'

운산은 괜히 웃음이 나왔다.

'없다!'

양초심의 차가운 안개결 같은 눈동자가 약간의 감정을 담고 움씰거렸다.

무공이 뛰어난 자라면 하인을 해치우는 즉시 자리를 피했을 것이다. 그렇다고 하인을 부르거나 그의 흔적을 찾아 돌아다닐 수는 없다. 침입한 자에게 경각심을 줄 행동은 절대로 금물인 것이다. 하여간 주변에 있어야 할 하인의 모습이 없다는 것. 그 하나만 해도 침입자가 있다는 반증이었다.

양초심이 눈앞의 문고리를 잡으려고 손을 내밀다가 순간 움찔했다.

'변소 안?'

그럴지도 모른다. 변소의 천장에 사지를 붙이고 있다가 양초심이 들어서는 순간 목을 찔러온다면?

생각은 찰나였고 그는 이미 문을 열고 변소 안으로 들어서고 있었다.

'응? 아닌가?'

머리 위에 촉각을 곤두세웠던 양초심이 피식하고 입가에 웃음을 매달았다. 눈을 위로 향하고 적의 모습을 찾는 것은 실로 어리석은 일. 양초심의 감각은 위에 아무것도 없다는 것을 알고 있었다.

아무도 없다고 생각하니 참았던 변의가 항문을 묵직하게 내리눌러 온다.

양초심은 서둘러 판자 위로 오르며 엉덩이를 까 내렸다.

'됐다!'

판자가 삐걱거리는 소리에 운산은 드디어 고대하던 때가 왔음을 느꼈다. 절대 서둘러서는 안 된다. 결정적인 순간에 결정적인 일격을 날린다.

'살수에게 두 번은 없는 거야!'

운산은 이제나 저제나 첫 번째 분비물을 기다렸다. 용을 쓰는 소리는 없을지 모른다. 그러나 항문의 속살이 활짝 개방되고 누런 분비물이 구멍을 벗어나는 순간 운산의 단검은 어김없이 놈의 연한 속살에 박혀 있을 것이다.

'아래다!'

바깥 공기에 노출된 엉덩이의 속살이 갑작스레 경직되었다.

살기! 단순히 밀집된 공기가 조금 흔들렸을 뿐인데도 양초심은 살기를 느꼈다.

그러나 억제하려고 했지만 항문에서 분비물이 떨어져 내리고 있었다.

슈칵!

찰나, 양초심의 손바닥이 직선으로 찔러오는 단검을 막아갔다.

“어헉!”

짧막한 경탄성이 목구멍을 뛰쳐나갔다.

단검이 상대의 손과 맞닿는 순간, 벌써 손목까지 얼어버렸다.

“제기!”

단검을 떨어뜨린 운산이 왼손으로 옆에 쳐 박았던 장한의 목덜미를 잡아 변기 구멍으로 힘껏 들어 올렸다. 양초심이 순간적으로 구멍에서 벗어날 때 뛰쳐나가려는 속셈.

그러나 양초심은 비켜나지 않았다. 다만 다시금 신경질적으로 오른손을 흔들었을 뿐.

빠삭!

이번에는 머리통이었다. 장한의 몸이 얼음처럼 부서져 내리며 차가운 기운이 운산의 머리를 씌워왔다.

끄으으으!

삽시에 목 부위까지 얼어붙은 운산이 기이한 비명을 지르자 위에서 혀를 차는 소리가 들렸다.

“쯔쯔쯧! 만만치 않은 놈이라 너무 힘을 썼어.”

‘끄, 끝인가?’

운산은 더 이상 아무런 소리도 낼 수 없었다.

사고가 급격하게 마비되어 가고 만석을 포함한 친인들의 모습이 오락가락하며 머리통을 헤집었다.

‘허어. 이상한데?’

그런데 머릿속을 스쳐 가는 얼굴 중에 빙매향은 없었다.

촤악, 촤악!

그러는 새, 물동이의 물을 퍼서 항문 부위에 뿌리는 소리와 함께 양초심의 신형이 판자 위에서 물러났다.

그러나 운산은 이미 그 모습을 볼 수도 느낄 수도 없었다.

'호, 홍화……?'

그의 눈자위를 가득 채우는 것은 오직 홍화의 통통한 얼굴과 빨간 속곳이었다. 운산은 소리를 지르고 싶어 견딜 수 없었다. 어디선가 운산의 목소리를 듣고 그녀가 달려올 것만 같았다.

"홍화아……!"

마지막으로 목소리를 짜낸 운산의 목이 뚝 떨어지며 허공으로 둥실 떠올랐다.

첨벙!

이어 운산의 머리통이 물동이 속으로 떨어졌다. 생전에 씻지 못한 운산의 머리와 얼굴이 죽어서야 씻기고 있었다.

"이게 무엇인가요?"

촛불이 일렁거리며 내부를 밝히는 빙궁주의 내실. 기세등등 찾아온 빙백신군 양초심이 뭔가를 싼 보자기를 탁자 위에 올려놓자 빙매향이 뾰족한 음성으로 물었다.

"크흐흐. 이게 무엇이냐고? 고귀하신 궁주님께서 설마 발뺌하시진 않겠지?"

빙백십영과 함께 빙궁으로 찾아온 양초심은 싸늘하게 비웃으며 빙매향을 밀어붙였다.

바깥에서는 일촉즉발의 긴장 상태가 이어지고 있었다. 빙궁의 수궁대(守宮隊)와 빙백십영의 대치. 이 자리에서 두 사람의 담판 결과에 따라 빙궁은 한바탕 피바람이 불게 될 것이다.

빙매향이 고운 아미를 살풋 찌푸렸다. 이제 얼마 안 있으면 무림에 출도하여 여인천하를 이루는 대장정을 시작한다.

이럴 때 빙백신군과의 충돌은 전혀 바람직하지 않은 것이다. 과거부터 심각한 갈등이 없었던 것은 아니지만 이를 외부의 일로 봉합하려던 그녀의 계획이 어긋날 수 있었다.

빙백신군이란 걸출한 존재가 등장하면서 예견되어 온 일이긴 하지만 아직은 그때가 아니었다.

그러나 이것도 옛일. 만석을 빙궁으로 데려오고 운산을 유혹해서 일을 꾸민 것은 잠시 갈등을 봉합하는 것보다 영원히 갈등을 잠재우는 편을 택한 그녀의 술수였다.

"이게 대체 뭔데 그렇게……?"

생각 끝에 입속으로 중얼거리며 보자기를 펴 본 빙매향은 그만 크게 놀라 온몸을 경직시켰다.

얼어붙은 운산의 기괴한 머리통, 오히려 평소보다 매끈하게 보이는 그 얼굴이 더욱 끔찍스러웠다.

'역시……!'

속으로 짐작했던 일이었지만 막상 현실이 되니 절로 정신이 아뜩해진다.

"크흐흐. 모르는 사람이라고 하진 않겠지?"

옆에서 그녀의 표정을 살피던 양초심이 의기양양하게 소리
쳤다.

"도대체 알 수가 없군요. 이자의 머리를 당신이 어떻게……?"

빙매향은 계획대로 된다고 생각하면서 시치미를 딱 떼었다.

"오호? 모르시는 일이라 이건가? 이놈이 똥통 속에 숨어서
나를 암습하려고 했어. 지금은 이 꼴이 되었지만 궁주님도 한
번 상상해 보시지? 그게 얼마나 황당한 일인가 말이야."

"흥! 그럼 당신이 이처럼 기세등등하게 날 찾아온 이유는?"

"궁주가 사주하지 않았으면 이자가 왜 나를 암살하려고 했
을까? 이건 세 살배기 어린애가 봐도 확실한 것이야."

"홋호호. 말도 안 되는 소리 말아요. 이자는 중원에서 무중
살객이라 불린 초일류살수예요. 바로 나하고 함께 온 대견 만
석과 형제처럼 절친한 사이지요. 그런데 이자가 내 말을 듣고
당신을 해치려고 했다고요? 왜요?"

그녀가 말끝에 반문하자 양초심의 얼굴에 곤혹감이 어렸다.

발뺌을 하리라고는 예상했지만 빙매향이 막상 그렇게 나오
니 할 말이 없었던 것이다.

그러나 이렇게 달려와서 아무런 소득도 없이 돌아갈 수는
없었다. 양초심이 잠시 머뭇거리자 빙매향이 싸늘하게 말을
뱉었다.

"당신 맘대로 빙궁에 들어온 것은 불문에 붙이겠어요. 그리
고 이자가 왜 당신을 해치려고 했는지는 나보다는 그 만석이
란 자에게 알아보아야 하겠군요."

더 이상 할 말이 없다는 듯 빙매향이 몸을 돌리자 양초심이 입술을 질끈 깨물었다. 냄새는 나지만 증거는 없다.

"좋소! 내 그 만석이란 자에게 알아보지. 이 일은 나에겐 목숨이 걸렸던 중요한 문제. 궁주가 관여하지 않으리라 믿소."

빙매향은 말이 없었지만 그녀의 동그란 어깨를 노려보던 양초심이 운산의 머리통을 집어 들더니 거칠게 몸을 돌려 내실 밖으로 걸어나갔다.

그러자 살짝 얼굴을 돌려 곁눈으로 양초심의 뒷모습을 살핀 빙매향의 얼굴에 득의의 미소가 번져들었다.

'훗호호. 어리석은 자, 이제 네놈은 끝이야.'

그녀는 만석의 무공이 이미 상상을 불허하는 경지에 들었음을 알고 있었다. 두 사람이 대적하면 양초심은 죽을 것이고 만석은 중상을 입을 가능성이 컸다.

'흥! 중상을 입지 않더라도 넌 내 손에서 벗어날 수 없어.'

그녀는 허리를 잡고 웃고 싶은 표정을 애써 지웠다.

오랜 세월 그 껄끄럽던 양초심도 제거하고 만년빙과와 화룡의 내단을 먹은 만석의 진력을 빨아들일 수 있다면 그녀는 빙궁의 절대무공을 대성하고 무림을 여인천하로 만들 수 있는 초석을 놓게 될 것이다.

*　　　*　　　*

오늘따라 답답한 마음에 잠이 오지 않아 빙궁 근처의 호수인 월영호(月影湖) 변을 배회하던 만석은 빙궁 쪽에서 십여 명의 인영이 날아가는 것을 발견했다.

모두 남자로 보이는 인영들. 빙궁의 여인들이 아니라는 생각에 만석이 황급히 그들의 뒤를 쫓았다.

'음? 저자들이 내가 사는 곳으로 가는 것 같구나.'

그들의 뒤를 따르면서 든 생각이었다.

곧 만석들이 사는 네 칸 움집에 도착한 인영들이 집을 포위하며 좌우로 흩어지자 만석은 마음이 급해지는 것을 느꼈다.

방 안에는 소주만이 자고 있었다.

퍼썩!

소주만이 문이 부서지는 소리에 잠자리에서 벌떡 일어났다.

"누구냐!"

씨이잉!

"으헉!"

아무런 대답도 없이 쇠꼬챙이 같은 강렬한 기운이 머리통과 가슴으로 접근해 오자 소주만이 침상을 박차고 옆으로 굴렀다.

"커억."

그러나 소주만은 그 찬 기운이 스치는 것만으로도 상당한 내상을 입고 말았다.

삽시에 가슴이 쪼개질 듯 고통이 심해지고 머릿속에서 수만 마리의 벌이 앵앵거리는 것처럼 이상한 소리로 가득 찼다. 금방이라도 그 소리를 못 견디고 뇌수가 터져 나갈 것 같은 위기감에 소주만은 머리통을 붙잡고 뒹굴었다.

추혼빙령장(追魂氷靈掌).

빙백신장과 더불어 북해의 이대절공(二大絕功).

그런데 그 절대기공이 빙백십영 중 두 사람의 손에서 펼쳐진 것이다.

"크흐흐. 너는 반 각만 지나면 얼음덩이로 화해 쪼개져 죽고 말 거야. 그전에 그 대견 만석이란 놈이 어딨는지 알려준다면 고통없이 죽여주지."

공격하던 두 사람의 검은 복면인을 헤집고 방문 앞으로 나온 빙백신군의 위협이었다.

"끄으으. 이 얼음 귀신 같은 놈들! 내 죽어도 어찌 내 주인의 행방을 말하겠느냐!"

필요 이상으로 높고 커다란 음성. 소주만은 이 소리에 남은 진력을 짜 넣고 있었다. 주인은 위험에 빠뜨리지 않으려는 충정이 그 음성에서 절절히 느껴지고 있었다.

'소주만!'

따라오는 것이 늦기도 했지만 저렇게 급박하게 손을 쓸 줄 몰랐다. 소주만은 외견상 전혀 뛰어나 보이지 않는 용모를 하고 있었다. 아니, 어쩌면 맥 빠진 얼굴을 하고 있어 누구에게 위협을 줄 만한 인상이 아니었다. 그 예상이 빗나간 탓에 소주만은 위기에 처하고 만 것이다.

인근의 숲 속에 몸을 숨겼던 만석은 금세 눈시울이 뜨거워지는 것을 느꼈다.

어렸을 때부터 수없이 죽을 고비를 넘겨온 만석이기에 소주만의 마음이 더욱 절절하게 마음에 와 닿는지 몰랐다.

"크크큭. 대견이란 놈의 종이었다 이건가? 쓸모없는 놈은 죽이는 것이 세상에 적선하는 것이지."

"아니. 만고에 쓸모없는 것은 네놈이지."

만석이 뒷짐을 지고 천천히 숲 밖으로 나왔다.

"크크크. 쥐새끼처럼 숨어 있다가 수하가 죽으려고 하니 마음이 켕겼던 모양이구나?"

말은 그렇게 하면서도 빙백신군은 바짝 긴장했다. 겨우 사오장 뒤의 숲 속이었는데도 아무런 기척을 느끼지 못한 것이다.

"어어어?"

미처 피하고 자시고 할 것도 없었다. 만석이 숲 속에서 나왔다 싶자 어느새 문 앞에 신형을 세우고 있었던 것이다.

"으으음."

빙백일영은 저도 모르게 침음성을 내고 말았다.

만석이 다가오는 순간 거대한 물결에 밀리는 듯한 압력을 느꼈다. 바로 만석의 만리파(萬里波) 경신술이 극에 달한 모습이었다.

"으으, 주인님……."

어느새 만석의 무릎 위에 누운 것을 깨달은 소주만은 전신의 혈맥이 청량한 기운이 흘러드는 것을 느꼈다.

그러나 만석은 아무런 말도 할 수 없었다.

'오장육부가 모조리 얼어붙었어.'

"후우……."

만석이 애써 미소를 지었지만 그 미소는 서글픔으로 굳어들었다.

"후후후. 끝, 끝이군요."

말소리는 또렷했다. 그러나 그의 몸에서 나온 차가운 기운이 만석이 불어넣은 기운을 밀어내고 있었다. 소주만의 몸에서 기력이 빠져나가기 시작했다.

"크으으. 그리 길지 않은 만남이었지만 소인에겐 주체할 수 없는… 행복이었습니다."

만석은 침묵으로 그의 말을 들었다. 바깥에는 십여 명의 사람이 있었지만 이 순간은 세상에 단둘만 있는 느낌. 그리고 그 하나의 생명이 꺼져 가고 있었다.

아직 온기가 남아 있었지만 축 늘어진 소주만의 몸을 확인하면서 만석은 천천히 자리에서 일어났다.

들끓던 내심이 조용히 가라앉고 있었다. 물처럼 고요한 시선이 천천히 사람들을 둘러보았다.

'으헉! 무슨 놈의 눈빛이 저렇지?

움찔 놀라 한 걸음씩 물러나던 빙백십영은 갑작스런 격타음을 들었다.

퍽퍽!

머리통이 통째로 깨져 나가고 뇌수가 어지럽게 허공에 튀어 오르고 있었다.

빙백십영은 비명도 지르지 못하고 피떡이 되어 지면을 나뒹굴고 있었다.

'저, 저럴 수가……?'

자기도 모르게 주춤주춤 뒤로 물러서던 양초심은 만석의 눈길이 자신이 손에 든 보자기를 향하고 있음을 알았다.

'그, 그래. 놈에게 이걸 던져 주면……?'

거대한 산처럼, 대해처럼 눈앞에 우뚝 선 훤칠한 만석의 모습은 양초심의 전의를 상실하게 하기에 족했다.

눈알을 빠르게 굴리던 양초심이 보자기를 들고 발작적으로 소리쳤다.

"개자식! 이게 뭔지 알아? 크크크! 바로 운산이란 놈의 머리통이다!"

"뭐, 뭣이?"

물처럼 고요하던 만석의 눈에 커다란 격랑이 일었다.

"이 자식이 나를 암습하려고 내 처소에 침투했어. 똥통 속에서 목만 내밀고 기다리고 있더란 말이야."

"그래서……?"

만석의 대답은 딱딱하기만 해서 부자연스럽게 들렸다.

'크큭. 놈이 동요하고 있어.'

속으로 쾌재를 부른 양초심이 막 말을 이으려고 할 때,

양초심은 이상한 기운이 몸을 옥죄는 것을 느꼈다.

'이, 이게 무슨…?

거미줄에 걸린 날파리처럼 잠시 몸을 움찔하던 양초심은 항거할 수 없는 기운이 몸속을 휘젓는 것을 느꼈다.

"아, 안 돼!"

양초심이 남긴 것은 단말마의 비명이었다.

그와 함께 그의 몸이 폭죽처럼 터져 흩어지면서 지면을 얼룩덜룩 물들였다.

뼈 한 조각, 살 한 점 남기지 않은 무참한 최후.

"갑시다. 당신은 원래 똥똥 체질이 아니었소."

어느새 보따리를 펼쳐 든 만석은 얼음이 녹아들듯 서서히 녹아 물이 되어 떨어지는 운산의 얼굴을 소중하게 더듬었다.

"훗훗훗. 소주만은 시신이라도 남겼건만 당신은 물이 되어 내 곁을 떠나려고 하는군."

만석은 그 자리에 무릎을 꿇고 맨 손으로 구덩이를 파 내려갔다. 그 자리에 운산을 넣고, 위에 소주만의 시신을 올린 만석이 붉게 충혈된 눈을 부릅뜨고 중얼거렸다.

"아리따운 여인이라도 구해서 합장하면 좋겠지만 소주만하고 동무하면서 기다리시오. 그럼……."

뜻을 알 수 없는 말. 그러나 뒤따라온 빙매향은 소름이 쭉 끼쳤다.

'놈이 무언가를 눈치 챘다는 말인가?

봉분을 만들고 난 만석이 무심결에 빙매향을 돌아보았다. 그녀의 속마음을 송두리째 발가벗길 것 같은 무서운 눈빛. 애써 만석의 눈길을 비낀 그녀가 얼굴에 처연한 미소를 지으며 말했다.

"모든 것이 본 궁주의 불찰이에요. 어찌 내가 주인인 빙궁에서 이런 일이 있을 수 있는지……."

그녀의 매혹적인 눈동자에서 맑은 이슬이 흘러내렸다.

누가 봐도 두 사람의 죽음에 애통해하는 모습이 고스란히 전해져 온다.

그러나 만석은 그런 그녀를 흘낏 보고는 시선을 허공으로 돌렸다.

마침 태양을 가린 뜬 구름이 기묘한 그림자를 드리우고 있었다. 거기서 두 사람의 모습을 발견한 만석이 쓸쓸히 웃으며 중얼거렸다.

"두 분, 머나먼 저승 길 편히 가시오. 곧 저승에서 만나 술이라도 한잔합시다."

*　　　*　　　*

"안돼요! 그럴 수는 없어요!"

아직 방년을 벗어나지 못한 앳된 목소리가 아담한 빙궁주의 깊숙한 내실에서 날카롭게 울려 퍼지고 있었다.

"여인천하를 이루려면 개인의 사사로운 감정은 버려야 하는 것이야. 한설아, 이 어미도 꼭 그렇게 하기는 싫다. 하지만, 만석 그 사람은 우리 빙궁에 원한을 가지고 있어."

"하지만, 하지만 어떻게 그 사람을 제물로……?"

"듣기 싫다! 너는 그자의 손에 이 어미가 비참하게 죽어도 좋단 말이냐? 운산이 암습에 실패해 죽은 것을 그자는 내가 시킨 것으로 믿고 있어."

"지, 진짜 어머니가 시키신 것이 아닌가요?"

얼굴이 눈물로 범벅이 된 빙한설은 가슴이 터질 듯한 느낌이 들었지만 간신히 대꾸하고 있었다.

"이 어미가 왜 그런 짓을 하겠느냐. 너도 알다시피 그자는 주제도 모르고 이 어미를 탐했어. 그래서 이 어미가 고심하는 것을 보고 내 마음에 들려고 일을 저질렀다만… 너도 알겠지만 그자가 일을 저지르지 않았다면 만석 그 사람의 도움을 받아 더욱 쉽게 빙궁 천하를 이룰 수 있었다."

"하, 하지만 그분을 설득해서……."

빙한설은 어머니의 마음을 돌리려고 안간힘을 쓰고 있었다.

중원 출도를 앞두고 만석을 제물로 삼는다. 그것만 해도 견디기 어려운데 그 막바지에 빙매향과 교접을 해야 하는 것이다.

"이 어미도 그걸 시도해 보지 않은 것은 아니다. 하지만 사람이란 한 번 의심하면 그 마음을 쉽게 떨치기 어렵다. 게다가 만석의 친인 두 사람이 모두 죽었으니 누가 무슨 말을 해도 믿기겠느냐?"

어머니의 말이 맞는지는 안다. 하지만 빙한설은 그래도 길이 있다고 믿었다.

"어, 어머니, 어머니가 안 되면 제가 설득을 해서라도……?"

"안 된다! 아무리 네가 그자와 가깝다고 해도 이건 안 되는 문제다."

"어머니, 그, 그렇지만……."

"너는 이 시간 이후로 바깥에 나가지 말아라. 주위에도 그렇게 일러둘 것이니 만약 이 어미의 말을 어기면 내 딸이 아닌 줄 알겠다."

매몰찬 말. 모녀의 연을 끊겠다는 빙매향의 말에 그녀는 입을 다물 수밖에 없었다.

*　　　*　　　*

"여, 여기는……?"

만석은 소스라쳐 깨어났다. 언제나 침착하기만 한 그의 얼굴이 곤혹스러움으로 물들었다. 벌거벗은 전신에는 아무런 힘도 없었다.

이미 자연에 동화되어 자연기를 받고 내보내는 일들이 스스럼없이 이루어지는 상태. 그러나 언제부터인가 몸이 노곤해지는 일이 반복되었다.

처음에는 두 사람의 죽음이 심중에 타격을 입어 몸에 이상이 생긴 것으로 가볍게 치부했다. 그러나 그것이 계속되자 이번에는 음식에 이상이 있는 것이 아닌가 하는 생각을 했었는데 오늘은 낯선 곳에서 깨어난 것이다.

몸이 천근만근이다. 침상에서 가까스로 몸을 일으킨 만석이 멍한 시선으로 바깥을 내다보았다.

겨우 일 장 너비의 작은 방의 앞은 쇠창살로 막혀 있었고 침상 뒤에는 머리 높이에 조그만 창문이 나 있었다.

쇠창살의 바깥은 회랑이 길게 이어져 있었는데, 바로 앞에도 같은 모양의 방이 줄지어 있었다.

반 지하의 방은 창문을 통해 아침나절에만 잠깐 보자기만 한 햇살이 어른거리다 시간이 지나면 컴컴한 그림자로 뒤덮인다.

오늘도 보자기만 한 햇볕이 손수건처럼 변하기 직전에 아침 식사가 나왔다. 만석은 흐릿한 시선으로 여인이 들고 온 죽 같은 음식을 보았다.

약간 달착지근하게 느껴지는 음식을 먹고 나면 자꾸만 머리가 혼미해진다. 그러나 먹지 않으면 창자가 끊어질 듯한 아픔 때문에 안 먹을 수도 없었다.

만석이 접시를 비우자 여인이 잠깐 망설이다 옷을 훌훌 벗었다. 갑자기 어두컴컴한 실내가 환하게 변한 듯싶었다.

성숙한 여인에 알맞게 솟은 유방과 커다란 둔부가 드러나며 만석의 눈앞에서 유혹적으로 흔들렸다. 여인이 가느다란 허리를 살랑이며 앞으로 다가오자 만석은 갑자기 타는 듯한 갈증을 느꼈다.

여인의 야릇하게 흔들리는 엉덩이에 만석의 시선이 집중되자 그녀가 곱게 눈을 흘겼다.

"호홍. 그렇게 뚫어지게 보면 소녀가 부끄럽잖아요."

여인이 천연덕스럽게 말하며 만석의 몸을 번쩍 들어 침상에 뉘었다. 벌거벗은 살과 살이 부딪치자 만석의 하물이 우람하게 꿈틀거렸다.

"이, 이게 무슨 짓이냐?"

만석이 황급히 소리치며 하물을 가리려고 하자 여인의 눈이 비웃음으로 가득 찼다.

"지금 당신은 우리가 사육하는 짐승일 뿐이야. 그러니 얌전하게 있는 것이 그나마 고통을 줄이는 길이야."

여인이 만석의 한 곳을 누르자 만석은 꼼짝도 할 수 없었다.

"훗호. 정말 대단해."

여인이 만석의 하물을 붙잡고 희롱하고 있었다.

"사실 당신도 좋잖아요? 이 큰 놈이 용을 쓰는 거 봐요."

그리고도 여인은 한참 그러고 있다가 아쉬운 듯 입맛을 다시며 옷을 걸쳐 입었다.

벌써 몇 번째인지 모른다. 저 계집은 식사 담당인지 수시로 들어와 만석의 온몸을 주무르거나 하물을 쓰다듬는 것이다.

그녀가 밖으로 나가자 만석은 몸이 풀리는 것을 느끼고 침상에서 일어나 앉았다. 아직도 가라앉지 않은 물건이 새삼 한심스럽게 느껴지고 있었다.

'도대체 나한테 무슨 짓을 하려는 것인가?

운산의 일에 빙매향을 의심한 것은 사실이었다. 그러나 이제는 의심 여부를 떠나 모든 것이 확실해졌다.

만석은 모든 것이 허탈해졌다. 친구들은 배신하고 가까운 사람들은 모두 죽거나 행방이 묘연하다.

'자려… 자려, 이 한심한 놈을 보시오.'

그녀가 앞에 있다면 그녀를 꼭 부여안고 펑펑 눈물을 쏟고 싶었다. 그러나 언제 다시 만날지 모르는 여인. 이럴 줄 알았으면 만사를 젖혀놓고 그녀를 만나야 했었다. 그러나 이제 와서 후회하면 무슨 소용이랴.

'이래서는 안 돼!'

빙매향이 무슨 짓을 꾸미는지는 몰라도 이곳을 벗어나 원한을 갚아야 한다. 그러나 재우쳐 다짐해 봐도 무기력한 몸과 더불어 정신이 허약해지는 것을 만석은 뚜렷이 느끼고 있었다.

'응? 문이 열려 있구나.'

우연인지 일부러 그랬는지 문이 빼꼼하게 열려 있었다.

나갈까 말까 망설이던 만석이 픽하고 웃었다.

그 대차던 성격은 어디 가고 나약한 마음만 남았던가.

만석이 문을 열고 나가니 복도에는 아무도 없었다.

만석이 혹시 하고 복도를 걸으며 다른 석실들을 들여다보았지만 갇힌 사람은 없었다.

반 지하의 감옥을 나와 보니 가파른 산길을 오르느라 더욱 가열된 태양이 온 누리에 뜨거운 열기를 휘뿌리고 있었다.

코끝을 야릇하게 스치는 이상한 향기. 저도 모르게 콧구멍을 실룩이던 만석은 꽃향기 속에 유황 냄새가 배어 있는 것을 느꼈다.

'그렇다면 여긴 유황도(硫黃島)?'

그러나 여기가 어디든 상관이 없었다. 만석은 아무런 느낌도 받지 못하고 걸음을 옮겼다.

"후읍, 후욱!"

만석은 점차 숨이 가빠져서 거친 호흡을 내뱉었다.

아직 이른 아침인데도 후덥지근한 공기는 만석의 몸에 약간 남아 있던 힘마저 앗아가는 듯하다. 만석은 이마에 송골송골 맺히는 땀방울을 닦을 생각도 못하고 작은 개울가로 비틀거리며 걸어갔다.

얼마나 걸었는지 모른다. 다만, 온몸에 땀방울이 가득하고 다리에 쥐가 난 듯 근육이 당길 지경이 되었을 때,

"아니, 저건?"

만석이 놀라서 발을 멈추었다.

아직 꽃망울만 맺힌 대충 만여 평에 이르는 연분홍빛 꽃밭이었다. 허리춤까지 오는 꽃들 사이로 수백 명에 이르는 일꾼들이 각기 이랑에 앉아 잡초를 캐고 있었다. 코끝을 끈질기게 맴돌며 연신 심신을 자극하는 야릇한 냄새에 만석은 절로 입 밖에 말을 내었다.

"이, 이건 환희초(歡喜草)?"

단지 며칠간 소량만 복용해도 심신을 앗아간다는 요초(妖草).

처음 복용하면 황홀하기만 해서 천상을 노니는 기분이 들지만 약효가 떨어지면 지옥 같은 고통을 겪는다는 마약이었다.

무공의 고하와 관계없이 누구나 며칠만 복용하면 환희초 없이는 살 수가 없다. 그러는 새에 폐인이 되어버리는 것이다. 그런데 만석은 환희초가 든 음식을 먹으면서 황홀한 느낌은 받은 적이 없었다.

일반적인 독약이나 미혼약이라면 자연지기가 마음대로 유통하는 만석의 몸을 어쩔 수는 없었을 것이다.

아마도 만석이 먹은 것은 특수 제조한 약물일 가능성이 컸다.

'큭. 죄를 지은 남자들이 유황도에서 유황을 캐는 게 아니라 이제 보니 환희초를 키우고 있었구나.'

생각하면 단순한 눈속임이었지만 만석을 내버려 두는 이유는 만석에게 더 이상 숨길 필요가 없다는 의미였다.

아무리 용을 써도 이곳을 빠져나가지 못한다는 자신감의 발로일지도 모른다.

만석은 홑껍데기 무명옷을 걸친 해골같이 마른 사람들이 불쌍했지만 곧 실소를 짓고 말았다.

'크훗. 지금 내 처지에 누구를 동정한다는 말인가.'

가까이에 만석이 있어도 옆을 돌아볼 생각도 못하고 그저 퀭하니 뜨여진 눈동자엔 아무런 희망도 없어 보인다.

생을 체념한 자의 암울한 공기가 만석에게도 전염이 되었는지 만석은 힘없이 그들의 모습을 바라보고만 있을 뿐이었다.

그때,

“으아아악!”

날카로운 비명 소리가 만석의 의식을 일깨웠다.

‘누가 맞고 있나?’

공기를 휘젓는 파공성이 날카롭게 들릴 때마다 비명은 차츰 사그라지고 새된 신음만 남았다.

몸매가 훤히 드러나는 매미 날개 같은 옷을 입은 젊은 여인이 채찍을 들고 엎어진 채 움직임이 거의 없는 자를 후려 패고 있었다.

짜악, 짜아악!

여인의 눈초리는 매서웠고 내려치는 채찍에는 한 점의 사정도 없었다. 피가 튀고 살이 튄다. 벌레처럼 꿈틀거리는 남자의 몸에 여인이 침을 탁 뱉었다.

“벌레 같은 놈. 네놈이 감히 내 앞에서 농땡이를 부려? 너 오늘 진짜 죽어봐라!”

“사, 살려주세요!”

여인의 독랄한 말에 위기를 느꼈는지 남자가 목구멍에 짜내듯이 간신히 입을 열었다.

“제, 제발…….”

온통 피투성이가 된 남자가 뼈만 남은 손바닥을 비비며 여인에게 애걸했다.

진물 같은 눈물이 그의 푹 파인 눈자위에서 줄줄 흘러나와 연신 땅바닥에 떨어져 내렸다.

“우웁…….”

만석은 그의 모습에 구토를 느꼈다. 어찌 저렇게 비참하게 살면서도 살려달라고 구걸한다는 말인가. 죽을병에 걸린 사람들이 생명에 대한 애착이 더 크다고 들었지만 막상 벌레같이 꿈틀거리며 애걸하는 자를 보니 속에서 불끈 치밀어 오르는 것이 있었다. 그것은 항거할 수 없는 자에게 가해지는 폭력에 대한 분노였고 그의 딱한 처지에 전이된 수치심이었다.

"멈추시오! 그만 하면 되지 않았소!"

"흥! 네놈도 이 구더기와 다를 것이 없어! 네 처지도 모르고 함부로 동정을 해? 한심한 자 같으니."

"그게 무슨 소리요? 나에 대해 아는 것이 있소?"

"모르면 닥치고 있어. 함부로 간섭하지 마라!"

그녀도 만석을 아는 모양인지, 그 말만 하고는 휑하니 얼굴을 돌리더니 소리친다.

"이 더러운 벌레들아! 조금만 게으름 피우면 바로 지옥행이야, 알아서 하란 말이야!"

만석이 알고 싶어하는 것을 그녀는 알고 있을 것이다. 그러나 그녀의 입에서는 아무것도 들을 수 없으리라.

만석은 실망스런 마음이 들었지만 여기서 머물고 싶은 마음은 없었다.

환희초 밭을 지나니 십여 장 높이의 완만한 언덕이 다가왔다.

"허억… 헉!"

그러나 완만하긴 했지만 만석이 오르긴 힘에 겨웠다.

목구멍은 타는 듯하고 눈앞은 황토빛으로 변해 흔들거렸다.

그러나 중도에 멈출 수는 없었다. 작은 언덕을 넘는 것. 만석은 이것도 자신에 대한 시험대라고 생각했다.

'그래, 살아 있는 한 희망은 있는 거야.'

자꾸만 약해지려는 마음, 주저앉아 그만 포기하고만 싶은 마음은 만석을 못 견디게 했다.

'난, 난 할 수 있어. 난 아직도 못다 한 많은 일이 있어.'

만석은 이를 악물었다. 이 한순간의 고통으로 모든 절망이 사라지고 새 희망이 돋을 수만 있다면 얼마나 좋을까.

기분 탓일 것이다. 황토 빛으로 변했다가 어두컴컴하게 잠기던 눈앞에 여명이 밝아오는 것처럼 희뿌연 빛살이 드는가 싶더니 차츰 환해졌다.

'응? 저건 또 뭐지?'

눈앞이 환하게 보이자 만석의 오륙 장 앞에 시커먼 굴이 입을 벌리고 있었다. 어쩌면 지옥의 입구처럼 세로로 쭉 째진 입을 가진 동굴은 새삼 두려움을 선사했다.

'그만 돌아갈까?'

만석은 여기서 또 한 번 망설였다. 만장평 지하에서 겪은 온갖 고난들이 튀어나와 바위처럼 견고하게 발길을 방해했다.

'훗후. 여기까지 와서 뭘 망설이는가?'

만석은 비참하게 얻어맞으면서도 벌레처럼 기며 목숨을 애걸하던 사람을 떠올렸다.

'나도 그들과 다를 바가 없던 거야.'

만석이 속으로 툴툴거리며 굴 가까이 다가가자 옷자락이 바

람에 날리는 소리가 들렸다. 아무도 없는 줄 알았던 만석이 흠
칫하며 뒤를 돌아보았다.

"그만 돌아가요!"

어두운 석실에서는 희미했던 그녀의 모습이 햇빛 아래 또렷
이 드러났다.

눈매가 칼날처럼 날카로운 느낌이 들긴 했지만 깨끗한 인상
의 이십대 초반의 미인. 어쩌면 홍자려를 연상시키는 그녀의
모습이 만석의 화를 더욱 돋우었다.

"수치심도 모르는 계집! 네가 내 앞을 가로막는 이유가 뭔가?"

"호홋. 남자답게 솔직히 말을 해요. 좋았으면 좋았지 싫지
는 않았을 텐데요?"

"네 멋대로 사람을 판단하지 마라! 내 몸이 온전하다면 너는
입을 나불거리기 전에 피떡이 되었을 거다. 더러운 년!"

"뭐야, 이 벌레 같은 놈이?"

짜악!

날선 욕지거리와 함께 여인이 빠르게 다가와 만석의 뺨을
때렸다.

"으윽!"

만석이 이를 악물어 비명을 삼켰다. 뒤로 비틀비틀 물러나
면서도 쓰러지지 않으려고 안간힘을 쓰는 만석을 보며 여인의
눈에 이채가 어렸다.

"호홋. 과연 무림에서 대견이라고 불리면서 못된 놈들을 개
패듯 하였다더니 줏대가 있는 놈이었구나."

만석이 이를 악물고 그녀를 잡아먹을 듯이 노려보고만 있자 그녀가 한숨을 푹 쉬었다.

"나도 시켜서 하는 일이에요. 그 행위에 약간의 장난이 있었음을 부인하기는 어렵지만 그렇다고 당신을 능멸할 생각은 없었어요."

"쿳. 별일이로군. 곧 죽을 놈에게 이해해 달라고 용서를 비는 건가?"

"아뇨. 빙궁 사람이라고 해서 모두 생각이 같을 수는 없어요. 다만 우리의 오랜 전통 때문에 희생이 될 당신이 가여울 뿐이에요."

"아니! 너는 나를 동정할 필요 없다. 어차피 사람이란 한 번은 죽는 것, 단지 할 일을 다 못하고 무기력한 신세가 된 것이 서글플 따름이지."

만석은 우회적으로 그녀의 입을 열도록 유인했다. 오랜 전통 운운하면서 희생이 된다는 것이 무슨 뜻일까?

그러나 그녀는 잠자코 길을 비키며 만석에게 굴 안을 가리킬 뿐이었다.

"들어가세요. 벌레들의 무덤으로 가는 통로예요."

"웃기는군. 너희들은 남자를 벌레라고 부르는 모양이지? 그렇다면 너의 아비도 벌레겠군."

"홋홋홋, 당신 말이 맞아요. 그렇지만 당신은 뭔가 잘못 생각하고 있네요. 내 어머니에게 정액을 흘려준 남자는 수없이 많아요. 다만 우연히 한 남자가 나를 잉태할 수 있는 정액을 주었을 뿐 우리에겐 어머니만 있지 아비는 없어요.”

“이제 보니 개, 돼지보다 못한 것들이로군.”

만석이 말을 나누면 더러워진다는 표정으로 외면하자 그녀의 얼굴이 벌레를 씹은 것처럼 쓰게 변했다.

“당신에게 이해해 달라고 하지는 않아요. 그러나 그것이 우리가 사는 방식이에요.”

“내가 죽어서 그 방식을 이해하려고 노력해 보지.”

만석이 묵묵히 동굴로 향하자 뭔가 말을 하려던 그녀가 서둘러 입을 다물었다.

‘말은 저렇게 하지만 결코 자살할 자는 아니다!’

큰 키를 휘청이며 걷는 만석의 뒷모습을 응시하던 그녀가 입가에 알듯 모를 듯한 미소를 지었다.

‘당신은 쉽게 죽지 않아. 그러나 이미 내공을 잃은 처지에 살아봤자 사는 것도 아닐 거야.’

그녀는 만석이 완전히 내공을 잃었음을 의심하지 않았다.

‘호호홋. 빙매향, 네 뜻대로는 절대로 되지 않을 거야.’

아무리 속생각이라지만 궁주의 이름을 함부로 부르는 그녀의 얼굴에 희열에 찬 미소가 흘렀다.

햇빛이 비쳐들지 않는 어두운 동굴 속은 써늘한 냉기가 흘렀다.

“춥군.”

이제야 확실하게 혼자가 되었다는 느낌이 들었다.

이름이 조미지(趙美枝)라고 했던가? 그녀의 예기치 않은 등장은 만석의 주변에는 항상 감시의 눈초리가 있음을 일깨워 주고 있었다.

동굴 초입의 바위에 걸터앉은 만석은 어느덧 어둠에 익숙해진 눈을 들어 더듬듯이 동굴을 살폈다.

저 멀리 동굴의 보이지 않는 출구 쪽에서 바람에 떠밀리듯 이상스럽고 기이한 형체가 두둥실 떠오는 것 같다.

기실 동굴에 떠도는 한기는 원혼(冤魂)의 울부짖음인지도 몰랐다.

"훗. 나도 별수없는 속물이야. 힘을 잃고 냉기가 가득 찬 어두운 동굴 속에 들어오니 실로 별 잡생각이 다 드는군."

으스스한 기분을 물리치려는 듯 만석이 신형을 일으켰다. 어차피 별다른 제지가 없었으니 들어가 봤자 무슨 소용이랴.

돌아오는 만석의 발길은 턱없이 지쳐 있었다. 원래 없던 기력이 겨우 십리 길을 다녀오는 사이에 소진되어 버렸다.

이미 땅거미가 지는 어두운 시각이라 그런지 환희초 밭에서 일하던 사람들은 모두 사라지고 없었다.

'대체 그들은 어디서 기거하는 것일까?

또 다른 의문이 솟아났지만 만석은 생각하는 것이 귀찮을 만큼 몸이 노곤했다. 만석은 석실로 돌아오자마자 딱딱한 침상에 누워 잠을 청했다.

第三章

함정(陷穽)

"무슨 일인가요?"

빙한설은 자신을 찾아온 조미지를 곱지 않은 시선으로 맞이했다. 모친의 엄명으로 밖으로 나가지 못하긴 했지만 조미지가 찾아오는 것은 달갑지 않다. 그것은 나이는 겨우 일곱 살 연상이긴 하지만 빙궁의 태상장로인 조옥련(趙玉輦)의 딸로서 한 배분 위의 위치에 있었기 때문이다. 또한 빙매향이 처녀 시절에 양초심의 술수에 빠져 여자들만 익히게 되어 있는 빙궁의 절예들을 양초심 등 남자들에게 누출한 것이 탄로 나서 후계 자리를 박탈당하고 중벌을 받을 뻔한 일이 있었다.

그러나 원래 빙궁주는 빙가 일맥으로 이어져 왔고 당시 궁주인 빙자연에게는 빙매향 외에는 소생이 없어 어쩔 수 없이 그녀의 죄를 불문에 붙인 적이 있었다.

그때 당시 빙매향의 처벌을 가장 강력하게 주장한 것이 바로 조옥련이었으니, 빙한설에게도 조미지는 대를 이어 껄끄러운 상대였다. 게다가 작금에 와서 빙궁 사람들에 대한 조옥련의 영향력은 빙궁주인 빙매향을 압도하는 상황이라 이래저래 불편한 사이인 것이다.

"홋호호. 너무 경계하지 말아요. 소궁주가 중원에서 돌아온 지 꽤 여러 달이 흘렀는데 직접 만난 적이 없어서 겸사겸사 들러봤어요."

'겸사겸사라고?'

말끝이 미묘하다. 빙한설이 의아한 눈빛으로 그녀를 쳐다보자 조미지가 안심하라는 듯 미소를 지었다.

'흥! 웃기는 왜 웃어?'

빙한설이 입술을 삐죽이며 응시하자 조미지가 짐짓 탄식을 발했다.

"나는 아주 중요한 문제를 의논하려고 왔는데 소궁주는 전혀 관심이 없나 보군요. 할 수 없네요. 그럼……."

"중요한 문제라고요?"

역시 나이가 어려서인지 직설적으로 반문한다.

막 등을 돌리던 조미지가 순간 망설이는 표정을 짓더니 할 수 없다는 것처럼 대답했다.

"네. 사랑에 대한 얘기예요."

사랑. 말만 들어도 가슴이 뛰고 얼굴이 붉어진다. 그런데 그 사랑은 지금 뛰어넘을 수 없는 엄청난 벽에 부딪쳐 있었다.

'어떡하지?

빙한설은 그녀의 얘기를 듣고 싶은 마음에 갈등이 생겼다.

어떻게 알았는지는 모르지만 조미지가 만석에 대한 빙한설의 애정을 알고 있었던 것이다.

"관심이 없나 보군요."

조미지가 실망스런 어투로 말하더니 방문을 열고 나가려고 했다.

"흥! 무슨 얘긴지는 모르지만 들어나 보죠."

빙한설은 마음이 조급했지만 짐짓 태연한 체했다. 그녀의 말을 들어보고 아니다 싶으면 거절하면 그만인 것이다.

"이 얘기는 쉽게 말할 성질이 아니랍니다. 소궁주가 그 만석이란 사람을 구해주고 싶지 않으면 들을 필요도 없어요."

그러나 조미지의 반응은 매몰찼다. 오히려 좋아라 하고 넙죽 얘기하다가는 어린애에게 당할 수도 있다.

"듣고 싶지 않은 모양이군요. 좋아요. 하여간 소궁주의 사랑이 매우 부럽네요. 비록 불행으로 끝나고 말겠지만……."

그 말을 남긴 조미지는 또박또박 걸어 문을 나갔고 이어서 미련없이 월동문을 나가는 모습이 둥근 창으로 엿보였다.

"아아… 내가 좋은 기회를 놓친 거 아냐?

막상 그녀를 그렇게 보내고 나니 만석에 대한 그리움이 더욱 가슴에 사무쳤다.

빙한설은 밤이 이슥해지자 몰래 처소를 나와 밖으로 나갔다.

그녀가 며칠 조용히 지내자 시녀들이나 경비무사들도 긴장을 풀었는지 주변엔 아무런 기척도 없었다.

지하 통로를 통해 유황도로 넘어온 빙한설은 조심조심 만석이 갇혀 있다는 감옥으로 향했다. 감옥은 단 한 곳밖에 없으니 그녀의 발길은 잠시의 머뭇거림도 없었다.

그러나 감옥에는 아무도 없었고 사람이 머문 흔적이 있는 방은 문이 열려 있었다. 내공을 상실한 만석이 완전히 절망해서 자해라도 할까 봐 가둬놓지는 않았다고 들었는데 사실이 그런 모양이었다.

'어디 갔지? 아, 혹시……?'

그러던 빙한설이 무슨 생각이 들었는지 환희초 밭 쪽으로 발길을 돌렸다. 산야를 숨어 다니다가 그가 없다 싶으면 언제나 가 있는 곳. 그곳은 보통 물이 흐르는 개울가였다.

'저기 있어!'

개울 건너 산 그림자에 덮인 시커먼 인영. 그러나 빙한설은 한눈에 그가 만석인 줄 알았다.

예상대로 그는 개울물 옆의 풀숲에 앉아 흐르는 물을 물끄러미 내려다보고 있었다. 주변의 기척을 살핀 그녀가 일부러 약간의 발소리를 내며 그에게 다가갔다.

바로 옆에 다가 서서 그의 반응을 기다렸지만 그는 그 자세 그대로 변함이 없었다.

"호오……."

그녀가 참을 수가 없어 애처로운 탄식을 터뜨렸다. 그토록 활발하고 대차던 장부는 어디가고 어깨를 수그린 그 모습은 초라해 보였다. 왈칵 눈물이 솟을 것 같아 그녀는 당장 말을 걸 엄두도 못 냈다.

"왜 왔어?"

그녀가 말도 못하고 머뭇거렸지만 만석은 그녀가 누군지 이미 알고 있었던 모양이다. 놀랍도록 담담하게 울리는 목소리였다. 그것이 모든 것을 포기한 자의 체념으로 느낀 빙한설의 어깨가 떨리기 시작했다.

"흑!"

끝내 마음속의 슬픔을 견디지 못한 그녀가 주저앉아 무릎에 얼굴을 묻은 채 오열을 터뜨렸다.

"울기는, 바보 같으니."

만석이 그녀를 가만히 안고 소담한 어깨를 다독여 주자 그제야 그녀의 격정이 가라앉기 시작했다. 무엇보다 자신이 만석과 함께 있는 것을 들키면 큰일 나는 것이다.

그녀는 격정스레 응시하는 만석의 눈길을 느끼면서 그를 꼭 살려내리라 결심을 했다.

"내 말 잘 들어요. 내일 당신을 제물로 태교 의식이 펼쳐져요."

그녀의 말에 의하면 태교란 바로 빙궁의 무림출도를 말함이고 그 의식의 일환으로 궁주와의 교합이 있게 되는데 의식이 끝나면 남자는 말라비틀어져 죽게 된다는 것이다.

실로 끔찍한 얘기였으며 특히 빙매향과 교합을 하게 된다는 부분에선 어지간한 만석의 얼굴도 변할 정도였다.

"이거 알약이에요. 일시지간 약간의 공력이 회복되는 효능이 있다니 내일 의식이 시작되기 전에 드세요."

만석이 아무 말도 없이 알약을 받아 품속에 넣자 그녀가 서둘러 몸을 돌렸다.

"때가 되면 전음을 보내겠어요."

그녀가 떠났다.

만석은 안쓰러움과 함께 찜찜한 마음이 들었다. 그녀의 배려는 고맙지만 어떤 이유에서든 만석은 그녀의 부친을 죽인 원수다. 그런데도 그녀는 만석이 부친을 죽인 것에 대해서는 전혀 마음에 두지 않는 것 같았다.

'후우… 실로 한심스런 일이구나.'

그녀의 도움을 받아야만 하는 자신의 절박한 처지도 그랬지만 부친을 부친 취급 하지 않는 빙궁의 관습도 이해하기 어려웠다.

'호홋. 네가 올 줄 알았다.'

개울 건너편, 두 사람이 빤히 내려다보이는 곳에 은신하고 있던 조미지는 속으로 쾌재를 불렀다.

감수성이 예민한 시기라 직접적으로 만석을 구하라고 했으면 듣지 않았을 가능성도 컸다. 어떻든 빙궁 전체의 큰 행사가 바로 태교 의식이다. 백 년 만에 다시 이루어지는 태교 의식은 그 만큼 중요한 의미를 갖는 것이다.

조미지는 계획대로 일이 착착 진행된다고 생각하자 기분이 좋아 자리를 떠났다.

*   *   *

아마도 술시는 되었나 보다.

마음이 복잡해서 그럴까.

사위는 조용해서 바람 부는 소리도 귀를 어지럽혔다.

만석은 밤이 새도록 잠을 못 이루었다. 운산과 소주만. 오기는 함께 왔지만 그들은 죽고 혼자 남은 것도 못 견디게 서러웠다. 더욱이 상대가 빙한설이라 하여도 남의 도움으로 위기를 탈출해야 한다는 생각에 못내 마음이 괴로웠다.

새벽이 다가오자 어둠이 더욱 짙어졌다. 손가락 끝, 아니, 스스로의 몸의 형체도 알아보지 못하는 어둠 속에서 만석은 흡사 어미 뱃속의 태아가 된 느낌에 젖어들었다.

'왜 이렇게 졸리지?'

견딜 수 없이 잠이 쏟아진다는 생각을 끝으로 만석의 의식이 사라졌다.

만석은 거센 비바람이 부는 황야를 헤매고 있었다.

아무렇게나 자란 갈대와 잡풀들이 바람이 부는 방향을 따라 이리저리 흔들리며 비명을 지르고 있다.

발끝에 차이는 작은 돌멩이, 눈에 파고드는 자잘한 모래알이 만석의 발길과 시야를 가로막고 어서 돌아가라 위협하는 것만 같다.

그러나 만석은 몸을 잔뜩 웅크리고 비바람 속을 나아가기만 할 뿐이었다. 안 가면 안 된다. 숙명의 이끌림은 만석에게 끊임없이 앞으로 나아가라고 속삭이고 있었다.

'자, 자려!'

악마의 아가리처럼 시커멓게 지면을 점한 거대한 늪. 짙은 물안개 속에서 허우적대는 섬세한 인영. 만석은 자신도 모르게 입을 벌려 소리치려고 했다.

'아아악!'

만석은 소리치고 싶었다.

그러나 갑자기 벙어리가 된 것처럼 입에서는 씨근덕대는 거친 숨결뿐. 만석은 그러다 넘어지고 말았다. 아무리 사지를 놀려 늪으로 다가가려고 해도 아교에 붙은 듯 몸은 꼼짝도 않는다.

'누, 누구……?'

그러는 새에 사람이 늘어 있었다.

오래전에 헤어졌던 부친과 사부가 늪가에 서 있었다. 그러나 그들은 그녀가 늪 속에 빠져드는 것을 멀거니 바라보기만 할 뿐이었다.

'왜?'

만석은 이해할 수가 없었다. 왜 구하려고 하지 않는 거지?

자려의 몸은 벌써 목 부위까지 잠겨들고 있었다.

'아, 안 돼!'

어디서 힘이 났는지 모른다. 꼼짝도 않던 만석의 몸이 그 자리를 박차고 늪 속으로 뛰어들었다.

"아아악!"

만석은 눈을 부릅뜨고 소리를 질렀다.

자려는 간데없었고, 갑자기 늪이 거대한 구렁이의 끔찍한 아가리로 변해서 만석을 집어삼키는 것이었다.

핏물이 왈칵 솟아오르는 것처럼 붉은 뱀의 아가리 속은 뜨거웠다. 만석은 온몸이 남김없이 녹아내려 뱀의 뱃속으로 흘러드는 느낌에 소스라쳐 깨어났다.

허억, 헉!

온몸이 땀에 흠뻑 젖은 만석이 거친 숨결을 토해내며 사시나무처럼 떨고 있었다.

'여, 여기는 어디지?'

만석은 빛살이 사근사근 눈두덩 위를 기어가는 느낌과 함께 감각이 되살아남을 느꼈다. 낯선 풍경. 따뜻한 햇볕이 비춰드는 실내는 안온한 공기가 떠돌고 있었다.

'이게 뭐지?'

만석이 얼른 몸을 덮은 이불이 구렁이의 징그러운 몸뚱이라도 되는 듯 힘껏 밀쳐 버렸다.

그러나 아직도 악몽에서 벗어나지 못한 만석은 여전히 몸을 떨고 있었다.

'이러고 있을 때가 아니다.'

제정신을 차리려고 고개를 세차게 흔들던 만석이 문득 빙한 설이 준 알약을 떠올렸다. 얼른 알약을 삼킨 만석이 마음을 진정시키려고 애썼다.

유월 보름날 아침은 이렇게 밝아왔다.

한껏 화려한 복장을 한 여인들이 만석을 양쪽에서 부축해서 방을 나섰다. 대전을 이리저리 돌아 커다란 월동에 들어서니 화려하게 치장이 되어 있는 커다란 방이었다.

삼면에 난 둥근 창으로 따스한 햇살이 비쳐드는 방 안으로 여린 바람이 조심조심 떠돌다 사람들의 발걸음 소리에 놀라 도망쳐 버린다.

만석의 흐릿한 눈동자가 더디게 돌아갔다.

방의 가운데에는 금침이 덮인 대형 침상이 놓여 있었고 왼쪽엔 주렴으로 반쯤 가려진 대리석 욕조의 귀퉁이가 보였으며, 그 우측으로 바닥에 끌리는 분홍빛 휘장이 쳐져 있었다.

상단에는 연신 불그레한 연기를 피어 올리는 작은 향로 뒤 이삼 척 높이의 붉은 융단을 깐 제단 위에는 각종 과일들과 음식이 놓인 커다란 접시들이 줄을 맞춰 놓여 있었다.

"이리로 가요."

두 여인이 만석의 양팔을 잡아끌고 욕조가 있는 방으로 들어갔다.

커다란 욕조에는 이상한 향기를 뿜어내는 거품이 부글거리고 있었는데 간간이 드러나 있는 연분홍 꽃잎은 환희초로 보였다.

만석이 일순 숨을 멈추고 우두커니 서 있자, 한 여인이 말을 건넨다.

"딱딱한 몸을 부드럽게 풀어주는 약물이랍니다. 그러니 안심하세요."

그러면서 만석의 옷을 빠르게 벗겨 나간다. 발치에 떨어지는 옷가시는 부끄러움을 빨리 버리라고 재촉하는 듯하다.

'어차피 너희들의 노리개가 되었으니 새삼 수치심을 느껴서 무엇 한다는 말인가.'

"어머! 정말 놀라워요."

탄탄한 근육으로 짜여진 우람한 몸을 드러낸 만석을 보고 두 여인이 뒤질세라 감탄했다.

오히려 만석을 욕조에 앉힌 두 여인의 얼굴이 도화처럼 붉어져 있었지만 만석은 무덤덤하게 몸을 맡겼다.

만석의 양쪽에서 조각품을 닦는 것처럼 열심히 몸을 씻기는 그녀들의 숨결이 차츰 고조되어 갔지만 만석은 다른 생각을 하려고 애썼다.

그러나 시간이 지나고 그녀들의 부드러운 손길이 은밀한 곳에 이르자 만석의 의식은 절로 그곳으로 집중되지 않을 수 없었다. 빠르게 부풀어 오르는 하물을 느끼며 만석은 질끈 눈을 감고 말았다.

자신의 몸이지만 스스로의 의지를 배반하고 제멋대로 홍분에 사로잡혀 꿈틀거린다. 자신의 속에 또 다른 자신이 들어 있는 느낌. 그 느낌은 만석에게 불쾌감을 안겨주고 있었다.

그녀들은 만석의 몸을 다 씻긴 후에도 아쉬움이 남는 듯 그의 몸을 핥듯이 쓸어보고 있었다.

"시간이 다 되었어."

그중에 연장자로 보이는 여인이 한마디 하자 그제야 두 여인은 만석의 몸을 부축해서 욕조의 바깥에 누였다.

그리고는 재빠른 솜씨로 몸의 물기를 닦기 시작했다.

"호호! 정말 멋진 몸이지?"

"네. 저 쓸모없는 돼지들 중 한 놈이라도 이러면 얼마나 좋을까요?"

두 여인이 손가락을 장난치듯이 놀리며 우뚝 솟아오른 하물을 자극하자, 만석은 어이가 없었다.

"성스러운 의식을 앞두고 지금 뭐 하는 짓이냐?"

그때, 바깥에서 싸늘한 음성이 들리자 두 여인이 어쩔 줄 몰라 하며 만석의 다리 사이에서 손을 떼었다.

"제사장님, 저희들은 그저……."

"오늘은 성스러운 날. 부정 타는 행동을 하면 안 될 것이야!"

"주, 죽을죄를 졌어요!"

"알면 됐다. 곧 사전 의식을 시작할 터이니 서둘러라!"

"네!"

그녀들이 서둘러 만석에게 홑 도포를 입히고 유건(儒巾)을 씌우더니 제단 옆에 꿇어 앉게 했다.

'크훗. 제물이라……'

만석은 점차 기이한 기분에 사로잡혔다. 지금도 세상 곳곳에서는 산 채로 제물로 바쳐지는 사람들이 많을 것이다. 그중에 하나가 되었다고 생각하니 만석은 문득 산다는 것이 우스워졌다.

만석이 이런저런 생각으로 무심코 제단을 바라보고 있자니, 궁형 머리에 만석과 비슷한 흰색 제의를 입은 사십대로 보이는 여인이 들어와 제단 앞에 섰다. 조금 전에 여인들을 꾸짖던 제사장라 불린 여인인 듯했다.

날랜 걸음으로 향로 앞으로 다가간 중년 여인이 향합에서 향을 꺼내 향로에 골고루 집어넣었다. 이어 은은하게 퍼져 나오는 향기에 가슴이 진탕되는 것을 느낀 만석의 얼굴이 대변했다.

가슴의 고동이 갑자기 높아지며 얼굴이 불 화로에 든 것처럼 달아오르는 것 같았다. 온몸에 남은 힘이란 힘은 모두 하체로 쏠리는 느낌. 용솟음치며 깨어난 하물이 도포 사이를 헤집고 기둥처럼 우뚝 섰다.

'이건 최음제?'

만석이 얼른 도포를 여미느라 부스럭거리는 소리가 귀에 거슬렸을까?

여인이 앞으로 똑바로 선 그대로 얼굴만 돌려 만석을 돌아보았다.

요기가 일렁이는 여인의 살구씨 같은 눈에 약간의 감정이 드러났다.

'실로 정력(定力)이 대단한 자로구나. 아무리 내공이 높아도 지금쯤은 흥분으로 제정신이 아닐 텐데 드러난 양물을 가릴 생각을 하다니……. 하물며 저자는 내공을 잃은 자가 아닌가.'

돌아보는 그녀를 똑바로 올려다보는 만석의 눈은 아직도 정기를 잃지 않고 있었다.

여인치곤 약간 두꺼우면서도 붉은 꽃잎처럼 윤택이 나는 그녀의 입술이 약간의 움직임을 보였다.

무언가 말을 하려고 했음인데 의식을 치르면서 말을 하는 것은 금기 사항. 순간 멈칫한 그녀가 얼굴을 돌리며 손을 옆으로 내밀자 시립하고 있던 여인이 술병을 두 손으로 건네주었다.

여인이 네 개의 놋쇠 술잔에 술을 넘치도록 따르더니 제단 주변의 사방(四方)에 조금씩 뿌리며 주문을 길게 외우는 것이다.

"부사지신(府社之神), 부직지신(府稷之神)이여… 만세토록 여인천하를……."

만석은 응얼거리는 그녀의 목소리에 처음과 마지막말만 겨우 알아들을 수 있었다.

그녀가 이어 다시 한 잔의 술을 따라 입속에 머금더니 제단 주위에 훅하고 뿌린 다음 제단을 향해 두 번 절하고 뒤로 물러났다.

“자, 준비해라!”

“네에!”

길게 대답한 여인들이 축 늘어진 만석의 팔을 양쪽에서 잡아 올리더니 중앙의 침상으로 옮겼다.

그제야 중년여인이 미묘한 눈으로 만석을 힐끔 보더니 옆문으로 걸음을 옮기는 것이다.

‘음?’

만석은 눕자마자 엉덩이 부분이 높다는 것을 알았다.

그야말로 머리 부분과 다리는 밑으로 처지고 다리 사이만 높이 돌출되게 만든 묘한 침상이었다. 중간 부분이 높다 보니 눈만 뜨고 있으면 노력하지 않아도 자신의 하물이 뚜렷하게 보였다.

만석이 당황해서 눈을 돌려보니 창문의 휘장이 모두 내려지고 허리의 높이에 맞춘 듯 왼쪽 벽에 뚫린 둥근 구멍 사이로 강렬한 광선이 들어와 만석의 하물을 비췄다. 그와 함께 실내를 감도는 향기는 더욱 진해져서 숨마저 막힐 것 같았다.

‘이, 이런!’

만석이 저도 모르게 숨을 크게 흡입하면서 몸을 움찔거리려 했지만 물먹은 솜처럼 몸이 무거워 그럴 수 없었다.

“마음 놓으세요. 곧 천상의 즐거움을 맛보게 될 거예요.”

침상 옆에 선 여인이 속삭이는 소리가 감미롭게 들렸다.

만석이 무어라 소리치려고 했지만 으으으 하는 소리만 났다.

혀를 움직이는 것이 입속의 모래알을 굴리는 것처럼 껄끄러워졌으며 그마저 곧 마비가 되었다.

"자자, 착하지요."

여인이 만석의 표정을 살피더니 만석의 입을 벌리고 손에 든 종지를 기울였다. 그러자 누런 액체 몇 방울이 만석의 목구멍을 타고 내려가며 뱃속으로 빨려들자 몸이 붕 뜨는 느낌에 만석이 신음을 흘렸다.

반대쪽의 여인이 이번엔 다른 종지를 열어 뭔가 끈적한 것을 손가락에 듬뿍 찍어 만석의 온몸에 골고루 발랐다.

"태양의 기운을 받아 몸속을 채우는 의식이에요."

"으으으……."

만석이 이상한 감각에 다시금 신음을 흘렸다.

몸은 뜨거운 열기로 휩싸이고 정신은 바닥이 없는 늪 속으로 빨려드는 느낌. 그러던 어느 순간 만석은 자신의 몸이 훨훨 날아 창공을 누비는 듯했다.

'끝인가……?'

이제는 아무런 지각도 없다. 다만 무언가를 열렬히 희구하는 자신을 제삼자가 되어 구경하는 기분이 든다.

여인들은 잊을 만하면 같은 일을 되풀이했다.

만석은 어느덧 시간의 흐름을 잊어버렸다. 다만 휘황할 만큼 강렬한 빛무리가 점차 가늘어지며 불그레한 빛덩어리가 만석의 하물을 들뜬 것처럼 크게 보이게 했다.

'음?'

만석이 주위에 수많은 불덩이가 일렁이는 느낌에 눈을 떠보았다. 수십여 명의 제복을 입은 여인들이 각자 들고 있던 굵은 황촛불을 만석의 주위에 둥그렇게 놓았다.

조용조용한 움직임. 바늘 한 개가 떨어져도 깨질 만한 아슬아슬한 정적이 계속되었다.

잠깐 잠이 들었나 보다. 어디선가 풀벌레 소리가 귓전에 맴돈다는 느낌에 만석은 눈을 떠보았다.

촤아. 촤아아.

정신이 나고 보니 그것은 물 끼얹는 소리였다. 누군가 목욕을 하고 있나 보다. 그러고 보니 만석이 몸을 씻었던 방에서 들려오는 소리였다.

'누구지?'

잠시 눈을 뜬 것만으로도 눈꺼풀에 천근추를 매단 것처럼 무겁다. 만석이 도로 눈을 감으려고 할 때 물소리가 뚝 그치며 가벼운 발소리가 들렸다. 다가올수록 황홀한 체향이 만석의 코끝을 채워 나갔다.

"눈을 떠요."

혼을 불러내는 것처럼 뇌리를 깊숙이 파고드는 음성에 만석의 감기려던 눈이 크게 열렸다.

하얀 가면을 쓴 것처럼 무표정한 여인이 만석을 내려다보고 있었는데, 눈만은 흑요석을 박아놓은 듯 검게 반짝이고 있었다.

'빙매향……?'

만석의 눈이 더 이상 커질 수 없을 만큼 크게 뜨여졌다.

그러나 빙매향도 겉으로는 무심해 보였지만 실상 흥분으로 떨고 있었다. 이제 만석과 교접을 하면서 그의 정혈을 모두 빨아들이면 눈엣가시 같던 태상장로 조옥련과 나머지 장로들인 북두칠좌는 그녀의 무릎 앞에 완전히 굴복하게 될 것이다.

이에 따라 그녀의 음성이 조금씩 떨려 나오는 것은 어쩔 수 없는 일이었다.

"하늘 나라의 영명한 선조시여, 여기 살아 있는 제물을 바치오니 여인천하를 지상에 내려주소서!"

말을 끝낸 그녀가 제단을 향해 두 번의 절을 끝내자 둥둥둥! 하고 북소리가 울려 퍼지기 시작했다. 촛불은 뱀의 혓바닥처럼 요사롭게 날름거리고 향연은 더욱 짙어져 실내는 뿌연 안개에 휩싸인 것처럼 몽롱하게 떠 있는 듯했다.

시간은 멈추고 만석을 둘러싼 공간은 한없이 수축되어 몸이 콩알처럼 작아지는 느낌에 만석은 거의 혼절할 지경이었다.

'으으으. 안 돼! 정신을 잃으면 안 돼.'

만석의 뇌리 깊은 곳에서는 끊임없이 그의 정신을 일깨우려고 하고 있었다.

'도대체 무슨 짓을 하려고……?'

만석이 가물거리는 심혼을 집중해서 여인의 동태를 살폈다.

빙매향이 누군가에 받은 종지를 들어 향로에 붓고 있었다.

투다닥 하고 뭔가 타오르는 소리와 함께 향로의 불이 넘칠

듯 커지면서 무지개 빛 향연이 만석의 주위를 에워싸며 천천
히 휘돌기 시작했다.

그와 동시 빙매향이 제의를 훌훌 벗어 젖히기 시작했다.

둥그런 어깨가 드러나고 팽만한 유방과 놀랍도록 풍만한
둔부가 물고기처럼 생동하며 만석의 눈동자로 와락 뛰어들었
다.

'어, 어디를……?

만석은 자신의 가슴이 철렁하는 소리를 들은 것 같았다.

백어처럼 미끈한 그녀의 손가락이 기둥처럼 솟아오른 하물
의 정점을 매만지고 있었다.

"호오… 아직은 양기가 충만하지 않구나. 조금 더 기다려야
해."

그녀가 아쉬운 소리를 내뱉었다.

"한 번만 더 발라요."

그녀의 싸늘한 음성에도 뜨거운 열기가 느껴졌다.

이어 빙매향이 시종을 드는 여인들과 함께 밖으로 나가자
기다렸다는 듯이 만석의 귓전에 전음이 들렸다.

"지금이에요! 곧 당신의 몸에서 피를 내는 의식이 시작돼요.
몸은 어때요? 괜찮으면 머리를 끄덕이세요."

빙한설의 음성이었다. 그녀의 음성과 동시에 만석의 단전에
서 미약한 진기가 흐르더니 천천히 전신에 유포되기 시작했
다.

만석이 조금 힘을 주어 고개를 끄덕이자, 곧 그녀의 음성이

다시 들렸다.

"그대로 있어요."

그와 함께 작은 인영이 빠르게 만석에게 다가왔다.

第四章
추락(墜落)

　만석이 빙한설에게 업혀 옆문을 나가면서 노을빛 연무에 싸인 실내를 돌아보았다.

　꼭 누군가 달려와 뒷덜미를 채는 느낌에 만석의 몸이 떨려 왔다.

　"안심하세요. 주위에는 아무도 없어요."

　만석의 기분을 느꼈는지 빙한설이 다정하게 전음을 건넸다.

　그녀의 발걸음은 빨랐다. 금세 대전을 벗어나 산길을 타고 오르더니 산속으로 몸을 감췄다.

　휘영청 보름달은 겨우 눈앞만을 밝힐 뿐 백송과 자작나무숲은 짙은 어둠에 싸여 형체만 드러내고 있었다.

　"여기서부터 혼자 가야 해요. 걸을 수 있겠어요?"

만석이 혈맥을 흐르는 진기가 사지에 힘을 주는 것을 느끼고 고개를 끄덕였다.

"좋아요. 내가 숙소에서 나온 것을 눈치 채면 모든 것이 끝장이에요."

그녀가 만석을 내려놓고 얼른 오던 길을 되돌아갔다.

그녀의 신형이 금세 어둠 속에 묻혀 버리자 만석은 지극한 허탈감과 외로움을 느껴야 했다.

"허억. 허어억."

산길은 완만함과 가파름을 되풀이하며 만석을 괴롭혔다.

만석이 산길 옆 풀숲에 털썩 주저앉아 거친 숨결을 가라앉혔다. 솔잎 향기가 떠도는 산중은 고적했지만 빽빽한 나무들 사이로 보름달이 숨었다 나타나면서 올려다보는 만석의 눈길을 보듬어 준다.

'가야지, 가야 해.'

만석은 다시금 자신을 독려했다.

산길을 내려가면 유황도로 빠지는 지하 통로가 있다고 했다.

정상에 올라 다시 한 번 숨결을 추스른 만석은 구르듯이 산길을 내려갔다.

'어디에 지하 통로가 있다는 말인가?

만장평의 기억에 떠올리기도 싫은 지하 통로였다. 그러나 지금 유일한 활로는 거기밖에 없다.

지하로 빠지는 동굴을 찾아 암석 벼랑을 눈으로 이 잡듯이 살피던 반석은 절망스런 한숨을 토했다.

절벽은 깊은 어둠 속에 잠겨 있어 어디가 공동(空洞)인지 전혀 구별이 안 되었던 것이다. 게다가 수 장 밖에서 찰랑이는 것은 틀림없이 북해의 물결이었다. 함부로 여기저기 돌아다닐 수도 없다는 생각이 만석의 발목을 묶고 있었다.

"그쪽이 아니에요. 이쪽으로 와요."

약간 날카로운 전음성. 빙한설과는 다른 목소리에 만석이 움찔 놀라 소리가 들리는 쪽을 쳐다보았다.

바위가 층층하게 널린 틈바구니 사이로 날씬한 인영이 손짓을 하고 있었다.

'조미지?'

"좋아요. 눈을 감고 숨을 깊게 들이켜세요."

이번에는 조미지가 만석을 업고 동굴 속으로 달려들어 갔다.

전력을 다한 듯 그녀가 달리는 속도는 빨랐다.

어느덧 지하 통로를 벗어났는지 만석이 갇혀 있던 반지하 석실을 멀리 돌아 그녀가 도착한 곳은 만석이 올랐던 언덕의 정상이었다.

그 앞으로 어둠에 싸인 동굴이 시커멓게 입을 벌리고 있었다.

"됐어요. 소녀는 그만 돌아갈 테니 저 동굴을 통해 절벽 밑으로 내려가요."

그리고 잠깐 망설이던 그녀가 품속에서 흰빛이 나는 손톱만
한 알약을 꺼내어 내밀었다.
'이건?'
만석이 눈으로 묻자 그녀가 즉시 대답했다.
"절곡 밑은 독무(毒霧)가 깔려 있어요. 무공이 높은 사람도
단 한순간도 견디기 어렵답니다. 그러니 얼른 받아서 먹어요.
나갈 길은 거기밖에 없어요."
만석이 알약을 받아먹고 감사의 눈빛을 보내자 미묘한 갈등
에 물들었던 그녀의 눈동자가 이리저리 흔들렸다.
'미안해요. 거기는 죽음의 절곡이에요. 하지만 당신 덕분에
그 얄미운 계집을 없앨 수 있으니 죽기 전에 마지막으로 적선
한 셈치세요.'
애절해졌던 그녀의 눈빛이 독랄하게 변했다.
'호호홋! 궁주 네년은 지위를 잃고 뇌옥에 갇힐 것이고 네년
의 딸은 공력이 전폐되고 사지의 힘줄이 끊겨 개처럼 죽어갈
거야. 평생 괴로워하렴, 천한 년들아.'
만석의 뒷모습을 바라보던 그녀의 신형이 빠르게 사라졌다.

뎅뎅뎅뎅!
종소리가 요란하게 울려 퍼졌다.
빙궁에 큰일이 있을 때만 울리는 네 번의 종소리.
태교 의식을 맞아 축제를 벌이던 삼백여 명의 빙궁 문도가
황급히 달려왔다.

외곽의 경계를 맡은 제자들과 아직 성인의 계를 받지 못한 아이들을 빼 놓으면 빙궁의 전 인원이었다.

달려오는 그들의 발걸음은 매우 경쾌했다.

쉽게 모습을 보이지 않는 장로들도 모두 모여 사태를 파악하고 있었다.

바로 빙궁의 장로들인 북두칠좌(北斗七座)로 축제를 주재하다 달려나온 것이다.

그때, 빙매향이 경비를 서던 제자들과 함께 장내에 나타나자 다른 장로들과 얘기를 나누던 몸매가 풍성한 도복의 여인이 앞으로 나섰다.

바로 대전에서 제사관을 하던 태상장로 조옥련으로 사십대 중반으로 보이지만 실제 나이는 칠순이 다 된 노인이었다.

"궁주, 무슨 일로 비상종을 울렸소?"

"그놈이 사라져 버렸어요."

"뭐요? 도대체 어떻게 했기에?"

"어, 어머!"

"그럴 리가?"

장내가 갑자기 떠들썩해졌다. 무림출도를 앞두고 태교 의식에서 제물이 사라지다니 있을 수 없는 일이었다.

궁주와 태상장로를 번갈아 보고 있는 빙궁 제자들의 모습은 망연자실 바로 그것이었다.

"모두 조용히 하라."

손을 높이 들어 제자들의 동요를 진정시킨 조옥련이 빙매향에게 재차 질문했다.

"놈의 상태로 봐서는 절대 제 발로 도망칠 수 없소. 여기에는 틀림없이 협조자가 있을 것이오. 궁주께서는 짐작되는 바가 없소?"

말은 부드러웠지만 그것은 추궁에 다름이 없었다. 궁의 최고 어른은 당연히 궁주이지만 장로들의 수장인 태상장로는 궁주가 죄를 지었을 때 힐문할 수 있는 권한이 있었다. 그것을 느낀 빙매향의 얼굴이 하얗게 탈색되었다.

"본 궁주는 아는 바가 없어요. 다만 의식의 마지막을 앞두고 잠시 자리를 비웠을 때 제물이 사라졌고 그 일을 증명할 많은 제자들이 있다고 말씀드려야겠네요."

"호오, 그래요? 그렇다면 궁주께서는 아무것도 모른다. 태교 의식은 본 궁의 장도를 점치는 중대한 행사. 모른다고 한다면 그것으로 끝이라는 얘긴가요?"

"호홋. 참으로 우습군요. 이 일은 본 궁주의 책임 한계를 벗어난 일이에요. 오히려 의식을 주관한 태상장로께도 일말의 책임이 있음을 모르시나요?"

빙궁을 대표하는 두 여인의 설전은 점점 가열될 기미를 보였다. 잘못하면 감정 싸움에서 무력 다툼으로 번질 수도 있는 험악한 분위기가 엿보이고 있었다.

두 사람이 서로의 눈을 직시하며 상대의 말에서 허점을 찾고 있을 때,

"제자, 여기에 대해서 할 말이 있어요!"

빙궁 여인들의 눈이 일제히 소리가 들린 쪽으로 집중되었다. 조미지가 여인들을 헤치면서 앞으로 나서고 있었는데 그녀의 손에 끌려 나온 여인은 빙한설의 시녀인 고설주(高雪朱)였다.

"너무 무례하지 않느냐? 여기가 어떤 자리라고 네가 함부로 나선다는 말이냐."

빙매향이 목소리를 높여 조미지를 꾸짖었다. 빙궁주와 태상장로가 얘기하는 자리였다. 아무런 직책도 없는 새파란 그녀가 나설 자리가 아닌 것이다. 다만 여기에는 뭔가 위기를 느낀 빙매향이 고설주의 입을 막으려는 의도도 숨어 있었다.

"제자가 여기 나온 이유는 사건의 전말을 알리기 위해서예요. 제가 주제넘게 어른들의 말씀 중에 끼어들었다면 언제라도 그 벌을 받겠어요."

"궁주, 저 아이가 저렇게 얘기하는데 못 들어줄 이유는 없지 않나요?"

'백 년 묵은 암구렁이 같으니.'

미리 짠 것처럼 다른 말을 못하게 쐐기를 박는다. 빙매향은 불길한 느낌에 가슴이 뛰기 시작했다.

"말씀드리겠어요. 실은 이 계집이 주변의 눈치를 보면서 조바심을 내기에 끌고 가서 추궁해 보니 놀라운 사실을 알게 되었어요. 어서 하나도 남김없이 이실직고하라!"

사람들의 눈초리가 날카로운 대꼬챙이가 되어 쏘아오는 느낌이 이럴까. 고설주가 시선을 어디에 둘 바를 몰라 쩔쩔매다가 그만 울음을 터뜨렸다.

"흐흐흑. 제, 제발 용서를……."

"이런 못된 계집. 울지 말고 네가 보고 들은 바를 그대로 토설하지 못할까?"

조미지가 쌍심지를 돋우며 추궁하자 고설주는 얼굴을 감싸 쥐고 바닥에 털썩 주저앉고 말았다.

"안심하고 말하여라. 네가 아는 것이 무엇인지 몰라도 본 궁으로서는 사활이 걸린 사건이라 할 수 있다. 그러니 너는 솔직히 말하기만 하면 된다. 그러나 네 말에 한 점 거짓이라도 발견된다면 중벌을 면치 못하리라!"

조옥련의 말은 추상같았지만 반면 빙매향의 개입을 미리 봉쇄하는 의도가 들어 있었다. 고설주가 겁먹은 표정으로 빙매향을 올려다보자 그녀가 마지못해 지시를 내렸다.

"태상장로님의 말씀과 같이 너에게 벌을 내릴 사람은 없다. 너는 있는 그대로만 말하면 된다."

"네, 실은… 어제 아씨께서 그 사람을 만나려고 나가셨어요."

"무, 무엇이? 소궁주가 그자를 만나려고 나가?"

"그게 사실이냐?"

조옥련을 비롯하여 다른 장로들도 의심스러운 눈초리로 추궁하자 고설주가 기어드는 목소리로 수긍했다.

"네. 아씨가 처소를 나가다 저의 눈에 띄자 못 본 척해달라고 하시면서……."

"그래, 그 외에 다른 얘기는 없었느냐?"

이미 내친 걸음이었다. 조옥련의 말에 고설주가 급히 고개를 끄덕였다.

"사랑하는 사람을 죽게 내버려 둘 수 없으시다고……."

"너 외에 네 말을 증명해 줄 사람이 있느냐?"

이번엔 빙매향이었다. 증거는 없지만 고설주가 조미지와 내통하거나 위협을 받는 경우도 충분히 예상할 수 있는 일이었다.

"…실은 다른 시녀들도 깨어 있어서 모두… 그 일 가지고 아가씨를 부러워하기도 한걸요."

"어허, 저런!"

"그, 그럴 수가……?"

장중이 다시 저잣거리처럼 소란스럽게 변했다. 앞뒤 못 가리는 시녀들의 입방아이긴 했지만 그 결과는 엄중했다.

"허어. 통탄할 노릇이로고!"

빙매향의 얼굴이 파랗게 질려 있자 그녀를 흘낏 노려본 조옥련이 큰소리로 명을 내렸다.

"이 일은 궁주와 직접 관계된 일이니 본좌가 지휘권을 행사하겠소. 이좌는 궁주를 처소에 모시도록 하고, 삼좌는 소궁주를 대전으로 데려오시오. 사좌와 오좌는 본 궁의 경계를 강화하도록 하며 육좌와 칠좌는 본좌를 따라 대견의 뒤를 쫓도록 합시다."

실로 미리 준비한 것처럼 단호한 지시에는 누구나 알 수 있는 명쾌한 의미를 담고 있었다. 빙매향은 졸지에 궁주의 권한을 정지당하고 가택에 연금되는 결과를 낳았고, 권력의 중심이 태상장로에게로 이동되어 버렸다.

빙매향이 항변도 못하고 멍하니 서 있는 사이, 명령을 받은 궁도들이 재빠르게 움직였다. 그 모습을 잠깐 살핀 조옥련이 나는 새처럼 신형을 띄웠다.

*　　　*　　　*

흔적은 쉽게 발견되었다. 반월도를 전면 수색한 빙궁도들의 보고를 받은 조옥련이 지하 통로를 거쳐 환희초 밭을 지나 언덕 위의 동굴로 달려들어 갔다.

"오, 저기 있다!"

라는 말과 동시에 그녀의 두 손이 벼락같이 떨쳐졌다.

파아아!

공간이 쪼개지는 듯한 파공성과 더불어 그녀의 쌍장에서 푸른 불빛이 쏘아져 나갔다. 실로 빙혼장(氷魂掌)이 절정에 도달하면 보인다는 푸른 불빛. 달리 도깨비불이라고 불리는 절고의 수법이 펼쳐진 것이다.

실로 이십여 장의 거리. 절벽의 끝에 도달하고 있던 만석은 뒤에서 들려오는 파공성에 절박한 위기를 느꼈다. 그대로 얻어맞으면 몸이 그대로 분쇄가 되고 말 것이다.

안간힘을 써서 몸을 옆으로 비낀 만석은 가슴이 얼어붙는 듯한 느낌을 뒤로하고 절벽으로 몸을 날렸다.

뒤에서 보기엔 몸을 돌리던 만석이 빙혼장에 직격을 당해 절벽 밑으로 떨어진 것처럼 보였다.

"이런!"

만석이 떨어진 벼랑 위로 몸을 세운 조옥련이 안타까운 신음을 발했다. 당초의 의도는 빙혼장으로 만석의 앞길을 가로막아 절벽에서 물러서게 하려 한 것이었다.

때문에 그녀는 겨우 절반도 안 되는 진력을 장에 실었던 것이다.

뒤에서 날카로운 소리와 더불어 뭔가가 날아들면 보통 사람은 일단 뒤를 돌아본다. 반대로 최소한 일류고수들은 먼저 피한 다음에 상황을 파악하는 것을 체득하고 있다. 그것이 위기에서 살아남는 최소한의 방법이다. 그런데 거의 절정고수의 반열에 올랐다던 만석이 보통 사람이 하는 실수를 저질렀을 줄이야.

"태상장로님, 어떻게 하지요?"

그녀의 옆에 서 절벽 밑을 내려다보고 있던 육좌가 은근히 물어왔다. 절벽은 두터운 안개가 겹겹이 에워싸고 있어 십여 장 밑으로는 아예 보이지도 않는다.

"휴우… 할 수 없지. 저자는 나의 장을 거의 정면으로 맞은 것 같소. 그러니 그만 돌아갑시다."

태상장로의 말이 아니라도 천 장 절벽에서 떨어지면 살기는 어렵다. 게다가 벼랑 밑은 단순한 절곡이 아닌 것이다.

태상장로가 못내 아쉬운 듯 천천히 몸을 돌리자 십여 명의
궁도도 함께 신형을 돌리며 그녀의 뒤를 따랐다.

＊　　　＊　　　＊

물 같은 안개는 물결처럼 이리저리 밀리며 또 다른 형상을
부지런히 만들어내고 있었다. 최대한 시야를 돋우지 않으면
겨우 일 장 앞도 보이지 않는 안개 속.
보기 싫게 앞으로 고꾸라진 만석은 죽은 듯이 아무런 움직
임도 없었다.
휘이잉!
어디선가 찬바람이 불었다. 바람을 동반한 안갯덩이가 일렁
일 때마다 차가운 공기가 전신을 얼음 꼬챙이처럼 찌르고 있
었다.
"끄으으으!"
그 차가운 공기가 구천지옥의 유부(幽部)로 빠져나가려던
영혼을 붙잡았을까.
정신이 남에 따라 만석의 몸이 조금씩 움직임을 보였다.
'이상한데……?
정신이 나면서 자연스럽게 든 생각이었다.
몸을 떠받치고 있는 이상야릇한 물질. 기체 같기도 하고 액
체 같기도 하면서 말랑말랑한 느낌이 든다. 그러면서도 가슴
을 포근히 안아주는 느낌은 결코 싫지 않았다.

'바람이 아니야.'

만석은 또 그렇게 느꼈다. 만석의 몸을 찌르듯이 차갑게 스쳐 지나는 것은 몸 아래의 기이한 물질에서 나오는 수증기가 골짝의 안개 덩이와 섞이면서 나오는 현상으로 보였다.

"크큭. 하여간 너 때문에 살아난 것이니 고맙다고 해야겠지?"

만석이 손으로 잡아도 잡히지 않는 물질을 보듬듯이 하면서 중얼거렸다. 모르긴 몰라도 최소한 천 장 높이는 되리라.

그 높이에서 떨어졌으면 바닥이 진흙이라도 온몸이 흔적도 없이 분쇄되었을 것이다.

몸이 얼어붙는 것 같으면서도 안온한 느낌. 만석은 그저 눈을 감고 그 느낌에 온몸을 맡기고 있었다.

실은 지각의 급격한 변동에 따라 지하 깊숙한 곳의 빙정이 잠시 지표로 올라왔을 때 만석이 떨어진 것이었으니, 천운이란 이를 말하는 것일 게다.

그렇게 또 얼마의 시간이 흘렀을까?

먼저 들린 것은 그르렁대며 지각이 울리는 소리였다. 여기서는 하루에도 몇 번씩 겪었던 익숙한 소리. 바로 지진이었다.

그와 동시에 바닥에 댄 가슴과 하체가 꼬물꼬물 흔들리는 느낌이 들더니 몸을 부드럽게 받치던 기운이 사그라져 버렸다.

"그것참!"

만석은 커다란 아쉬움을 느끼며 감았던 눈을 떴다.

그와 함께 고약한 냄새가 코끝을 점해왔다. 꼭 시신을 태울 때 나는 냄새에 만석이 얼른 손으로 코를 막으며 주위를 살폈다.

"훗. 보이는 건 안개밖에 없구나."

묵직하게 가라앉는 느낌을 주는 짙은 안개는 음습한 기운으로 만석의 마음을 눌러오고 있었다. 앉아서는 아무것도 알 수 없다는 생각을 한 만석이 조심스럽게 몸을 일으켰다.

뼈마디가 골절된 곳도 없고 외상마저도 없다. 그러나 몸의 내부는 텅 비어버린 것처럼 허허로운 느낌만이 들었다.

몸은 멀쩡했어도 내공은 사라진 채 회복이 되지 않은 것이다.

그렇게 몇 걸음을 걷던 만석이 움찔하며 크게 눈을 떴다.

고사목 같이 희끄무레한 형체들이 지면에 들쑥날쑥 파묻혀 있었는데 움푹 파인 구멍에는 푸른 인광이 떠 있어 섬뜩한 느낌이 들었다.

"이게 뭐야? 전부 사람의 해골이란 말인가?"

희미한 형체만 가지고도 쉽게 알 수 있었다. 그러고 보니 푸석거리며 발밑에서 허물어지는 것은 흙이 아니라 인골이 분명했다.

'후우. 도대체 얼마나 많은 사람들이 죽어 파묻혔다는 말인가?

생각해 보면 허망한 노릇이었다. 다만 여자 아이를 잉태하지 못했다는 이유로 자유를 빼앗기고 고된 노동에 시달리다 죽어간 사람들. 죽어서도 땅속에 들지 못하고 아무렇게나 방치된 이들을 보자니 새삼 빙궁 여인들의 악독함에 치가 떨렸다.

그러나 지금은 마음은 있어도 아무것도 못하는 현실. 만석은 쓰라린 심정으로 입술만 씹을 수밖에 없었다.

'으음. 기분이 영 안 좋구나.'

만석은 시간이 지날수록 불쾌한 기분은 물론 호흡에 곤란을 겪고 있었다.

시야를 칙칙하게 가리고 있는 뭉클대는 안개는 시체에서 나오는 시독(屍毒)이 기체로 화한 것인 데, 오랫동안 공기의 흐름이 정체되면서 더욱 강력한 독성을 지니게 된 것이다.

만석은 약간의 호흡 곤란과 불쾌감을 느낄 뿐이지만 실은 이 독성은 만독불침의 신체가 아니라면 살이 한순간에 녹아버릴 만큼 극심했다. 만석이 전혀 중독 현상을 보이지 않는 것은 바로 만년빙과의 복용으로 인한 것이었으나 이는 만석 본인도 몰랐다.

풀 한 포기 살지 못하는 절곡은 이처럼 죽음의 땅이었으니, 만석이 살아 있는 것은 한마디로 천우신조였다.

第五章

절곡의 괴인(怪人)

　방원 백여 장의 절곡은 사면이 깎아지른 절벽으로 막혀 있어 나갈 길이란 전혀 눈에 띄지 않았다.

　벌써 며칠을 굶었는지 모른다.

　절곡의 두터운 독연은 사그라질 줄 몰랐고 가끔 어스름한 빛 자락만이 비춰들 뿐 시간의 흐름을 느끼기 힘들었다.

　"끄으윽!"

　절곡을 헤매던 만석이 주린 배를 잡고 뒹굴고 말았다.

　어느 순간 사라졌던 배고픔이 이젠 창자가 꼬이는 아픔으로 만석을 엄청난 고통 속에 몰아넣었다.

　배를 부여안고 몸부림을 치다 뭔가 꿈틀하는 느낌에 동작을 뚝 멈추었다. 가슴에 전율을 일으키는 기분 나쁜 느낌.

‘이게 뭐지?

생물이 살 수 없는 죽음의 땅에 살아 움직이는 것이 있다니.

만석의 손이 들어가 있는 곳은 퀭하니 뚫린 해골의 눈두덩이었다.

‘구더기?

만석이 생각하자마자 손가락 사이를 빠져나가려고 꿈틀거리는 놈들을 잡아채었다.

‘그래. 이놈들이라도……’

온몸이 시퍼런 새끼 손가락만 한 벌레 두 마리.

만석의 눈동자가 발작적으로 떨리고 있었다.

다만 배를 채울 수만 있다면 못 먹을 것이 없다.

만석이 두 마리의 독물(毒物)을 놓칠까 봐 조심스럽게 들어 올렸다.

놈들이 사마귀처럼 주둥이처럼 생긴 아가리를 위협적으로 놀리며 만석의 손가락을 물어뜯으려고 했다.

“왓핫핫! 어림도 없다, 이놈들아!”

만석이 크게 웃어 젖히며 놈들을 입 안에 한꺼번에 털어 넣었다. 찝찔하고 비린내 나는 육즙이 목구멍으로 밀려들었다. 그렇거나 말거나 갑작스레 힘이 난 만석은 주위의 해골 속에 든 십여 마리의 벌레들을 잡아 허겁지겁 입속에 처넣고 씹는 일을 반복했다.

육즙이 속으로 기어들 때마다 창자가 찌르르 울리고 화끈 달아올라 뱃속이 거북살스러워졌다. 그러나 그만큼 뱃속이 든

든한 것이 살 것만 같았다.

"쩝……."

이빨 사이에 낀 육즙을 혀로 핥은 다음 한숨을 돌린 만석이 앉은 자리에서 가만히 몸을 일으켰다. 다리에 힘이 붙은 것이 확연하게 느껴졌다.

"나갈 길을 찾아보자."

배가 부르니 한층 마음에 여유가 느껴진다. 발걸음을 세듯이 천천히 절곡을 둘러본 만석은 이내 실망감이 들었다.

짙은 안개 때문에 윗부분은 잘 보이지 않았지만 아래쪽도 나갈 틈이란 전혀 없었다.

터벅터벅 발길만 옮기던 만석은 지면 위로 반쯤 드러난 해골을 밟고 넘어져 버렸다. 일어날 생각도 없이 넘어진 그대로 지면에 엎드려 있을 때,

"야, 인마! 숨 막힌다. 빨랑 일어나지 못하겠어?"

갈까마귀가 우짖는 듯한 음성, 어떻게 들으면 배고픈 갓난아기가 째지게 우는 것 같은 기괴한 음성이었다.

'이게 어디서 들리는 소리지?

만석이 순간 어리둥절해서 주변을 둘러보았다. 아무도 없는 절곡에 사람 소리가 들리다니.

"아, 이 멍청한 놈아. 네 손이 내 코와 입을 막았잖아? 너 그만 뒈지고 싶어?"

'음? 이게 무슨……?

만석은 진짜 멍청해졌다. 왼손은 지면을 짚고 오른손은 해

골의 얼굴 부위에 올려져 있었는데 대충 입과 코에 해당하는 부분 같긴 했다.

'혹시 이 해골이……?

말도 안 되는 생각이었다. 세상에는 상식적으로는 믿기 힘든 일이 많다지만 이렇게 해골이 말을 하다니.

그러면서도 얼른 손을 치운 만석이 몸을 일으키며 해골을 자세히 살폈다.

"아, 그 자식. 내 얼굴에 뭐가 묻었나, 왜 그렇게 뚫어지게 봐?"

만석은 진짜 귀신에 홀렸나 싶었다. 몸 아래의 해골이 말을 한다면 입이라도 움직여야 했지만 그런 기미도 없다. 물론 초절정에 이른 고수라면 상대의 뇌리에 뜻을 전하는 심령전음술도 가능하겠지만 그런 초절정고수가 할 일이 없어 이 절곡에 해골로 누워 있다는 말인가. 속으로 핏 웃은 만석이 주위를 둘러보며 목소리를 돋우어 소리쳤다.

"어느 고인이신지는 몰라도 그만 놀리시고 모습을 드러내십시오."

소리치자마자 대답은 곧 바로 들렸다.

"젠장. 이놈아! 눈으로 빤히 보면서 누굴 찾는 거야. 살다살다 이런 한심한 놈은 첨 봤네?"

해골의 시커먼 눈두덩에서 시퍼런 인광이 번뜩였다. 만석은 그때 그 속에서 눈알이 움직이는 것을 느끼고 아연했다.

해골은 해골이되 살아 있는 해골이었던 것이다.

만석이 자기도 모르게 벌떡 자리에서 일어나며 허리춤을 만졌다. 거의 습관화된 동작. 그러나 감옥에 감금되면서 빼앗긴 묵봉이 손에 잡힐 리가 없었다.

"아, 그 자식. 나뭇등걸처럼 뻣뻣하더니 이제 와서 놀라긴?"

해골괴인이 결코 싫지 않은 표정으로 만석을 올려다보더니 머리통을 갸웃했다.

"어잉? 옷도 멀쩡하고 신체도 멀쩡한 것이……? 야, 인마. 너 혹시 못 먹을 걸 먹었냐?"

해골괴인이 벌떡 일어나며 만석의 맥문을 잡았다. 괴인의 손가락을 통해 일면 차갑기도 하고 약간의 온기도 느껴지는 기이한 기운이 만석의 손목을 타고 전신으로 번져 나갔다.

"으윽……!"

만석이 신음을 흘리며 괴인의 손을 잡아떼려 했지만 쇠집게 같은 괴인의 손가락은 요지부동이었다.

"가만있어라. 너 계속 그러면 내장이 진탕되어서 뒈진다."

실로 괴인의 말투는 상스러우면서도 거칠었다. 그러면서도 자연스럽게 들리는 것이 이상스럽다.

"으으으……"

만석이 수만 마리의 개미가 혈관을 물어뜯는 고통으로 혼절할 즈음이 되어서야 괴인이 손을 뗐다.

"케헬헬. 너 만년빙과 처먹고 뒤를 안 닦았지?"

"뒤를 안 닦다니 그게 무슨 개소리요."

만석의 반응도 고울 리가 없었다. 이건 다짜고짜 손목을 잡고 고통스럽게 하더니 또 이해가 안 되는 소리를 해댄다.

그나저나 그렇게 대꾸를 하면서도 만석은 놀라웠다. 몸속에 기를 흘려 넣은 것만으로도 만석이 만년빙과를 먹은 것을 안 것이다.

"개, 개소리?"

얼떨떨하니 만석의 욕지거리를 되풀이하던 해골괴인이 웃음을 터뜨렸다.

"케케케케! 아, 그놈 욕설도 맛있게 하는구나. 들어봐라, 이 놈아. 노부가 알기로는 만년빙과가 있는 곳에 화룡도 있었을 거야, 그렇지?"

"그렇소!"

겉으로는 별거 아니라는 듯이 대답하면서도 만석은 속으로 적이 놀라움을 금치 못했다.

그야말로 귀신같은 해골이었다.

"만년빙과를 먹었으면 화룡 내단도 같이 먹었어야지. 네가 이 절곡의 독기에 중독되지 않은 것은 빙과의 효능이야. 만약 화룡의 내단까지 같이 먹었으면 내공을 잃지도 않을뿐더러 고 금에 없는 내공을 가졌을 텐데. 케케케케. 그게 네놈의 운수인 것을 어찌하겠냐?"

해골이 웃는 것은 별로 보기 좋은 모습이 아니다. 만석은 순 간순간 눈을 돌리고 싶은 마음을 억제하고 해골괴인을 응시하 고 있었다.

확신하기는 어렵지만 해골괴인의 말대로라면 독기로 충만

한 이곳에서 만석이 버티는 것은 바로 만년빙과를 복용한 덕분이었다. 그럴수록 괴인의 정체가 더욱 궁금해지는 것은 인지상정이었다. 서서 마주 보니 괴인의 키는 만석과 버금갈 정도로 컸다. 흐릿한 안개 속이라 잘 보이지는 않지만 괴인의 얼굴이나 몸은 간신히 한 겹 정도의 피부로 둘러싸여 있는 것 같았다.

만석이 심상치 않은 눈으로 괴인을 살피자 괴인이 킬킬거리며 웃었다.

"인마! 노부가 누군지 궁금하냐?"

만석이 눈으로 그렇다는 시늉을 하자 괴인의 깊숙한 눈에서 애절한 통증 같은 것이 스쳐 지났다.

"실로 오래전이겠구나. 켈켈켈. 오십 년을 세다가 지쳐서 그만 뒀다만… 너는 혹시 절대천마라고 들어본 적이 있냐?"

"절, 절대천마?"

어지간해서는 놀라지 않는 만석의 입에서 경악성이 터졌다.

무적초자의 일 장에 맞아 떨어졌다는 절대천마. 그가 어찌 십만 리 먼 곳, 유황도의 절곡에 있다는 말인가?

"엥? 너 나에 대해서 들어본 적이 있냐?"

그러나 만석은 그의 물음에 직접적인 대답은 회피했다.

"구렁이는 잘 있습니까?"

엉뚱한 답변. 절대천마가 어리둥절해서 만석을 보았다.

"구렁이 잘 있냐고? 무슨 구렁이……?"

표정으로 봐선 전혀 모르는 것 같다. 그러던 그의 눈에서 번

적하고 빛이 토해졌다.

"끄으, 크카카카! 네놈은 무적초자와 무슨 관계냐?"

금방이라도 만석의 모가지를 붙잡고 으스러뜨리고 싶다는 저의가 엿보인다.

"무적초자보다는 환영살마나 생사마의라면 잘 아는 사이지요."

"뭐, 뭣이? 환영과 마의?"

만석이 간략하게 환영살마의 제자 운산과 생사마의와 함께했던 지난날을 설명하자 그의 눈에 희뿌연 안개 같은 것이 어렸다.

"크흐흐. 그게 벌써 백 년 전 얘기라고? 더욱이 무적초자와 그 사기꾼 금성혼이 무림의 구성(救星)으로 추앙받고 있어?"

놀랍게도 절대천마의 퀭한 눈에 서린 것은 어쩔 수 없는 회한이었다. 한동안 말을 잇지 못하던 절대천마가 서리서리 감추어 두었던 깊은 한숨을 내쉬었다.

"구렁이 새끼를 영물이라고 속여서 키우게 하고는 구렁이를 믿는 사교(邪敎)라고 소문을 내더군."

절대천마라고 밝힌 해골괴인의 짤막한 얘기였다. 그러나 만석은 그 말 한마디에서 무적초자에 대한 일말의 믿음이 와르르 무너지는 것을 느꼈다.

"케케케케! 노부가 살아서 이런 얘기를 할 수 있다니 하늘도 무심치 않구나."

이어진 그의 얘기는 초로가 전해준 책자 속의 얘기와 큰 차이는 없었다. 그러나 주체가 누가 되느냐에 따라 같은 얘기도 정반대의 의미를 지니는 것. 한마디로 무적초자와 금성혼의 속임수에 넘어간 절대천마가 이 절곡에 떨어져 차마 죽지 못해 이어온 백여 년의 생은 애절하기 이를 데 없었다.

"지금 강호는 대혼란기입니다. 무적초자와 금성혼, 그리고 노선배님의 죽림마원 등이 서로 얽혀 진흙탕 싸움을 벌이는 바람에 애꿎은 사람들의 희생도 크다고 합니다."

만석이 일부러 강호 일을 꺼내 설명했지만 절대천마 무차원(茂差元)은 심드렁한 반응을 보일 뿐이었다.

"크크크. 지금 와서는 모두 부질없는 얘기야. 자, 노부는 그만 잘 테니까 더 이상 말을 걸지 말도록 해라. 귀찮게 굴면 넌 주욱어!"

마지막 말은 뼈만 남은 주먹을 눈앞으로 들어 올리며 한 소리였다.

그 자리에 벌렁 눕는 무차원을 보며 만석은 어이가 없었다. 간헐적으로 번뜩이던 눈빛이 꺼진 것을 보면 눈마저 감은 것 같았다. 그가 누워버리자 주위는 다시 쥐 죽은 듯한 고요가 닥쳐왔다.

'이미 생에 대한 미련을 버린 거야.'

만석은 천천히 몸을 돌렸다. 온통 화강암으로 이루어진 천장 절벽. 나는 새라도 이 절곡을 빠져나가지 못하리라. 그러나 만석은 나가는 길을 찾아야 했다. 무차원과 함께라면 어렵지 않을지 모르지만 만석은 더 이상 설득하고 싶은 마음이 없었다.

*   *   *

부드득!

빙매향은 거세게 이를 갈아붙였다.

그녀의 눈에 담긴 것은 지독한 분노와 원한의 불길이었다.

그녀가 만석의 친인인 무중살객 운산을 시켜 빙백신군을 암습하게 하고, 암습에 실패한 운산이 그의 손에 죽자 만석이 복수를 한 일. 그리고 의식의 마지막 순간에 대전에서 물러나 딸 빙한설이 만석을 구하게 한 일 등. 이 일련의 일들이 모두 빙매향이 빙궁을 배신하고 외부 세력에 빙궁을 팔아먹으려는 수작이라는 것이었다.

그녀는 당연히 반박을 했지만 과거 양초심에게 빙궁의 무공을 넘긴 것이 그녀의 발목을 잡았다. 조옥련 등은 이십여 년 전 그녀의 소궁주 시절 한 실수를 결코 잊지 않고 있었던 것이다.

"똥물에 빠져 죽을 년!"

그녀는 입에 담지 못할 욕설을 퍼부었지만 마음이 시원해지지 않았다. 단전은 파괴되고 두 발목의 힘줄이 잘렸으니 일어서지도 못한다. 빙한설이 어떻게 되었는지 궁금했지만 그녀는 이를 악물고 딸에 대한 걱정을 잊으려고 애썼다.

식사는 하루 두 끼였다.

오늘도 식사를 갖다 준 궁도에게 애걸도 하고 협박도 했지만 궁도는 입을 꾹 다물고 가증스럽다는 눈으로 빙매향을 노려보다가 찬바람이 나게 돌아서서 가버렸다.

"개 같은 년. 좀 가까이 갖다 놓지."

대접에 든 식사는 항시 배식구(配食口)에 살짝 걸쳐져 있어 빙매향은 식사를 할 때마다 네 발로 기어야 했다.

그녀는 대접을 들어 죽 같은 식사를 목구멍에 처넣다시피 했다. 수저가 없으니 그렇게 마실 수밖에 없었다.

두 팔을 온전하게 놔둔 것은 밥이라도 제때 먹으라는 조옥련의 배려였을까? 아니었다. 벼룩이 득실거리는 세 평 남짓한 뇌옥. 벼룩에 물리면 얼마나 가려운지는 당해본 사람만이 안다. 일단 한 번 물리면 피부가 벗겨지도록 박박 긁어댈 수밖에 없는 것이다.

놈들은 빙매향이 자거나 누워 있으면 어김없이 달려들어 그녀의 피를 빨아댔고 가려움에 못 견딘 빙매향이 전신을 긁어대는 바람에 그녀의 온몸은 피딱지로 덮여 있었다.

"아우, 진짜 가려워 죽겠어."

그녀가 밥을 먹다 말고 부르르 떨며 몸을 긁어대기 시작했다.

긁을 때마다 피딱지가 마구 떨어지면서 벗겨진 피부는 핏물로 범벅이 되어버렸다.

겨우 열흘. 벌써 피부는 진물이 생겨 고름이 잡히기 시작했고 가려움을 동반한 통증은 나날이 심해지고 있었다.

"대체 어디서부터 잘못된 거야?"

그녀는 옛일을 하나씩 떠올리면서 시간을 보냈다. 그렇게라도 하지 않으면 미쳐 버릴 것 같았다.

애초에 만석들을 데려오려고 한 것은 뭔가 쓸모가 있을 것 같다는 즉흥적인 생각에서였지만 빙궁으로 향하면서 구체적인 계획을 세웠었다.

젊은 시절 한때 빙백신군에게 빠져 빙궁의 무공을 몰래 전수해 준 죄는 그의 죽음으로 끝맺음하고, 태교 의식을 통해 만석의 정혈을 빨아들여 대폭 공력을 높인다면 그녀는 충분히 무림의 여제(女帝)로 군림할 수 있을 것이라 생각했다.

그러나 이제는 어떻게든 여기를 탈출하는 것이 최대의 목표가 되어버렸다.

일단 탈출해야 복수를 꿈꿀 수도 있는 것이다.

"어떻게든 이곳을 탈출해야 해!"

한 달이 지나자 그녀는 자신의 피를 빨아 먹는 벼룩을 잡아 먹기 시작했다. 그녀에게 주어지는 멀건 죽이 아무런 영양가도 없다는 것을 깨달은 직후였다.

매끈하고 풍만하던 육체가 마른 장작처럼 말라갈수록 그녀의 원한 더욱 깊어갔고 복수에 대한 갈증은 더욱 커져 갔다.

第六章

가깝고도 먼 길

만석은 화강암 사이의 흙을 파고 또 파 들어갔다.

절벽은 전혀 오를 것이 못되었다. 겨우 십여 장만 올라가면 어디서 불어오는지 폭풍 같은 거센 바람이 만석을 떨어뜨렸다.

게다가 올라갈수록 바위 절벽은 유리처럼 매끈해지며 아예 사람의 접근을 허용치도 않는 것이다.

투두둑!

흙과 함께 돌멩이가 떨어져 내렸다. 파고들어 갈수록 바위 틈이 넓어지는 것은 희망의 상징이었다.

만석이 흙을 파는 도구는 뾰족한 돌멩이였다.

자연히 그만큼 많은 노력과 시간이 소요되고 있었으니 하루

종일 파댄 흙이 겨우 한 척 깊이도 안 될 때가 허다했다.

"케케케. 이놈아! 나와 함께 독물이나 잡아먹으면서 살자니까?"

무차원은 수시로 만석이 작업하는 옆에 와서 일을 방해했다.

"이런 개잡놈! 너 혼자 살려고 흙을 파? 죽어라, 이놈아!"

어떤 때는 만석의 등을 할퀴고 온몸을 개 패듯 두들기기도 했다. 하지만 진짜 만석을 다치게 할 의도는 없는지 내공을 싣지 않고 힘으로만 때리는 것이었다.

"참, 노인네가 힘도 좋아."

그러나 만석은 노인에게 마주 댓거리를 하거나 싸우려고 들지 않았다. 사실 절대천마라는 이 노인과의 인연도 만만치 않은 것이었지만 만석은 노인에게 맞으면서 어떤 회열을 느끼기도 했다. 많은 사람들이 만석과 함께하다 비명횡사하거나 행방불명이 되었다. 조금이라도 죗값을 치른다는 생각. 그 생각이 만석의 마음을 기껍게 했다.

만석은 밤중에만 굴을 팠다. 새벽 어스름이 층층 안개층을 뚫고 내려오는 아침부터 해가 떠 있는 시간은 절대천마의 수면 시간이었다. 그는 다른 건 몰라도 수면을 방해 놓으면 온몸을 바스라뜨려 죽이겠다는 무시무시한 위협을 했는데 실상 만석이 그의 말을 따른 것은 다른 이유가 있었다. 낮 시간은 무차원이 밤 사이에 몸속에 축적된 독기를 배출하는 시간이었던 것이다.

"인마! 그만 포기해라. 노부가 보기엔 네 평생 동안 굴을 뚫어야 지상으로 연결되겠다. 다 늙어서 나가봤자 뭔 소용이냐?"

오늘 밤도 절대천마는 굴을 파고 올라가는 만석을 붙잡고 훼방을 놓고 있었다.

"그렇게 안타까우면 도와주시면 될 거 아닙니까?"

"내가? 내가 왜? 난 여기가 좋아. 내 수면을 훼방할 놈도 없고, 골치 아픈 세상사에 신경 쓸 필요도 없잖냐?"

"어르신이나 그렇게 사십시오. 난 아직도 밖에 나가 할 일이 많습니다."

만석이 딱 끊어서 거절하자 무차원의 눈이 시퍼렇게 변했다.

마음에 안 들면 뭐든지 부수고 보는 그의 성미가 곧 나올 듯도 싶다.

그러나 무차원의 눈빛이 곧 가라앉았다.

"그놈 통뼈를 삶아 먹었나, 고집은 천하제일이라니까?"

무차원이 나직하게 한숨을 쉬며 뭔가를 생각하는 것 같더니 손에 든 뭔가를 불쑥 내밀었다.

"자, 먹어라. 오늘은 왕건이 몇 마리가 보이더라."

무차원이 내민 것은 거의 갓난아이 주먹 크기의 독물이었다.

온몸에 털이 숭숭 나고 몸 양쪽으로 아직 덜 발육된 날개가 달린 기이한 놈이었다.

무차원은 엄지와 검지로 벌레의 양쪽 날개를 붙잡고 있었는데 놈이 그의 손가락을 벗어나려고 꽁지를 힘차게 젓고 있는 것이 애처로웠다.

"아니, 식사는 각자 해결하자더니 그동안 마음이 바뀌셨습니까?"

만석이 무차원의 해골바가지 얼굴을 유심히 응시했다.

처음에는 끔찍하기만 하더니 몇 개월이 흐르니 약간 이상하게 생겼다는 느낌밖에 없다. 게다가 이제는 그의 작은 표정 하나로 기분이 어떤지도 알 수 있었으니 이것이 바로 위대한 세월의 힘이었다.

"놈! 줬다가 빼앗지는 않을 테니 마음 놓고 먹어라."

"아니, 어르신 드십시오. 통통하게 살이 찐 놈은 구경하기도 어려운데 어찌 제가……?"

"인마! 먹으라면 먹어!"

빽하고 소리치던 무장원이 소리가 컸다 싶은지 일견 부드럽게 말했다.

"노부는 벌써 몇 마리 먹어치웠다. 내 배 부른 것 봐라. 고기는 싱싱할 때 먹어야 맛이 있는 거야."

무차원이 자신의 배를 톡톡 두드렸지만 한 겹 피부로 덮인 그의 배는 밋밋하기만 했다.

그러나 만석은 그가 내민 벌레를 묵묵히 받아 들어 천천히 씹어 먹었다. 벌레들은 인골 속에 우글득실했지만 워낙 재빠른 데다 거의 손톱만 한 놈들이라 잡기도 힘들지만 몇 마리 먹어봤자 간에 기별도 안 갔다. 그런데 이 정도 크기라면 한 마리만 먹어도 몇 끼 식사량이 될 것 같다.

만석은 벌레를 먹는 데 상당한 시간을 들였다.

"쩝……."

만석이 벌레를 다 먹고 아쉬운 듯 입맛을 다시자 무차원이 뒷짐을 지고 있던 손을 내밀었다.

"한 마리 더 먹어라. 고된 작업을 하려면 배가 든든해야지."

만석이 이번엔 거절하지 않고 냉큼 벌레를 받아 게 눈 감추듯 먹어치우자 무차원이 지나치듯 한마디 했다.

"네 생각은 어떠냐? 그 무적초자 놈이나 금성혼이가 살아 있을 것 같냐?"

처음으로 다른 사람에게 관심을 두는 무차원이었다.

"생각할 것도 없습니다. 어르신께서도 살아 계시는데 그들이 벌써 죽었다고 보기는 어렵지요."

"그래, 그렇겠지……?"

무차원이 깊은 생각 속으로 빠져드는 것 같자 만석은 다시 작업을 개시했다.

거의 십여 장 정도를 파고들어 가자 보드라운 흙이 나타나고 있었다. 군데군데 큰 돌이 박혀 작업을 방해했지만 옆으로 파고들어 가 돌을 들어내면 모래층까지 나타났다.

모래층이 있는 것으로 봐서 아주 옛날에는 이곳도 호수 속이었을 가능성이 컸다.

"이마, 네가 겪은 일을 자세히 얘기해 봐라."

생각에 잠겼던 무차원이 불쑥 물어왔다.

만석이 무림의 정세 등을 섞어 자신이 경험한 것을 얘기해 주자 신중히 듣고 있던 무차원이 혀를 세차게 찼다.

"쯧쯧쯧! 알 만하다, 알 만해. 만약 놈들이 살아 있다면 모든 게 그놈들의 장난이야."

"장난이라 하심은……?"

"원래부터 무적초자란 놈은 사람이 가볍고 장난치는 것을 즐겼어. 거기에 비해서 금성혼이는 음흉하기 이를 데 없는 놈이었지."

계속해서 무슨 말인가 더 하려던 무차원이 입을 다물고 머리를 흔들었다.

"그만두자. 이제 와서 그런 얘기가 무슨 소용인가?"

한번 입을 다물면 아무리 물어도 꿈쩍도 않는다. 만석은 문득 아쉬움을 느꼈지만 몸을 돌려 다시 굴을 파 들어갔다.

하루 두 끼씩으로 계산하면 날짜가 얼마나 지났는지 알 수 있다. 처음 빙매향은 그렇게 생각하고 열심히 벽면에다 작대기를 그었다.

그러나 작대기 숫자가 늘어날수록 그에 비례해서 실망감은 더욱 커졌다. 세월의 흐름은 다만 숫자가 바뀌는 것뿐, 뇌옥을 탈출할 희망이 없는 그녀에겐 아무런 의미도 없었다.

그러던 어느 날이었다.

퍽퍽, 투타탁.

앞에 소리는 지면을 뭔가로 찍는 소리고 뒷소리는 흙과 자갈이 무너져 내리는 소리였다.

빙매향은 그제야 침상 밑바닥에서 들린 소리가 환청이 아님을 깨달았다.

'이게 무슨 소리지?'

단단한 화강암 아래를 열심히 파는 소리. 가끔씩 침상이 움찔거리는 것을 보면 그리 멀리 않은 지하일 것이다.

'혹시 두더쥐가……?'

그러나 그렇게 보기에는 움직임이나 소리가 너무 크다.

그녀가 자기도 모르게 창살 밖을 내다보며 조바심을 냈다.

내공을 잃은 자신에게도 이렇게 소리와 진동이 크게 느껴지면 뇌옥 밖의 경비무사나 밥을 갖다 주는 궁도는 말할 것도 없었다.

'누구지……?'

밖에서 아무런 기척도 없자 그녀는 밑에 있는 자의 정체가 궁금했다. 그러나 그녀의 마른 얼굴은 눈에 띄게 환해져 있었다. 실로 홀로 갇힌 사람을 못 견디게 하는 것은 외로움이었다.

시간이 갈수록 바닥의 진동음은 더욱 커졌다.

그러나 기대와는 달리 밑에서 굴을 파는 속도는 매우 더뎠다.

'안 되겠어. 내가 위에서 파 내려가 보는 거야.'

빙매향은 그렇게 결심했다. 가만히 있으면 아예 엉뚱한 곳

으로 파 들어갈지도 모른다. 그것은 빙매향에게 있어 희망의
상실이었다.

　빙매향은 돌 사이를 파고들어 갈 마땅한 도구가 없자 침상
모서리의 각목을 뜯었다. 그리고는 돌 벽에 갈아 끝을 뾰족하
게 해서 돌 사이의 틈으로 찔러 넣었다.

　감시의 눈길을 피해 굴을 파 내려간 지도 한 달. 겨우 사람
키 높이를 팠을 때 아래의 굴과 연결이 되었다.

　"아아, 됐어!"

　빙매향은 희열에 차 부르짖었다. 발밑이 푹 꺼지면서 그녀
의 몸이 가라앉았다. 그러면서 빙매향은 굴의 한쪽에서 시커
멓게 웅크린 사람을 식별하려고 애썼다.

　어둠 속에 웅크리고 있는 사내는 키가 커 보였지만 수염으
로 빽빽한 얼굴 형체는 무척이나 말라 보였다.

　어둠 속에서 번지르르하게 빛나는 사내의 눈동자는 야수의
눈빛처럼 섬뜩한 느낌을 준다.

　"이, 이봐요, 당신은 누구죠?"

　반가워서 소리치던 빙매향은 그 순간 지독한 독기가 코끝으
로 밀려오는 것을 느끼고 정신을 잃어버렸다.

　'빙매향!'

　처음에는 전혀 알아볼 수 없었다. 가래가 끓는 듯한 메마르
고 거친 목소리. 바짝 마르고 쭈글쭈글한 얼굴에 정수리에 겨
우 몇 가닥 남은 머리칼까지. 과거의 빙매향을 연상시키는 모
습은 아무것도 남아 있지 않았다.

“아는 계집이냐?”

만석의 심상치 않은 기색에 바로 밑에 있던 무차원이 말을
걸었다.

“알지요. 백골이 썩어 흙이 되어도 잊지 못할 겁니다.”

잇속으로 나오는 만석의 말은 무척이나 스산했다.

원한! 불구대천의 원수란 바로 눈앞의 빙매향을 말하는 것
일 게다.

만석이 묵묵히 쓰러진 빙매향을 노려보고 있을 때 무차원의
신형이 그의 옆에 불쑥 나타났다.

“바로 가려느냐?”

“예, 가야지요.”

간단히 대답하는 만석을 물끄러미 응시하던 무차원이 한숨
을 길게 쉬었다.

“그래그래, 가야겠지.”

“어르신께서는……?”

“난 이미 이곳을 벗어나지 못하는 몸이다.”

무차원의 말은 무척이나 쓸쓸하게 들렸다.

세상의 한을 모두 지고 있는 것처럼 무거운 음성에 만석이
묵묵히 고개를 끄덕였다.

“무적초자와 금성혼이 살아 있다면 기필코 어르신 앞에 데
려오겠습니다. 그때까지 꼭 기다려 주십시오.”

만석의 결의에 찬 말에 무차원의 눈자위가 떨리고 있었다.

“크커커커! 내 평생 들은 말 중에 네놈의 말이 가장 마음에 드

는구나. 하지만 네 몸으로 어떻게 놈들을 잡아올 수 있겠느냐.”

이미 무차원의 진력으로 만석의 막힌 혈맥은 모두 뚫린 상태였다. 그러나 아직도 무무심공의 미미한 기운만 느껴질 뿐 만석의 내공은 회복될 줄 몰랐다.

“서두르지 않겠습니다. 하지만 언젠가는 내공을 회복할 때가 오겠지요.”

“그래그래, 결코 서둘러서는 안 되지. 장부의 복수는 십 년도 늦은 것이 아니라 했다. 아니, 죽기 전에 원한을 갚을 수만 있다면 그것으로 족한 것이야.”

무차원이 얼굴에 안쓰러운 기색이 어렸다. 자신이 직접 그 두 사람과 싸운다고 해도 상대가 안 될 것이다.

그 자신이 절곡에 떨어져 진력을 다해 독기와 싸울 때 그들은 무공을 발전시켜 왔을 것이다.

생각해 보면 무차원의 무공은 백 년 전보다 오히려 못했지만 그들은 거의 신의 경지에 이르러 있을 것이다.

‘그러나 굳이 녀석의 희망을 꺾을 필요는 없겠지.’

빙매향을 힐끗 내려다본 무차원이 만석에게 따라오라고 눈짓을 하며 굴 밖으로 나갔다.

‘이미 절독에 중독되었으니 살기는 틀렸어.’

빙매향을 날카롭게 응시하던 만석이 입술을 질끈 깨물며 무차원의 뒤를 따랐다.

第七章

탈출(脫出)

　때는 한여름인 모양으로 후덥지근한 열기가 만석의 발길을 무겁게 했다. 언덕을 조심스럽게 내려와 개울가의 바위 뒤에 몸을 숨긴 만석은 주변이 너무도 조용한 것을 깨달았다.

　'없다. 아무도 없어!'

　환희초 밭은 잡초에 뒤덮여 있었으며 만석이 갇혔던 반지하 뇌옥은 반쯤 무너져 내려 과거의 형체를 잃고 있었다.

　'일단 반월도로 가는 지하 통로를 찾자.'

　이리저리 몸을 숨기며 동정을 살피던 만석이 칙칙한 바위로 덮인 해변으로 내려갔다.

　'응? 여기가 아닌가? 그럴 리가 없는데……?'

　기억을 더듬던 만석은 머리를 젓고 말았다. 옛 동굴이 있었던 자리는 무너진 흔적이 뚜렷했다.

잠시 멍하니 그 모습을 보던 만석은 배에서 꼬르륵대는 소리를 들었다.

"허어. 이놈의 밥벌레는 어김없이 아우성을 치는구나."

만석이 주변의 백송가지를 뚝 꺾어 잔가지를 손질한 다음에 머리높이 치켜들었다.

물가에 선 만석이 마음을 물처럼 안정시키고 물속을 뚫어질 듯이 노려보았다.

팔뚝만한 몇 마리의 물고기가 물 표면에 떠올라 이리저리 노닐고 있었다.

'자, 물고기의 움직임이 느릿해지는 느낌이 드는 동시에 일격을 날리는 거야.'

만석이 느낌이 오는 동시에 몽둥이를 내려쳤다.

촤아아!

물이 튀어 오르는 소리와 함께 고기가 하얀 배때기를 드러내며 둥실 떠오르자 만석이 얼른 물고기를 움켜잡았다.

"넌 뭐 하는 놈이길래 여기서 얼쩡거리냐?"

허겁지겁 물고기 살을 뜯던 만석이 놀라서 눈을 치켜 올렸다.

한마디로 거대한 여인이었다.

거의 칠 척 장신에 여인의 드러난 어깨는 튼실한 근육으로 짜여져 있었고 팔목은 보통 남자의 허벅지만큼이나 굵다.

만석의 눈이 그녀의 몸으로 돌아갔다. 골이 깊이 파인 가슴의 선은 그야말로 우람했고, 안반짝 같은 엉덩이는 잘룩한 허리에 매달려 있는 것이 신기할 정도였다.

'훗. 얼굴은 그런 대로 봐줄 만하군.'

만석이 이를 드러내며 씨익 웃었다. 빙궁의 여인이 틀림없다면 도망칠 길이 막막했다. 그렇게 생각하자니 마음이 담담하게 가라앉았다.

"웃어?"

여인이 살구씨 같은 눈을 설핏 찌푸리며 일어선 만석을 째려보았다. 여인과 비슷한 키에 헝겊 쪼가리로 간신히 하체만 가린 괴상한 놈이었다. 몸매는 비쩍 말라 있었지만 균형이 잡혀 있어 무공을 익힌 흔적도 엿보인다.

그런데 뼈만 남은 앙상한 얼굴에 미소를 띠니 사내다운 냄새가 물씬거리며 피어오르는 것이었다.

그녀의 얼굴이 살짝 붉어졌다. 워낙 선머슴 같은 행동거지에 남자는 발가락의 때만큼으로도 여기지 않아 나이 서른에도 아직 남자와 교접을 해본 적이 없다. 수년 전 빙궁의 거의 전 궁도가 중원으로 떠났지만 그녀는 궁을 지킬 사람이 필요하다는 수뇌부의 판단으로 남아야 했다. 실은 워낙 천방지축의 성격 때문에 수뇌부에서 데려가기를 꺼려했음이 틀림이 없었다.

겨우 십여 명. 빙궁에 남은 궁도의 전부였고 그녀가 책임을 맡고 있는 것이다.

차수란(車水蘭)은 만석의 모습을 머리끝부터 발끝까지 훑어

보았다. 혹시 절지(絶地)에 가둔 죄인이 탈출하지 않았는가 하는 의심의 눈초리. 그러나 차츰 그 눈초리에는 삼십 년간 열리지 않았던 그녀의 방심(芳心)이 조금씩 담기고 있었다.

아주 미묘한 심리의 움직임. 그녀는 갑작스럽게 벌떡거리며 튀어 오르는 가슴을 애써 억눌렀다.

"너는 누구이기에 여기서 얼쩡거리느냐?"

"나? 내가 누구더라……?"

이름을 밝힐 생각도 없었지만 밝혀서도 안 된다.

심중의 생각으로는 아마도 빙궁은 중원으로 진출했을 것이다.

그렇다면 앞의 덩치 큰 여인은 빙궁을 지키는 임무를 맡고 있을 것이다. 어떻게든 여인을 속여서 중원으로 돌아가야 한다.

"멍청한 놈! 네놈이 기억을 잃기라도 했다는 말이냐?"

윽박지르면서도 그녀는 만석이 이곳의 죄인인 아니라는 것을 직감했다. 무엇보다도 환희초에 중독된 느낌이 전혀 들지 않는 것이다.

'으응? 태도가 조금 이상한데?'

만석은 여인에게서 다시 이상한 느낌을 받았다.

만석은 여인으로서는 낯선 자. 그렇다면 불문곡직 손을 써서 일단 만석을 제압해 놓고 추궁을 해도 해야 한다.

그리고 여인이 거칠게 나가면서도 얼굴에 생긴 홍조는 사라질 줄 몰랐다.

‘혹시 나에게 반하기라도 했단 말인가?’

턱도 없는 생각이었다. 하지만 만석은 짓궂은 눈으로 여인의 얼굴을 빤히 쳐다보았다.

“내 얼굴에 뭐가 묻기라도 했느냐? 어서 그 눈길을 치우지 못하겠느냐?”

여인의 얼굴이 홍시처럼 붉게 물들었다.

‘옳거니!’

만석은 속으로 무릎을 쳤다. 먼 옛날 홍자려가 자신을 대하면서 보인 모습이 어제 일처럼 떠올랐다.

‘좋아. 한 번 시험해 보자.’

여인이 손을 쓰면 만석의 희망은 사라진다. 지금은 괜한 자존심을 내세울 때가 아니었다.

“왜 그런지 그대에게서 눈을 뗄 수가 없소. 머릿속이 텅 빈 듯하고 아무런 생각도 들지 않소. 휴우… 꼭 미친 것 같아.”

만석이 모르겠다는 표정으로 손으로 이마를 감싸고 머리를 흔들자 그녀의 눈빛이 모호하게 변했다.

‘엄머머! 나도 그런데?’

“너는 여기 사람이 아니지?”

그녀는 확인하고 싶었다. 만석이 죄수만 아니라면 모든 것을 모른 척해주고 싶다.

“그렇소. 나는 여행을 하는 중이었소. 바닥이 몹시 흔들리고 비바람이 세차게 부는 날, 난 그만 물에 빠져 정신을 잃고 말았지요. 깨어나 보니 바로 여기였소. 낭자, 근데 여기는 대

체 어디요? 낭자의 선녀 같은 모습을 보니 내가 죽어 천상에
오른 것만 같소."

"여긴 천상도 아니고 우리 빙궁이 있는 곳인걸."

그녀는 천상의 선녀 같다는 만석의 말에 홍소를 터뜨리며
몸을 크게 흔들었다. 그에 따라 그녀의 풍만한 가슴이 물결치
듯 흔들렸다.

"핫하하. 다행히 죽지는 않았구려. 그렇다면 낭자의 방명을
알 수 있겠소?"

"난 차수란이라고 해. 그런데 넌?"

"너무도 아름다운 이름이오. 난 천중산의 석만정이라고 하
오."

만석이 성명을 거꾸로 말하자 그녀가 가만히 이름을 되뇌이
며 대답했다.

"넌 내 마음에 꼭 들어. 혹시 내가 착각을 한 거야?"

"절대 그렇지 않소. 낭자 역시 그렇게 생각한다니 소생은 지
금 이 순간, 죽어도 여한이 없소."

차수란이 만석을 그윽한 눈으로 쳐다보았다. 진심은 사람에
게 신뢰를 준다. 만석의 눈자위 깊은 곳에서 번쩍이는 빛은 진
실의 빛이었다.

'그래, 이 사람은 죄인이 아니라 외부 사람이야. 내가 망설
일 이유가 없어.'

생각을 하자마자 그녀가 옷을 훨훨 벗어던졌다.

그러자 놀랍도록 풍만한 그녀의 유방과 양지유를 바른 듯한

백옥 같은 허벅지의 뒤로 쩍 벌어진 둔부가 만석의 눈동자에 와락 담겨들었다.

"본 궁의 율법은 서로 마음이 있는 남녀는 그 자리에서 교접을 하게 되어 있어. 네 말이 진실이라면 나를 안아줘."

'이, 이런!'

만석은 속으로 아연실색했다.

언제나 마음에 담겨 있는 여인. 정혼녀인 홍자려와도 성행위를 한 적이 없다. 그런데 궁여지책으로 여인의 호감을 이용해서 이 자리를 벗어나려던 만석은 제 꾀에 넘어간 격이 되어 버렸다.

은근히 마음이 진탕되는 것은 여인의 눈부시게 아름다운 나신을 보았으니 당연한 노릇이었다.

'하지만 이래서는 안 돼!'

만석이 애써 욕념을 짓누르며 대답했다.

"내가 살던 중원에서는 사랑하는 사람끼리는 혼인하는 날에야 교접을 하게 되어 있소. 그러니……."

그러나 그녀는 만석의 말을 들을 생각이 없는 모양이었다.

몸을 바짝 붙인 그녀가 콧노래를 부르듯이 대답했다.

"안 돼! 여기는 중원이 아니다. 네가 할 일은 단 하나밖에 없어. 날 안아줘. 안 그러면 네 말은 전부 거짓이야."

그녀의 말은 단호했다. 만석은 이런 종류의 여인은 처음 보았지만 만약 그녀를 거부한다면 어떤 일이 생길지 능히 상상이 되었다.

몇 번이나 망설이던 만석이 눈을 질끈 감고 그녀의 나신을
안았다.

'미안하오, 자려. 어쩔 수가 없구려.'

지금 거부하기엔 만석의 몸도 마음도 한껏 달아오른 상태였
다. 만석은 그녀의 곳곳을 애무하면서 애써 죄책감을 떨구었
다.

"아아아아……."

하체가 뚫리는 묘한 아픔에 얼굴을 찡그리던 그녀가 온몸을
떨며 교성을 지르기 시작했다. 그러던 그녀의 움직임이 뚝 멎
었다. 아직도 쾌락의 여운이 남았던가. 만석을 부둥켜안고 흠
칫흠칫 몸을 떨던 그녀의 눈이 살포시 떠졌다.

"고마워……."

단 한마디였다. 그러나 만석은 그녀의 간단한 말에 마음이
찡해졌다. 그것은 한편 아픔이었고 한 여인의 지아비가 되었
다는 부담이기도 했다.

'자려, 미안하오. 난 이 정도밖에 안 되는 못난 남자였소.'

어쩌면 다른 길이 있을지도 몰랐다. 하지만 멀리 있는 사람
에 대한 책임감보다는 이 자리의 욕념과 살아야 한다는 마음
에 굴복하고 말았다.

"자, 그만 일어섭시다."

만석이 그녀의 팔을 잡자 그녀가 뒤로 돌아서며 옷을 걸쳤
다.

옷을 걸친 다음에 돌아서는 그녀의 눈언저리에 노을 같은

부끄럼이 물들어 있었다.

"먼저 옷을 갈아입을게."

하의를 걸쳤지만 입으나 마나다. 그녀가 부끄러운 눈으로 만석의 하체를 응시하자 만석이 헛웃음을 터뜨렸다.

"핫하하, 아무래도 그래야겠지?"

만월도로 들어가는 또 다른 통로. 동굴 특유의 퀴퀴한 냄새를 맡으며 만석은 지하 동굴을 통과했고 차수란의 처소로 잠입할 수 있었다.

꿈결 같은 나날이 흘렀다. 두 달. 그녀가 은밀하게 외부로 나가는 배편을 구하려고 지체한 시간이었다.

그리고 그녀가 헛구역질을 시작한 어느 날, 만석은 호숫길을 벗어나 처음 빙판길을 타고 들어온 곳에 설 수 있었다.

아스라이 안개에 덮인 빙궁이 보이는 곳.

두 사람은 말없이 빙궁을 바라보고 있었다.

"당신이 누군지 알아."

차수련이 긴 침묵 끝에 내뱉은 말이었다.

"그렇군."

그러나 만석은 짤막한 대답을 끝으로 그녀의 얼굴을 바라볼 뿐이었다.

"내 뱃속엔 당신과 나의 아이가 있어. 꼭, 꼭 돌아와야 해."

그녀는 모든 것을 팽개치고 만석과 동행하고 싶었다.

하지만 임신한 그녀가 먼 길을 간다는 것은 있을 수 없는 일이었다.

"돌아올 거야. 먼 훗날, 그때가 언제가 되더라도 나는 돌아올 거야."

"흑……!"

만석의 말에 그녀가 울음을 터뜨리며 안겨들었다.

'그래, 자려와 함께 돌아올 거야.'

만석의 뿌연 눈가에 우뚝 솟은 빙궁의 모습과 홍자려의 모습이 겹쳐들었다. 그리고 그의 품에 안겨 오들오들 떨고 있는 여인. 그의 자식을 잉태한 불쌍한 여인이 눈물 젖은 눈으로 만석을 올려다보고 있었다.

때는 여름의 초입, 초록빛 가지를 길게 뻗친 산길 옆 거송들은 알싸한 솔잎 향기를 지천에 뿜어대고 있었다.

만석은 관도 왼쪽으로 호호탕탕 흘러가는 강물에 눈을 둔 채 완만한 산기슭을 여유롭게 돌아가고 있었다.

덧없는 세월. 만석이 빙궁으로 떠난 지 십 년 만이었다.

호북 제갈세가 근처의 진천하의 물결은 오늘도 변함이 없어 지나간 세월의 흔적을 지우고 있었다.

'훗. 참으로 옛일이로구나. 이곳에서 금기린을 묻었는데……'

생각하면 가슴을 저미는 기억이 마음을 어지럽힌다.

만석이 이윽고 다다른 양지바른 산기슭. 잡초가 우거진 작은 봉분에는 가벼운 바람결이 풀잎을 희롱하고 있었다.

‘오랜만이오. 세월은 흘러 그대의 무덤은 이름 모를 잡초로
우거졌건만 나는 정처없는 나그네가 되어 그대 곁에 왔구려.’
　만석이 무덤의 잡초를 살며시 보듬으며 회상에 젖어들었다.

　천무세가 근처의 용호산에 도달한 만석은 천천히 산천 경개
를 감상하며 산길을 오르고 있었다.
　아직도 크고 작은 싸움이 도처에서 벌어지고 있었지만 만석
은 애써 발길을 돌려 싸움에 말려들지 않도록 조심했다.
　먼저 천무세가에 가서 홍자려를 만나보고 천중산에서 무적
초자의 흔적을 찾아봐야 한다.
　빙궁을 떠난 일 년 동안 만석은 차츰 자연의 기운이 내부로
들어와 자리 잡는 것을 느꼈다. 내력을 회복하려 애쓰지도 않
았다. 다만 자연의 마음을 느끼려고 했고 자연의 변화에 빠져
들려고 했을 뿐이었다. 그런데도 이제는 또 다른 경지에 들었
음을 느끼고 있으니 실로 구하려고 애쓰면 얻어지지 않고 버
리려 들면 얻는다는 이치 그대로였다.

＊　　　　＊　　　　＊

　고한성은 오늘따라 기분이 안 좋았다.
　아침부터 해가 중천에 높직이 뜬 지금까지 산중 관도에는
쥐새끼 한 마리 얼씬대지 않는 것이었다.
　고한성은 홍자려를 놓친 죄를 같은 천무세가 출신의 친구인

민광형에게 뒤집어씌워 내쫓았지만 그는 이곳 용호산에도 천웅의 소두목으로 아직 건재했다.

"쳇. 어제만 해도 짭짤했다고 하던데 말이지."

그런데도 오늘은 통행인을 구경도 못했으니 그가 절망에 가까운 심사에 화딱지만 나는 것은 너무 당연했다.

'어엉? 온다!'

고한성은 귀가 번쩍 뜨여서 이십여 명의 졸개에게 눈짓을 했다.

놈들의 눈이 살아서 피둥거리는 것을 보니 놈들도 산길을 올라오는 기척을 느낀 게다.

'크윽, 제기. 머리에 도관을 쓴 것을 보면 도사 놈인가?'

말끔한 얼굴에 반개한 눈. 허리춤에 매단 검은 고색이 창연해서 보검으로 보였다.

그러던 고한성의 눈에 여인이 눈에 뜨이자 그의 입이 하마 입처럼 크게 벌어졌다.

멀쑥한 도사 놈의 뒤에서 다가오는 여인은 약간 말라 보였지만 복사꽃 같은 얼굴에 몸맵시가 그만이었다.

'햐아! 고 계집 살랑살랑 걷는 품이 정말 죽인다야!'

저도 모르게 침을 꼴깍 삼킨 고한성의 째진 눈이 여인의 전신을 훑었다.

금방이라도 얇은 상의를 뚫고 나올 듯한 우뚝 솟은 젖봉우리와 개미같이 가느다란 허리, 그리고 허리 밑에서 위태롭게 흔들리는 모양 좋은 엉덩이까지.

한눈에 그녀의 전신을 훑은 고한성은 쿵닥거리는 가슴을 부여잡고 눈에 불을 붙였다.

'저놈은 품만 그럴듯한 사이비 도사 놈이 틀림없어.'

그렇게 생각하자니 여인의 아리따운 자태가 더욱 탐스럽게 다가왔다.

'자, 저걸 보라니까?'

고개를 약간 숙이고 손에 든 용문이 새겨진 백검을 달랑거리며 다가오는 놈은 자세는 그럴듯했지만 무엇보다 걸음걸이가 가끔씩 흩어지는 것을 보면 제대로 무공을 익힌 놈으로 보이지 않았다.

'음, 저자는?'

아름드리 거목의 가지 위에서 한잠 늘어지게 자던 만석의 눈이 번쩍 뜨였다.

무당삼자 중 천풍. 그리고 그의 뒤에 멀리서도 향기가 풍겨오는 것 같은 여인은 바로 무림삼미 중 향미(香美) 남궁소소, 그녀였다.

산을 넘으면 천무세가도 지척이라 발길을 늦추었더니 과거 만장평의 지하 동굴에서 만났던 두 사람을 보게 된 것이다.

살아서 두 사람을 만나게 된 것은 지극한 우연이었지만 만석은 그렇거니 하는 눈길로 그들을 보았다. 수천 명의 대규모 인원이었다. 게다가 미로 같은 지하에서 폭포수를 통하는 길

외에 달리 나갈 길이 없다는 것도 말이 안 된다.

'어디 구경이나 해 볼까?

위에서 보자니 두 사람은 물론 십여 장쯤 떨어진 곳에 숨은 눈에 불을 켠 무리들도 확연하게 보인다.

그중 두목처럼 보이는 놈은 바로 고한성!

'놈의 기색을 보니 덮칠 셈이로구나.'

우연찮게 만난 재미난 구경거리에 만석이 슬며시 웃었다.

평소에 약삭빠르다고 평가를 받는 고한성이 눈알을 빠르게 굴렸다. 바로 옆에 가면 눈동자가 구르는 소리가 들릴 것도 같다.

실전으로 다져진 졸개들. 그리고 그 자신은 무림맹과의 전투에서 생긴 흉측한 상처로 빽빽한 얼굴만으로도 저 연놈들을 떨게 할 수 있다고 믿었다.

이에 그는 언제나 그랬던 것처럼 고약한 면상에 자신감으로 덧칠을 한 채 앞에 나설 수 있었다.

"그 자리에서 꼼짝 마!"

고한성이 회심의 한 소리를 질렀다.

그지없이 거칠고 커다란 음성은 산적질의 기본이었다.

"낄낄. 역시 소두목은 무서워!"

"켈켈. 그야 두말하면 잔소리지! 저 더러운 면상에 성질머리도 얼마나 더러운데?"

"아구야! 저 불쌍한 연놈들 좀 봐, 벌써 바짓가랑이에 오줌을 줄줄 흘리고 있잖아?"

'크흐흐. 놈들도 이빨이 제법 늘었어.'

고한성은 입가에 째질 듯한 미소를 지으면서도 사실은 기분이 찜찜했다.

'그런데 자식들이 좋은 말이 얼마나 많은 데 하필이면 성질 더럽다고 그러냐?

고한성은 오늘 따라 여인의 반응에 잔뜩 신경이 쓰였다. 모름지기 한눈에 반한 계집이었다.

고한성은 대로를 길게 빼며 소리쳤다.

"가진 것 다 내놓고 사라져라!"

"나, 나 말이오?"

역시 그랬다. 짐작대로 저 비리비리하게 생긴 사이비 도사 놈은 벌써부터 말을 더듬고 있었다.

"이런, 너 말고 누구 다른 놈 있어?"

그러자니 도사 놈이 말없이 고한성과 졸개들을 가리킨다.

그러자 최대한 험상궂은 표정을 짓고 있던 산적들이 뒤를 돌아보며 떨떠름해했다.

'누가 또 있었다는 말인가?

"이 개자식이 누굴 놀리나? 너 말고 누가 있단 말이야?"

"아, 저 뒤의 나무 위에 있잖소?"

'나 이런. 구경 좀 하려고 했더니 저 친구도 꽤 짓궂군.'

쓰웃음을 지은 만석이 바람 소리도 없이 바닥으로 날아 내렸다. 그야말로 극성에 이른 만리파의 경공이었다.

"너, 너는 누구냐?"

만석의 존재를 전혀 눈치 채지 못했던 고한성의 음성은 떨려 나왔다.

"나 말인가?"

고한성 앞으로 천천히 다가오던 만석이 자신을 가리키자 고한성이 어디서 본 듯한 인상에 인상을 찡그렸다.

'저놈이 누구더라? 매우 익숙한 인상인데……'

어릴 때의 만석을 본 이후에 무려 이십여 년이 흘렀으니 그가 쉽게 만석을 알아보지 못하는 것은 당연했다.

"핫하. 고한성, 이거 실망인걸? 난 자네를 보자마자 알아봤는데 말이야."

만석이 천풍에게 눈을 찡긋해 보인 다음에 고한성을 마주 보았다. 실로 훤칠한 키에 당당한 품세(品勢). 옆구리에 박달 몽둥이를 끼워 넣은 만석의 태도는 태산처럼 커 보였다.

고한성의 눈알이 쉴 새 없이 떨렸다. 느낌으로 봐도 상대의 기세는 치가 떨릴 만큼 대단했다.

"저, 저, 저를 아, 아시오?"

"떨지 말게. 쓸데없는 짓만 안 한다면 죽일 생각은 없어. 자네 같은 벌레를 죽이기엔 내 몽둥이가 아깝거든?"

만석이 옆구리에 매단 몽둥이를 잡고 흔들자 고한성을 저도 모르게 한 걸음 뒤로 물러나고 말았다.

"푸훗후. 대견 만석! 실로 오랜만일세. 죽었나 했더니 살아 있었군."

그제야 천풍이 앞으로 나서며 만석에게 말을 걸었다.

"물론! 천풍, 자네가 죽지 않았으니 나라고 죽을 리가 없지."

천풍이 나서자 같이 말을 붙이려던 남궁소소가 벌리던 입술을 도로 다물었다. 두고 보자는 눈빛. 따지고 보면 만석이 그녀의 목숨을 구해준 은인이라지만 그리 좋은 기억을 남긴 상대는 아니다. 그러고 보면 만석은 그녀를 본 척 만 척 하고 있기도 했다.

"허헉! 그, 그럼?"

고한성은 경악해서 주저앉을 뻔했다.

십 년 전, 무림공적으로 몰려 죽었다던 만석이 눈앞에 나타날 줄이야. 게다가 사이비 도사인 줄 알았던 놈은 바로 현재 그 위명이 자자한 무당삼자 중 천풍이라니.

그때 뭔가 머리를 향해 번뜩하니 날아오는 것이 있었다.

"어헉!"

피할 엄두도 못 내고 소리만 내지른 고한성이 얼른 손을 머리 위로 가져갔다.

그의 상투는 벌써 잘려 머리칼만 바람에 흩날리고 있었다.

얼굴이 새파랗게 질린 고한성이 엉덩방아를 찧었을 때, 만석의 담담한 음성이 들렸다.

"그만 돌아가라! 네 상투를 자른 것으로 목숨만은 살려준다."

짝짝짝!

"크핫핫하! 정말 멋진 수법이야!"

천지를 들썩일 것 같은 호쾌한 웃음소리가 들렸다.

만석은 이미 짐작했다는 듯 잔잔한 눈으로 뒤를 돌아보았다.

팔 척 장신에 검은 곰 가죽 옷으로 감싼 체구는 그야말로 곰처럼 거대했다. 성큼성큼 걷는 걸음걸이는 일거에 산악을 무너뜨릴 듯이 힘차게 보인다.

"핫하. 거 그 사람, 대단한 덩치인걸?"

우거형이나 우창출을 떠올리게 하는 거구. 장한에게서 그들을 떠올린 만석의 눈빛이 착잡해졌다.

'호오! 정말 크긴 엄청나게 크군.'

그러면서 만석의 눈이 다시금 장한을 살폈다.

얼굴을 뒤덮은 텁석부리에 긴 털로 뒤덮인 가슴 근육은 칼로 찌르면 팅겨 나갈 것처럼 단단해 보였으며, 화염을 담은 듯 연신 불길을 내뿜는 고리눈은 보는 이로 하여금 절로 두려움을 주기에 족했다.

게다가 보통 사람의 허리둘레만 한 팔목은 시커멓게 타서 천하에 단단하기로 유명한 흑철목(黑鐵木)을 연상시켰으며, 핏빛 도끼는 너무 거대해서 들고 다니는 것이 용했다.

"총채주님을 뵙습니다!"

"됐다! 그만해라. 인사는 때에 따라 생략할 줄도 알아야지."

거구의 장한이 나타나자 일제히 부르짖으며 오체투지한 산적들은 머리를 박고 움직일 줄 몰랐다.

그 모습을 본 만석의 눈에 이채가 어렸다. 얼마나 부하들을 쥐 잡듯이 하면 이 순간에도 저런 모습을 보인단 말인가.

"그대가 대견 만석?"

장한이 꽹과리를 두드리는 것처럼 귀에 쟁쟁 울리는 목소리로 말을 걸었다.

"죽어버린 이름이오. 귀하가 입에 올릴 바가 못 되오."

"무슨 소리! 내 이름은 천웅! 내 그대와 언제고 한 번 겨루어보고 싶었는데 오늘에야 기회가 왔어. 설마 거절하진 않겠지?"

얼굴을 가득 덮은 솔잎 같은 뻣뻣한 수염 때문에 나이를 종잡기는 어려웠지만 적어도 사십은 넘어 보인다.

그렇다고 해도 초면에 말을 놓는 것은 실례였다.

'아예 산적 티를 내는군.'

만석이 씁쓸히 웃으며 목봉을 치켜들었다.

"간단하게 말하지. 나에게 비무는 없다. 목숨을 내놓을 각오가 되어 있느냐?"

"뭐, 뭣이? 이 새끼가 호랑이 간을 처먹었나? 어디 오늘 한번 송장을 치워봐?"

천웅이 우르릉거리며 도끼를 까딱거렸다. 수틀리면 바로 박살 내겠다는 의미.

"네놈이 두말을 하게 하는군. 죽어도 좋다면 덤벼봐라."

기세 대 기세다. 정면 승부는 먼저 기세로 상대를 제압하는 일부터 시작된다.

그러나 천웅의 불길이 이는 눈빛을 마주 보는 만석의 눈길은 물처럼 고요하다. 처음과 변함이 없는 눈빛. 그러나 천웅은 자꾸만 움츠러드는 자신을 봐야 했다.

'으으으. 눈을 감고 싶어.'

천웅의 이마에서 땀방울이 솟아올라 눈썹을 타고 눈으로 떨어져 내렸다. 눈을 깜빡여서 땀방울을 밀어내고 싶었다. 하지만 그건 기세 싸움에서 졌다는 것을 자인하는 꼴.

'아, 안 돼!'

위기를 느끼자 도끼를 쥔 손에 절로 힘이 들어갔다. 그가 막 만석을 향해 도끼를 떨쳐 내려고 할 때,

"졌으면 솔직히 인정하는 것도 사내다운 태도지."

만석의 고요한 말에 천웅은 그만 그 자리에서 얼어붙고 말았다.

그들의 모습을 보고 천풍이 씨익 웃었다.

지하 세계에서도 느꼈지만 과연 만석의 기세는 명불허전이다.

십 년이란 세월은 만석을 작은 산에서 태산으로 만들었다.

'그런데 나는……'

천풍이 홀로 자괴심을 느끼고 있었을 때,

따각, 따가각!

산 아래에서 구름 같은 먼지가 일며 일단의 인마가 올라오

는 소리가 들렸다.

'으잉? 웬 놈들이지?'

의아한 중인들이 아래를 내려다보자 바람에 날리는 깃발이 먼저 보였다.

장강표국(長江鏢局)이란 용호비등한 금빛 글자가 쓰인 깃발.

그 뒤로 마차 십여 대가 따르고, 양옆에는 수십 명의 표사들이 말을 몰며 당당하게 올라오는 것이었다.

'장강표국이라……!'

천풍이 기억을 더듬어보았다.

무창에 근거를 둔 장강표국은 십여 년 전 무림맹에 헌상하는 표물을 무사히 전해주어 일약 군소표국에서 대규모의 표국으로 발전한 곳이었다.

'음? 장강표국이라고?'

만석의 표정이 기묘하게 변했다. 실로 우연에 불과하겠지만 그가 쟁자수로 잔뼈가 굵은 장강표국의 표행을 만나다니.

한 걸음 앞으로 나서서 표행을 보던 만석의 얼굴에 금세 실망감이 어렸다.

표국주 거창해는 없었으며 표사들이나 쟁자수 중에도 아는 사람이 보이지 않았다.

'하기야, 벌써 십 년이 지난 옛일이 아닌가.'

만석이 실망감을 억누르며 표행의 선두에서 말을 몰고 있는 표사를 눈여겨보았다.

너구리같이 비릿한 얼굴에 염소수염을 기른 자로 인상이 고약해 보였다.

표행을 책임진 대표두 조비(曹飛)는 산적들 앞으로 당당히 말을 몰아갔다. 조금이라도 주저하는 기색을 보인다거나 겁먹은 표정을 하면 놈들의 요구액이 달라질 수도 있다.

표사들의 반도 안 되는 이십여 명의 녹림 산적.

그러나 아무리 보잘것없는 산적들이라 해도 일단 싸우면 피해를 입게 마련이고 표물은 비밀리에 수송하는 것이라 그 만큼 신경이 쓰였다.

정통한 소식에 의하면 이곳의 산적들은 표물의 내용과 관계없이 마차 한 대당 얼마씩 소정의 통행료만 주면 된다는 것이다.

그가 다른 길을 놔두고 굳이 이 길을 택한 이유도 거기에 있었다.

조비는 신중한 눈길로 정면을 막아선 산적들을 내려다보았다.

놈들의 선두에는 빼곡한 칼자국으로 얼굴이 덮인 인상 더러운 자가 빤히 쳐다보고 있었다. 놈이 어깨에 멘 큰 칼은 대충 과시용이리라.

그런 생각을 하면서 조비는 말에서 내려 정중하게 포권을 취했다.

"소생은 장강표국의 대표두 조비라 하오. 이렇게 만나뵈니

반갑소이다."

'자식이 알아서 긴다 이거지.'

조비가 지시를 기다리는 학생처럼 답변을 기다리고 있자 고한성의 입술이 옆으로 쭈욱 째졌다. 그가 기분이 좋을 때 흔히 짓는 표정으로 천웅의 표정을 흉내 낸 것이다.

고한성은 수장 뒤에서 눈만 멀뚱거리는 천웅을 슬쩍 흘겨보았다.

'쳇! 내가 입만 벙긋하면 넌 끝장이야!'

비록 홍자려를 품지는 못했지만 그녀를 잡아서 못 살게 군 장본인이 바로 천웅이었다. 지금은 만석이 아무것도 몰라 선선히 대해주고 있지만 일을 알게 되면 상황은 급변할 것이다.

비릿한 미소를 입에 문 고한성이 짐짓 큰 소리로 답했다.

"뭐 그리 반가울 것이야 있겠소? 통행료나 듬뿍 내고 가시면 되지."

"아, 물론이외다. 자, 여기 이렇게……."

비밀스런 일은 서둘러 처리할수록 좋다. 상대에게 생각할 여지를 주지 않으려는 조비의 행동은 빨랐다.

"얼마요?"

"그게… 마차 한 대당……."

조비가 목소리를 잔뜩 깔아서 고한성만 듣게 말했다.

"열 냥씩 쳐서 모두 은자 백 냥인데, 두령님께도 따로……."

그가 품속에서 작은 주머니를 꺼내자 고한성의 얼굴이 환해졌다.

"크흐흐. 뭐 그렇게까지, 그런데 얼마요?"

"그저 약소하게 이십 냥······."

"뭐라고? 그게 말이나 되는 소린가?"

"그, 그게······?"

열 냥이면 세 식구가 삼 개월은 배를 빵빵하게 배를 두드리며 살 수 있는 거금이다. 그런데 이 도둑놈은 이십 냥도 작다고 불평하는 것이다.

"긴 소리 말라! 표물을 보고 결정하겠다!"

"뭐, 뭐요?"

조비의 안색이 대변했다. 표물을 보겠다는 것은 언감생심 강탈도 불사하겠다는 뜻이다.

'안 돼! 그건 있을 수 없는 일.'

당장 그게 문제가 아니다. 그들이 나르는 표물은 나라에서 엄금하는 물건. 소문이 나면 장강표국의 문을 닫는 데 그치지 않고 관계자는 모두 능지처참 감이었다.

조비가 슬쩍 눈짓을 하자 마상의 표사들이 일제히 병기를 뽑아 들었다.

"어럽쇼? 한 번 해보자 이거지?"

고한성 등 산적들도 재빨리 병기를 뽑아 들면서 장내는 금세 흉흉한 공기로 뒤덮였다.

일이 험악해지자, 길을 가려던 만석이 길가의 바위에 주저앉았다. 여기에는 아는 사람이 없다고 해도 자신이 오랫동안 몸을 담았던 곳의 일이다.

의당 뒤탈이 없도록 약간의 도움을 주는 것이 옳을 것이다.

천웅이 만석의 행동을 보고 고개를 갸우뚱할 때 천풍과 남궁소소도 걸터앉아 구경하려는 자세를 보였다.

'저 대견이란 놈은 몰라도 저것들은 돼먹지 못한 정의감이 발동하셨군.'

천웅이 속으로 비웃으며 흘낏거리자 만석이 가볍게 한마디 했다.

"당신도 아는지 모르지만 난 한때 저 장강표국의 쟁자수였소."

"아아, 그러고 보니……?"

천풍과 남궁소소가 그제야 기억이 난 듯 감탄성을 발했다.

벌써 옛날 얘기지만 대견이라는 칭호도 장강표국의 표행 중에 나온 것임을 그들도 알고 있었던 것이다.

"뭐요? 귀하가 장강표국의 쟁자수 출신?"

"옛날 얘기요. 하지만 그냥 지나칠 수도 없지."

그러면서 만석이 두 무리의 동태를 주시했다. 실상 조비가 고한성 혼자만 들으라고 말했지만 이 자리의 사람들은 모두 그들의 대화를 뚜렷이 들은 상태였다.

사실 만석이 지금이라도 직접 관여하면 쉽게 해결될 문제였다. 그런데도 앉아서 구경하는 태도를 취한 이유는 달리 있었다.

'표물을 보자는 고한성의 말에 조비의 얼굴이 대변했어. 더욱이 뇌물이 부족하다고 하면 조금만 더 얹어주면 될 터. 고한성이 총채주 앞에서 공을 세워보겠다고 욕심을 부리고 있는지는 몰라도 조비 표두의 반응은 지나친 느낌이 드는군.'

'거참. 이상한데?

천풍의 생각이었다. 젊은 나이에 무당삼자의 반열에 오른 그답게 명석한 머리와 빠른 판단력을 지녔다.

우연히 만나 동행까지 하게 된 남궁소소는 심심한데 잘되었다는 표정이었지만 그는 달랐다.

'대체 표물이 무엇이기에 얼굴 색깔이 표가 나게 변한단 말인가.'

천풍이 생각 끝에 자리에서 일어서며 말했다.

"이거 뒤가 급해서 잠시 실례하겠소이다."

'누가 물어봤어?

천웅의 고리눈이 잠시 천풍의 얼굴을 스쳐 지났지만 만석의 반응은 없었다.

'쓸데없는 소리를 하는군. 뭔가 눈치를 챈 것일까?

만석의 속심이었다.

한편 표사 일행과 산적들은 호시탐탐 상대의 움직임을 날카롭게 주시하고 있었다.

일촉즉발의 긴장 상태. 그러나 누구 하나 먼저 칼질을 않는 것은 우두머리 두 사람의 명이 아직 떨어지지 않았기 때문이다.

그때, 떠들썩한 소리가 들리며 숲 쪽에서 한 무리의 사람들이 빠르게 그들을 향해 다가왔다. 얼추 봐도 백 명이 넘는 무리. 조비의 안색이 딱딱하게 굳었다.

'저놈들은 이놈들과 한 패?

생각하고 자시고 할 것도 없었다. 나타나자마자 일부만 남겨 두고 뒤쪽의 퇴로를 막느라 부산한 놈들이었다.

새로 등장한 무리의 우두머리인 오자명(吳自明)은 총채주가 처음 보는 남녀와 함께 있는 것이 이상했지만 굳이 인사를 할 것은 없다고 생각했다. 아까도 보았으니 새삼 그럴 것도 없다.

"어서 오십시오, 대두목."

고한성이 사십대의 돼지머리에게 머리를 숙이며 아는 척하자 조비가 얼른 말을 건넸다.

"소생은 장강표국의 대표두인 조비라 합니다만……."

"오오! 귀하가 장강표국의 조비라고? 난 오자명이라고 하는데, 근데 처음 듣는 이름이잖아?"

처음에는 아는 것처럼 말하다가 뒤에 가서 말을 바꾼다.

보나마나 비웃는 것이다.

"허어, 이제 보니 오 영웅이시군요. 몰라뵈어 죄송하외다."

"아니, 그만 됐소. 그건 그렇고 왜들이래? 통행료를 안 내려고 하는가 보지?"

"아, 그럴 리야 있소이까? 실은 마차 한 대당……."

조비가 고한성이 한 말을 반복하고 추가로 통행료를 더 낼 수 있다는 언질을 주자 오자명이 머리를 갸웃했다.

"그럼 되었잖아? 빨리 끝내고 보내 드려!"

오자명이 짐짓 꾸짖는 눈길로 고한성을 돌아보자 고한성이 손을 내저으며 변명했다.

"대두목님, 실은 제가 표물을 보자고 했더니 저자가 병기를 뽑아 들고 죽일 듯이 난리를 치지 않습니까?"

"아니, 그 까짓 표물을 누가 가져가기라도 한데? 이거 봐, 조 표두, 우리가 표물까지 강탈한다고 소문나면 이 장사도 끝이야. 아, 그러니 보여달라면 보여주면 되지 왜들 난리야?"

오자명이 험악하게 인상을 쓰자 조비가 어쩔 수 없다는 표정으로 대답했다.

"표물을 보여주는 것은 어느 표국이든 꺼리는 것이외다. 견물생심이라 하지 않소? 사람이란 누구나 좋은 물건을 보면 탐을 내게 마련이오."

"그래서 싫다는 얘긴가?"

"조, 좋소이다. 여기까지 왔으니 보여 드리죠. 하지만 표물을 보여 드리는 대신 통행료는 더 받을 생각을 마시오."

'엉, 이자가 뭘 믿고 이리 뻣뻣해?'

일순 오자명의 돼지 눈이 기분 나쁘게 번뜩였지만 표물을 보여준다고 하니 애써 참는 눈치가 분명했다.

"자! 그럼 보시오."

조비가 손수 마차 뒤의 휘장을 여니 궤짝 십여 개가 차곡차

곡 쌓여 있는 게 스며드는 햇살을 받아 뚜렷이 보였다.

"열어보아라."

오자명이 즉시 명을 내리자 기대를 잔뜩 한 고한성이 마차 안에 들어가 궤짝을 열어보았다.

"엥? 별거없잖아?"

궤짝 안에 든 내용물은 각종 채색 도기와 화려한 색상의 비단 옷감이었다.

몇 개를 더 뜯어봐도 마찬가지라 고한성의 눈에 실망스런 기색이 들었다.

"난 또 값비싼 보옥이 있나 했더니."

오자명도 실망하기는 마찬가지였다. 물론 표국이나 상단에서 도자기는 물론 비단 옷감을 싣고 다니는 것은 흔한 일이었다.

흥미를 잃은 고한성이 마차 안에서 나오자 조비가 마지못해 변명을 한다.

"실은 경기가 예전 같지 않아 본 표국에서 오랜만에 맡은 큰 거래요. 옥문관을 지나 새외로 나가면 큰돈이 되기도 하지요. 그렇지만 물건에 흠집이 나면 반값도 못 받소. 더욱이 표국에서 물어내야 하기 때문에 밑지는 장사가⋯⋯."

조비가 짐짓 말끝을 흐렸지만 너무도 당연한 말이었다.

"그건 그렇고 이왕 표물을 보셨으니, 이거라도 가져가시오."

조비가 그들의 실망하는 기색에 비단 궤짝 하나를 오자명에게 안겨주었고, 그러자 그의 입술이 헤벌쩍 벌어졌다.

'요걸 처첩들에게 선물을 하면 얼마나 좋아할까?'

그녀들이 좋아하는 모습이 떠오르자 그의 입가가 흡족하게 펴졌다.

"고맙소. 내 앞으로 장강표국의 표행이라면 최대한 신경을 써드리지."

"고마운 말씀이오. 앞으로 잘 부탁합시다."

조비는 단순한 놈들이라고 생각하며 회심의 미소를 지었다.

진짜 물건은 중간의 마차들에 있는 것이다.

물론 똑같은 모양의 궤짝에 비단이나 도자기가 들어 있지만 거기에 속임수가 있는 것이었다.

"자, 통행료 얘기나 합시다!"

오자명의 말투는 매우 부드러웠다.

자고로 뇌물이 들어가면 수양버들처럼 휘어지는 것이 사람의 마음이다.

"헛헛허! 이를 말씀이오. 내 후하게 통행료를 쳐드리겠소."

표물을 보여줄 때와 달리 조비가 시원스럽게 대답하자 장중의 분위기는 화기애애하기까지 했다.

'쳇. 나한테는 아무것도 없네?'

고한성은 그만 허탈하기까지 했다. 처음 이십 냥을 준다고 할 때 슬쩍 챙겼으면 이토록 배가 아프지는 않을 것이다.

'그래도 혹시……?'

오자명과 조비가 한창 흥정을 하고 있자 모두의 시선이 두

사람에게 집중된 틈을 타서 고한성이 산책하듯 마차 사이로
들어갔다.

"모두 열 대라."

그런데 마지막 마차를 거쳐 빠르게 올라오던 고한성이 움찔
하며 걸음을 늦췄다.

'이게 무슨 냄새야?

마침 맞은편에서 바람이 불어오는데 코끝을 간질이는 향기
로운 냄새가 섞여 있는 것이었다. 왠지 익숙한 냄새였다.

코를 킁킁거리며 냄새를 맡던 고한성은 갑자기 머리가 어질
해지는 느낌에 다리가 휘청했다.

'이, 이건 미약(媚藥) 냄새야.'

똑같은 것인지는 모른다. 미약을 먹으면 계집과 잠자리를
할 때 오래 버틴다는 소리를 하며 미약을 구해서 먹기도 하는
터였다. 때문에 고한성도 얻어 먹어본 적이 있었는데 그게 부
르는 게 값이라는 것이다.

고한성의 눈이 내밀(內密)하게 빛났다. 표물들이 미약이라
면 실로 엄청난 돈 덩어리였다. 지엄한 국법을 어기는 엄중한
죄이기도 하다.

"끄으으. 갑자기 창자가 꼬이는 게 사람 죽이는걸."

배를 감싸고 신음하던 고한성이 일부러 비틀하며 불쑥 나온
돌부리를 찼다.

"아이쿠!"

고한성이 볼썽사납게 넘어지며 마차를 붙잡고 늘어지자 주

변 표사들의 눈에 비웃음이 번졌다.

'병신 같은 놈, 아예 산적티를 내는구나.'

"제길! 하필 거기에 돌부리가 있을 줄 누가 알았어?"

고한성이 마차의 뒷부분을 잡고 일어서다가 툭 튀어나온 모서리에 하체를 박고는 휘장 속으로 쏙 들어가 다리만 바둥거렸다.

"아구우, 내 양물이 터져 버린 것 같아."

어쩌고 하면서 밀봉된 궤짝을 뜯는 그의 손길은 매우 민첩했다.

'커헉!'

내친김에 비단 속을 뜯어본 고한성은 놀라 소리를 지를 뻔했다.

손에 묻어 나오는 것은 틀림없는 하얀 가루였으며 거기서 정신이 훼까닥 갈 정도의 강렬한 향기가 나오는 것이었다.

'틀림없어! 비단 속에 미약을 잔뜩 집어넣고 꿰맨 거야.'

이제 증거는 확보한 셈. 총채주도 있고 만석이나 천풍도 있다. 돌아가서 슬쩍 귀띔만 하면 출세는 보장이 되는 것이다.

'아니지. 누구 좋은 일 시키려고? 슬쩍 빠져나가서 표행의 뒤를 쫓는 거야. 그래서 적당한 때에 표물을 훔치는 거지.'

고한성은 오랜 간난신고(艱難辛苦) 끝에 이제야 재신(財神)이 왕림한 것이라고 철석같이 믿었다.

"끄으으! 재수 옴 붙은 모양이야. 오늘은 아침부터 넘어지고 자빠지더니 끝내 이 모양이라니까?"

고한성이 투덜거리며 마차 밖으로 나오더니 하체를 잡고 쩔쩔매는 것이다.

"모두 출발!"

조비가 소리를 지르자 표행은 힘차게 출발했다.

그와 동시에 산적들이 표행의 앞을 썰물처럼 비켜섰다.

숲 속에 슬쩍 숨어 바지 앞섶을 열어보는 척하며 동태를 살피던 고한성이 마지막으로 지나가는 마차를 멀거니 보고 있을 때, 뒤에 처져 있던 쟁자수 한 명이 그에게 손짓을 했다.

고한성이 무슨 일인가 하고 그자를 응시하려니 빠르게 다가온 그자가 조그맣게 속삭이는 것이었다.

"줄 게 있는데 받아 가시겠어요?"

"뭐, 뭘?"

떠듬거리며 대답하던 고한성이 이상한 느낌에 가슴이 서늘해졌다. 남자인 줄 알았더니 이제 보니 계집의 음성이 아닌가?

푸욱!

"나는 주었고 당신은 받았네요. 죽음의 선물이에요."

그녀가 고한성의 심장을 찌른 단검을 빼내며 사이롭게 웃어보였다.

"끄으으……."

허파에서 바람 빠지는 소리를 내던 고한성은 갑자기 눈앞이 노랗게 변하다가 시커멓게 물드는 것을 느꼈다.

"병신 같은 놈들, 하마터면 산통 다 깰 뻔했네."

이번에는 확연한 여인의 음성이었다.

'역시 표행에는 비밀이 있었어.'

천풍은 자신이 숨어 있는 경사진 곳으로 고한성의 시신이 굴러 떨어지자 가볍게 한 손을 들어 막은 후에 상세를 살펴보았다.

'정말 깨끗한 솜씨로구나. 단 일격에 정확하게 심장을 찔렀어.'

쟁자수 차림의 남장 여인이 고도의 무공을 익혔다는 것은 이로써 더욱 확실해졌다.

표행의 뒤를 쫓으려고 몸을 날리려던 천풍이 멈칫하며 멈추었다.

'가만있자, 우연찮게도 대견이 쟁자수로 있던 장강표국의 표행이란 말이야? 좋아! 그럼 같이 표행을 미행하는 척하면서 그자의 반응을 볼까?

십 년 만에 갑자기 등장한 만석의 행동이 의심스럽기도 하다. 그러자면 오히려 동행을 하는 빌미를 만들어 만석의 동태를 살피는 것도 훌륭한 계책으로 보였다.

"표행이 수상하오. 산 밑에 길이 있으니 당장 이쪽으로 오시면 좋겠소."

느닷없는 천풍의 전음이었다.

"총채주, 그럼 인연이 있으면 다음에 또 만납시다."

만석의 신형이 말과 동시에 희뜩하니 사라져 버렸다.

"이, 이봐요!"

이렇게 되니 입장이 어정쩡하게 변한 것은 바로 남궁소소였다. 여기까지 동행해 온 천풍은 어디 갔는지 소식이 없고 이번에는 만석마저 떠나 버린 것이다.

그녀가 분한 마음에 씩씩거리며 거친 숨을 토하고 있자, 은근히 그녀를 살피던 천웅이 말을 걸었다.

"나보고 산적 소굴로 들어가자고요? 흥! 꿈 깨요!"

그녀가 천웅이 미처 대답도 하기 전에 발을 박찼다.

"감히 나를 버리고 떠나? 지옥 끝까지 쫓아갈 거야. 누가 이기나 두고 보자니깐!"

그녀가 떠나자 천웅이 쩝 하며 입맛을 다셨다.

"젠장. 저 계집을 내 것으로 만들려고 했더니… 에이, 진짜 재수 옴 붙었다니까."

두 사람이 마차를 미행하는 것은 그리 어렵지 않은 일이었다.

마차의 흔적은 물론이지만 그들 정도의 무공이라면 설령 십 리 밖에 마차가 있다고 해도 그 기운을 어렵지 않게 느낄 수가 있는 것이다.

"작금의 무림은 친구와 적을 구분하기 어려운 대혼란에 빠져 있습니다. 민중에 파고든 환생교라는 사교(邪敎)의 폐해는 물론이지만 정사를 막론하고 무림의 절정고수들이 아주 사소한 일로 횡사하는 일이 심심치 않게 일어나고 있어요."

개울에서 물고기를 구워 먹으며 천풍이 꺼낸 말이다.

"아주 사소한 일이라면?"

"예를 들어보지요. 소림 활불께서 독감에 걸려 해탈하셨다고 하여 많은 사람들이 충격을 받았어요."

"믿기 어려운 얘기군요."

만석의 반응은 겉으로는 담담했지만 속으로는 놀라움을 금치 못했다. 옛날 만장평에서 열린 무림대회를 주재하던 그가 독감에 걸려 죽었다니.

"그것은 약과요. 아미파의 절정 신니는 변소에서 볼일을 보다 똥통 속에 빠져 죽었고, 개방의 대장로인 구타신개(狗打神丐)는 개를 두들겨 패다가 그 옆을 지나던 미친개한테 물려 죽었다는 거요."

"으음… 귀하의 생각은 어떻소?"

"절정고수라도 모기에 물려 죽을 수도 있어요. 하지만 그런 일이 여러 번 되풀이되면 누구라도 의심을 할 것이오."

만석의 대답은 없었다. 그는 멀리 마차가 보이는 개울가에 앉은 채 코를 골고 있었다.

"허참, 정말 태평스러운 친구라니까."

천풍이 혀를 차며 만석의 얼굴을 살폈다. 혹시 그런 일에 만석이 관여하지 않았나 하는 의심에 말을 꺼냈지만 만석은 무신경했다.

第八章

격동(激動)

“그 계집들과 손을 잡은 것은 돌이킬 수 없는 실수였어.”

파양호로 향하는 관도에 들어서던 조원형이 얼굴을 바락 찌푸렸다. 묵묵히 그를 따라 걷기만 하던 두견이 픽 웃으며 조원형을 응시했다.

“소인이 보기엔 잘되는 것 같은데요. 거기서 받은 약으로 무림고수들을 중독시키고 수많은 백성들이 본 교를 신봉하게 만들지 않았어요?”

“자네는 그렇게 보는가?”

“그래요. 소인은 곧 진정한 환생교 천하가 오리라고 믿어요.”

두견이 끝으로 갈수록 폭이 급격히 좁아지는 미첨도를 흔들며 대꾸했다.

"허어, 하지만 아무래도 불길한 느낌이 드는구나. 그녀들이 한꺼번에 미약을 팔아 자금을 마련하려고 광분하고 있어. 잘못해 그 불똥이 우리에게 튀게 되면 소림과 무당에서 전력을 기울여 우리의 뒤를 캐려고 할 것이야."

"그래서 우리가 가는 것이 아닌가요? 빙궁의 태상 조옥련이 그렇게 어리석다고는 보지 않아요."

"그녀가 아니다. 그녀는 모종의 무공을 익히려고 폐관 수련에 들어가 있다고 한다."

"그렇다면 조미지가?"

"그래. 조옥련이 폐관을 마치고 나오기 전에 확실한 성과를 내려고 서두르고 있는 것이야. 다른 장로들에게 자신의 능력을 보여주어 후계 자리를 확고히 하려는 의도지."

조원형은 청수한 얼굴이 더욱 찌푸려지고 있었다. 따지고 보면 그들은 그리 멀지 않은 친척이었다.

백여 년 전, 빙궁이 여인들에게 완전히 장악되기 전으로 거슬러 오르면 조옥련과 조원형은 같은 증조부를 둔 육촌 남매가 되는 것이다.

또한, 금태원이나 조원형의 선조는 빙궁 출신이며 그들의 무공의 연원도 빙궁에 있었다.

"하여간 골치가 아프네요. 빙궁에서 어리석은 일을 저지르고 있어요."

"핫핫핫. 재밌지 않느냐? 같은 핏줄이라고는 하지만 서로 목

적에 따라 맺어진 관계. 나 조원형의 쌍방향 차도살인지계(借
刀殺人之計)를 누가 있어 짐작이나 하랴!"

"푸후후! 맞아요. 이미 빙궁의 본거지를 혈사풍과 죽림마원
에 알려주었으니 그들이 가만히 있을 리가 없지요."

"그렇다. 놈들이 모인 상태에서 철혈강시를 모두 투입하면
어떻게 될까?"

"끝이네요."

"그런가?"

"물론이지요."

"크으핫하하!"

"푸우후후훗!"

두 사람이 동시에 대소를 터뜨렸다.

빙궁의 백 년 만의 재등장. 그것은 조옥련과 손을 잡은 조원
형의 계략에서 나왔지만 여인천하를 이루려는 빙궁의 야망도
만만치 않았다. 서로 환생교천하와 여인천하를 이루려는 목적
의식에서 합쳐진 그들. 그러나 빙궁의 지나친 욕심으로 그들
사이에는 심각한 균열이 가 있었다.

게다가 언젠가는 서로 칼을 맞대게 될 것이 뻔한 일. 조원형
으로 봤을 때는 그 시기가 조금 앞당겨지는 것뿐이다.

간편한 여행객 차림을 한 그들이 발을 멈춘 곳은 파양호에
서 그리 멀지 않은 작은 언덕배기였다.

주변의 늪지와 평원이 훤히 내려다보이는 곳이다.

작은 언덕은 주변을 병풍처럼 막아선 수목들이 불어오는 바람결을 타고 소리 내 떨고 있었다.

눈을 감고 전력을 기파로 만들어 흘리던 조원형이 아무런 동정을 못 느끼자 두견에게 고개를 돌리며 말을 건넸다.

"여기서 밤이 되기를 기다린다."

땅거미가 지면 머지않아 밤이 오리라.

가만히 고개를 끄덕인 두견이 조원형의 옆에 편안히 앉았다.

시간은 정지된 듯 느껴졌지만 땅거미가 지면서 주변이 어둑해졌다. 제각기 상념에 잠겼던 두 사람 중 먼저 조원형이 고개를 들고 어두워진 사위를 두루 살폈다.

"자, 가자!"

두 사람의 신형이 곧 언덕에서 사라졌다.

"홋호호. 과연 소궁주의 예측은 정확하구나."

매미가 허물을 벗는 것처럼 고목나무의 껍질이 살짝 열리며 여인의 나직한 교성이 흘러나왔다.

동이 터 오르는 다음날 이른 아침.

파양호의 남쪽에 자리 잡은 여강 외곽의 산기슭 초옥이었다.

스스슥!

산기슭에서 초옥을 휘감고 돌아오는 바람이 스멀거리며 옷자락 사이를 더듬다가 사타구니 사이로 빠져 달아났다.

마당 가에는 모이를 쪼아대는 한 무리의 노란 병아리들이 쫑쫑대며 어미의 뒤를 따르고 있었는데 흙을 파헤치다 고개를 든 어미 닭의 울음소리가 꾸꾸루 하고 들렸다. 그지없이 평화로운 정경이었다.

'후우. 산을 내려가 천무세가로 가야 할 것을 거꾸로 내려오게 되었구나.'

가까워지던 홍자려와 다시 멀어진 느낌에 만석의 마음은 서글프기만 했다.

한동안 그 광경을 홀린 듯 바라보던 만석이 마당을 나서자 그 뒤를 곧장 천풍이 따랐다.

여강은 인구가 삼만여 명쯤 되는 작아도 번화한 곳이었다.

무이산 자락을 거쳐 산수를 유람하는 시인 묵객이나, 용호산을 통해 강서성의 북변으로 가는 대상들이 자주 들르는 곳이라 넓은 대로를 사이에 두고 번듯한 건물들이 줄을 맞춰 서 있었다.

표행이 멈춘 곳은 파양각(鄱陽閣)이라는 객점이었다.

표행이 여기서 하룻밤 머문다는 것을 알고 두 사람은 가까운 농가에 숙박하고 이른 아침에 나왔던 것이다.

'없어!'

두 사람이 마차들이 깨끗이 사라진 것을 보고 아연해서 서로 얼굴을 마주 보았다.

"그 사람들이 동이 트기도 전에 떠난 모양인데요?"

천풍이 말을 건네자 만석이 씁쓸하게 웃으며 고개를 저었다.

"그렇지 않을 거요. 숙박한다고 해놓고 어제 밤중에 몰래 떠났을 가능성이 큽니다."

"그럼, 놈들의 흔적을 잃기 전에 빨리 쫓아갑시다."

천풍이 서둘렀지만 만석은 입가에 빙긋 미소를 지으며 대꾸했다.

"음식점에 왔으니 식사나 하고 갑시다. 밥값은 도사형이 내고 말이오."

어디까지나 천연덕스런 만석의 태도에 천풍이 마지못해 고개를 끄덕였다. 만석이 빈털터리라는 것을 누가 모를까?

식사를 하고 술 한잔을 걸친 다음에야 만석은 자리에서 일어났다.

"어디로 갈 거요?"

"마차 바퀴만 따라가면 됩니다."

만석의 말을 듣고 천풍은 묵묵히 그의 뒤를 따랐다.

가장 단순한 방법, 누구나 생각하는 방법이긴 했지만 어떻게 그 흔적을 식별하느냐가 문제였다.

객점 내의 마굿간에서부터 추적은 시작되었다.

한적한 도로에 접어들면서 두 사람의 눈빛이 변했다.

관도는 두 갈래길, 세 갈래 길로 갈라지고 있었는데 그때마다 마차 한두 대씩이 사라진 흔적이 엿보이고 있었다.

"누군가 잘도 머리를 썼군."

만석이 중얼거리자 천풍이 바로 물어왔다.

"어떻게 생각하시오?"

"뻔한 애깁니다. 이런 식으로 마차들이 다른 길로 빠져나가면 추적자를 따돌리기에도 좋겠지만 아마 중간에 한 대씩 물건을 빼돌릴 거요. 그러니 마차만 따라가면 허탕을 치게 되는 것이지요."

"그걸 알면서도 마차 바퀴 자국만 따라간다는 말이오?"

"훗후. 아닙니다. 그런 식으로 하자면 시간이 꽤 걸리게 마련. 우리는 마차의 주력이 향한 곳을 앞질러 가면 되는 거요."

말을 마친 만석이 발을 박찼다. 금세 까마득히 멀어지는 만석을 보며 천풍은 혀를 찼다.

"그 친구 급하기도 하다니까."

말과 함께 제운종의 신법을 펼친 천풍의 신형도 금방 사라져 버렸다.

표행은 너무 뒤를 쫓는 자에게만 신경을 쓴 모양이었다.

두 사람이 전력을 다해 경공을 펼치고 거의 백여 리 길을 주파했을 때, 등에 궤짝 하나씩을 실은 몇 마리의 말이 보였다.

'저놈들이 마지막일 것이다.'

두 사람의 눈길이 빠르게 붙었다 떨어졌다.

동시에 가던 말들이 숲을 앞에 두고 각자 길을 나누어 돌아 갔지만 두 사람은 굳이 그들을 따라갈 필요가 없었다.

원시림으로 우거진 울창한 숲을 끼고 오른쪽으로 파양호에서 떨어져 나온 호숫물이 찰랑이고 있었다. 거송(巨松) 숲을 빠져나오자 넓이를 알 수 없는 버드나무 숲이 초록빛 바다처럼 펼쳐져 있었다.

두 사람이 버드나무 숲 속에 잠입해서 주변의 동정을 면밀히 살피기 시작했다.

'음? 잘못 생각했나?

두 사람의 뇌리에 동시에 떠오른 생각이었다.

미약과 여인이라면 바로 떠오르는 것은 북해빙궁이다.

그런데 그들이 웅거한 곳치고는 경계가 너무 허술한 느낌이 드는 것이다.

그때 거센 바람에 흔들리는 밀집한 버드나무 사이로 건물의 모서리가 드러났다.

'버드나무 숲 속의 대형 건물이라……?'

만석의 눈이 번쩍 빛을 토했다. 생각하고 자시고 할 것도 없었다.

만석이 천풍에게 눈짓을 하며 먼저 신형을 날렸다.

*　　　*　　　*

파양호에서 한 식경만 동쪽으로 가면 얕은 산지가 어깨를 맞대고 이어져 있다.

사흘간 이어진 폭우로 인하여 주변의 넓은 평야 지대는 온통 두꺼운 모래층이 퇴적해 있어 농경지의 모습을 찾기는 어려웠다.

그러나 조원형과 두견은 주변의 황량한 풍경에 시선을 둘 새가 없었다.

퍼퍼퍽!

땅바닥이 함몰하는 소리였다.

"어헛!"

거의 동시에 몇 가닥의 섬뜩한 푸른 검기가 두 사람의 가랑이 사이로 솟구쳐 올랐다.

"이 죽일 놈들!"

먼저 조원형이 앞으로 굴러 검기를 피한 다음 벼락같이 손에 든 철선(鐵扇)을 휘둘러 습격자들의 다음 공격을 막아나갔다.

파아아!

또다시 조원형의 쇠부채에서 노을 같은 붉은 빛무리가 터져나와 흑의인들에게 쏟아졌다.

태양신공 중 태양우(太陽雨)의 수법. 조원형이 가장 장기로 삼는 기공이기도 하였다.

"크아악!"

목숨이 끊어지는 절망스런 비명과 함께 다시금 서너 명의 흑인들이 바닥에 쓰러지며 핏물이 허공을 붉게 수놓았다.

그러나 조금씩 뒤로 물러나면서도 그들의 공격은 끝이 없었
다.

'이놈들은 도대체……?

조원형은 목숨을 도외시한 채 덤벼드는 흑의인들에게 치
가 떨렸다. 벌써 십여 차례. 땅속은 물론, 나무껍질이나 물속
에서도 튀어나온 자들이 숨 돌릴 틈도 없이 습격을 한다.

아직은 기력이 떨어지지 않았지만 조원형은 자꾸만 머리가
혼란스럽다는 느낌을 받고 있었다.

'그렇다면 그 냄새가……?

처음에는 몰랐다. 이상하게 청량한 공기라 저도 몰래 깊게
숨을 들이키는 것은 당연했다.

"죽어랏!"

주변에서 두견의 목소리가 쉴 새 없이 터져 나오고 있었다.

어쩐지 크게 소리만 지른다는 느낌이 들었으나 조원형은 이
를 눈치 채지 못하고 있었다.

'놈! 잘하고 있어!'

속으로 칭찬하면서도 조원형은 눈꺼풀이 점점 무거워진다
는 느낌을 받았다. 그와 동시에 몸에도 이상이 생기고 있었
다.

할 일은 많은데 아무것도 할 수 없다는 무기력감이 그의 심
중에 가득 찼을 때, 지면이 푹 꺼지면서 그의 몸이 빨려들 듯
땅속으로 떨어져 내렸다.

"제사장님!"

다급한 외침 소리, 그 소리가 두견의 음성이라는 생각을 끝
으로 조원형은 정신을 잃어버렸다.

"크으윽!"
조원형은 그의 마혈을 제압하는 묵직한 아픔에 간신히 눈을
떴다.
전신에 털이란 아무것도 없는 쭈그렁 노인들의 찌부러진 눈
이 그의 전신을 유심히 관찰하고 있었다. 원래 쌍둥이인지 아
니면 살가죽만 걸친 것처럼 말라서 그런지 두 노인의 모습은
거의 식별이 안 되었다. 다만 한 노인의 이마에는 손톱만 한
사마귀가 있고 다른 노인은 비슷한 크기의 점이 있다는 것이
유일한 차이였다.
"끄끄끄끄! 드디어 깨어났구나. 쩝. 펄쩍펄쩍 뛰는 놈을 묶어
놓고 손발을 하나씩 잘라 먹는 것이 제 맛인데 말야."
점박이 노인이 한마디하며 입맛을 다셨다.
'나, 나를 잘라 먹어?'
조원형의 눈빛이 암울하게 변했다. 빙궁의 함정에 빠진
것도 미칠 지경인데 식인종 늙은이들의 식사가 될 운명이라
니.
"이놈을 어떻게 먹는 게 좋을까? 볶아 먹을까, 구워 먹을까,
아니면 삶아 먹을까? 에구, 골치 아파. 살아 있는 먹이가 생겨
도 고민이라니까."
사마귀 노인이 조원형의 전신을 살피며 말하자 점박이 노인

이 움푹 들어간 눈자위를 빛내며 소리쳤다.

"아, 이러면 어때? 팔다리는 볶아 먹고 머리는 구워 먹고 몸통은 삶아 먹는 거야!"

"엥? 그런 수도 있었나?"

졸지에 자신의 몸이 따로따로 분리되어 이 미친 노인들의 입 안으로 들어갈 생각을 하니 조원형은 정신이 아뜩해졌다.

"에이, 그러지 말고 하나만 하자. 귀찮은데 그냥 이대로 씹어 먹자구."

"아, 그 사람 참. 오랜만에 생긴 음식인데 좀 맛있게 해 먹자니까?"

두 노인이 연신 조원형을 힐끔거리면서 말다툼을 벌였다.

조원형은 마음이 다급해졌다. 한 노인은 식칼 비슷한 것을 들고 있어 금방이라도 자신의 몸을 자를 것만 같았다.

섬뜩한 공포가 조원형의 뇌리를 어지럽게 헤집고 있었다.

"이, 이것 보세요. 어찌 사람이 사람을……?"

"이 미친놈아! 네놈도 한 달만 굶어보라니까? 네놈은 쇠덩이도 씹어 먹으려 할걸?"

"그, 그래도 이건 사람이 할 짓이 아닙니다. 제발……."

조원형은 안간힘을 썼다. 무림제패를 눈앞에 두고 미친놈들의 한 끼 식사거리가 될 수는 없었다.

'진짜 이건 말도 안 돼!'

하늘을 욕하고 조옥련을 저주하는 것은 살아남은 후에 할 일이었다.

"미친놈이라 말도 많구나. 아무 목적도 없이 사람이 사람을 죽이는 건 괜찮고, 배고파 먹는 게 무슨 대수란 말이냐?"

그러나 조원형은 노인네들이 꼬박꼬박 말대꾸하는 데에 희망을 걸었다. 하나, 문제는 그다음이었다. 미혼약에 취해서 정신이 혼미해진 조원형의 입에서 돌발적인 소리가 나왔다.

"저를 살려주시면 부귀영화를 드리겠습니다. 소생은 무림맹 대군사 조원형이라 하며……."

미처 말을 끝낼 새도 없었다.

"뭐야? 무림맹, 그리고 대군사?"

두 노인의 해골 같은 몰골이 바싹 찡그려지며 눈에서는 퍼런 불길이 일었다.

'아차!'

조원형은 가슴이 섬뜩해서 그만 눈을 질끈 감고 말았다.

이제야 저들이 풍기는 이상한 기운이 바로 마기라는 것을 알게 된 조원형이 빠르게 뇌리를 굴리려고 애썼다.

하지만 머릿속은 뒤죽박죽 아무런 생각도 나지 않는다.

조원형이 무기력 속에 빠져 헤어나지 못하고 있을 때, 사마귀 노인의 손이 천천히 조원형의 가슴살에 닿았다.

"어헉!"

몸서리쳐지는 차가운 느낌에 조원형은 부지불식간에 비명을 내질렀다.

"케헤헤. 산 채로 먹어야 싱싱하겠지?"

"그럼, 그럼! 이놈이 놀라 죽어버리면 곤란하니 살살 아프지 않게 다루자구."

　두 노인이 괴상스럽게 웃으면서 입맛을 다셨다. 그들의 걸
죽한 타액이 얼굴로 뚝뚝 떨어졌을 때 조원형은 그만 정신이
나가 버렸다.

＊　　　＊　　　＊

　대충 벽돌로 찍어 붙인 건물은 멋없이 크기만 하고 입구는
문짝도 없이 동굴처럼 뚫려 있었다.

　그 존재 하나만으로도 깊은 어둠의 비밀스런 냄새를 풍기는
곳. 만석이 천풍을 돌아보자 그의 얼굴이 딱딱하게 굳어 있는
것을 알 수 있었다.

　만석이 빙긋 웃어주자 천풍의 얼굴에 약간 창피스러워하는
기색이 들었다.

　'이 친구는 전혀 두려움이 없단 말인가?

　과거에도 못 느낀 것은 아니다. 그러나 만석과 함께 있을수
록 천풍은 그에게 의지하려는 자신의 마음에 어처구니가 없기
도 했다.

　"안에는 아무도 없는 것 같으니 그만 들어가 봅시다."

　만석이 스스럼없이 웃으며 전음을 보내자 천풍이 빠르게 고
개를 저었다.

　"뭐, 여기까지 와서 함께 행동할 필요는 없지 않을까요?"

　말과 함께 뒤에 있던 그의 신형이 바로 자취를 감추자 만석

이 어깨를 으쓱했다.

'그 친구 참, 어떤 때는 한없이 마음이 넓어 보이더니… 할 수 없지.'

만석이 성큼성큼 걸어 동굴 속 같은 건물로 들어섰다.

'참으로 컴컴하기도 하구나.'

세상의 검은색은 모두 가져와서 채워놓았을까? 아직 한낮인데도 칠흑 같은 어둠에 눈에 보이는 것은 아무것도 없었다.

앞으로 손으로 내저으며 두세 걸음을 걷던 만석이 그제야 알 만하다는 미소를 지었다. 손에 잡히는 것은 바로 시커먼 장막이었던 것이다.

온통 검은색으로 치장한 두터운 장막. 만석이 장막을 열어젖히려다 흠칫하며 손을 멈추었다.

'누군가 있다.'

처음에는 바퀴벌레가 벽면을 타고 오르는 것처럼 미미한 소리가 차츰 커지면서 뚜렷한 반향을 가진 울음소리로 변했다.

"으으흑… 으흐흐흑……"

틀림없이 젊은 여인이 흐느끼는 소리였다.

한꺼번에 부모를 잃은 아이처럼 설움과 외로움에 젖은 목소리. 듣는 사람에게 묘한 슬픔을 주는 그 목소리는 어딘가 익숙한 느낌이 들었다.

'저 여인은 누구인가?'

섬세하고 작은 체구를 한 여인의 모습은 허리께까지 오는 머리칼에 가려져 보이지 않았다.

"으흐흑… 그래, 그랬어야 했어. 아니야, 그래서는 안 되는 거였어. 아냐, 그렇게 해야 해. 맞아. 틀려. 아냐."

무슨 소리인지 도무지 알 수 없는 중얼거림.

'한설! 한설이 어떻게 여기에?'

만석은 막 입 밖으로 튀어나가려던 목소리를 애써 붙잡았다.

'이런! 내가 무슨 짓을?'

죽은 줄 알았던 그녀가 하필이면 만석이 오기를 기다렸다는 듯이 이 기괴한 건물 안에 있었다. 미향과 여인으로부터 북해 빙궁을 떠올린 것이 적중한 모양이지만 의외의 곳에서 만나게 된 그녀의 모습은 너무도 이질적이었다. 그러나,

'한설……'

박동치는 심장의 고동. 아무리 진정시키고 싶어도 높아만 가는 격정은 만석의 발길을 절로 움직이게 했다.

만석이 허리를 숙여 막 그녀의 어깨를 잡으려던 순간, 여인의 고개가 빠르게 돌려졌다.

"아니?"

깊은 어둠 속에서도 마치 핏줄기가 뿜어질 것 같은 빠알간 눈동자. 삐죽이 열린 입술 주변에 지저분하게 묻어 있는 것은 진득한 핏물이었다.

"까까가!"

빙한설이 놀라는 만석이 우스웠는지 세 살배기 아이처럼 웃음을 터뜨렸다.

"이런, 미쳤어!"

그녀가 손에 든 것은 끊어진 사람의 손목이었다.

만석이 일시지간 어쩌지 못하고 주춤 뒤로 물러섰을 때,

"죽어랏!"

빙한설의 손에서 은빛 광채가 번뜩이며 싸늘한 기운이 만석의 가슴 부위로 쏘아져 들어왔다.

만석의 신형이 선 자리에서 한 바퀴 빙 돌며 손에 든 박달 몽둥이를 십자 형으로 그으며 그녀의 맥문을 잡아갔다. 자연스럽게 펼쳐진 이형환위의 보법에 유효 적절한 임기응변.

빛살 같은 광채가 겨우 삼사 척을 격하고 그녀를 직격하였다.

그러나 본능적인 감각만 남은 빙한설은 만석의 출수를 피하지 못했다.

'아차!'

체내에 들어온 자연기를 가볍게 떨친 데 불과하지만 그 위력은 상상을 불허한다. 그녀가 기우뚱하며 자신의 몽둥이에 정통으로 맞으려 하자 만석이 몽둥이의 방향을 조금 비켰다.

그러나,

콰아앙!

빙한설의 옆구리를 스쳐 벽면을 강타한 기운에 건물이 크게 들썩이며 무너져 내렸다.

잠시 후, 거세게 일었던 회오리바람이 가라앉자 건물 안을 채웠던 자욱한 먼지가 걷히며 시야가 다시 트였다. 머리카락

이 뒤로 젖혀져 투명하기 이를 데 없는 그녀의 얼굴이 일목요
연하게 드러났다.

"으으음……!"

만석이 저절로 신음을 흘리며 빙한설의 전신을 뚫어질 듯이
응시했다.

도톰하게 닫힌 입술은 주사보다 더욱 붉고 오묘한 곡선을
그린 늘씬한 몸매가 더더욱 눈을 미혹시켰다.

요기(妖氣)!

그녀가 전신으로 발산하는 것은 사람의 혼백을 사정없이 잡
아끄는 유혹이었다.

만석이 갑자기 뇌리가 텅 빈 듯한 느낌에 멍하니 그녀를 지
켜보고 있을 때,

"당신은 누군가요?"

짙은 안개 속을 헤집고 들려오는 맑은 계곡물 소리처럼 청
아한 목소리였다.

'내가 누군지 모른다?'

그렇다면 빙한설은 제정신이 아닌 것이다. 만석을 향해 흐
느적거리며 다가오는 말할 수 없이 부드러운 몸짓. 가벼운 잔
떨림 하나에도 요요로운 마력이 넘친다.

"으음…….."

만석은 다시 한 번 신음을 흘렸다. 몸속의 모든 힘이 하체의
중심에 쏠린 것처럼 딱딱하게 부풀어 올랐다.

아무런 생각도 없이 그녀의 나긋한 몸을 끌어안고 어떻게

하고 싶은 욕념이 무럭무럭 솟아오른다.

'그런데 마치 나를 기다린 것처럼 보이지 않는가……'

그렇다면 주위에는 아직 누군가가 있다. 이처럼 나가기 쉬운 허름한 곳에 빙한설을 놔두었다는 것은 그녀를 조종하는 자가 남아 있다는 뜻이다.

만석이 짐짓 혼미스러운 듯 머리를 흔들며 뒤로 물러서면서 주변의 동정을 살폈다.

'저기!'

만석이 한쪽의 벽 속에서 극히 미미한 기운을 느꼈다.

살아 있는 것들은 무엇이든지 특유의 기운이 있다.

만석이 벽면에 기대서면서 거친 숨을 내쉬자 빙한설의 눈이 반짝하고 빛났다.

"오호홋! 어서 이리 와요."

"소, 소저……."

만석이 도저히 못 참겠다는 듯이 양손을 내밀었다. 그러나 그의 손은 앞이 아니라 뒤로 향하면서 벽면을 통째로 꿰뚫어 버렸다.

"아니?"

그러나 벽면은 사람이 드나들 수 있는 통로만 남아 있을 뿐 기척은 사라지고 없었다.

'저기!'

한동안 실망해하던 만석이 발을 박찼다.

'지하 통로?'

만석이 막 지하로 들어가기 전에 빙한설을 돌아보았다.

'없다.'

만석은 그만 씁쓰레 웃고 말았다. 적의 유인에 말려들어 빙한설도 놓치고 그녀를 조종하던 적도 놓치고 만 것이다.

'나를 이쪽으로 유인했다 이거지?

만석이 최소한 수십 층계가 줄지어 있는 지하 통로를 살펴보았다. 괴괴한 침묵에 잠긴 지하 통로는 또다시 만장평 지하의 기억을 떠올리게 했다.

"좋아! 까짓 백번천번을 가라고 해도 나는 갈 것이다."

만석이 지하 통로로 모습을 감춘 얼마 후,

그 자리에 두 여인이 나타났다.

"저자가 어떻게 독곡(毒谷)에서 살아 나왔는지 모르겠구나."

몸매가 좀 더 풍만한 여인, 중년으로 보이는 여인이 지하 통로를 내려다보며 말하자 옆에 선 젊은 여인이 고개를 저었다.

"정말 목숨이 끈질긴 놈이에요. 저자가 북해를 나와 중원에 들어오도록 본 궁에서는 아무런 소식도 없었어요. 혹시 본 궁에 남아 있던 궁도들을 모두 죽이고……?"

"만약에 그랬다면 놈을 산 채로 잡아 살을 뜯어 먹고 뼈를 갈아 마실 것이다!"

"어머니, 저자의 뒤를 따라갈까요?"

조미지가 듣기 괴로운 듯 얼른 끼어들자 조옥련이 속으로 혀를 차며 딸을 보았다.

조미지가 만석에게 마음이 있음을 그녀는 알고 있었다. 빙궁에 있을 때도 가끔씩 멍하니 절곡 방향을 보면서 한숨을 쉬더니 여기 와서도 한가할 때면 북해빙궁 쪽으로 시선을 두고 움직일 줄 모른다. 게다가 만석을 부르는 잠꼬대까지 들었으니 그것은 분명한 일이었다.

"아니다. 대견과 남북쌍마 그 미친 자들이 충돌하면 죽지 않으면 양패구상을 면치 못할 터. 우리는 소림과 무당 놈들만 없애면 된다."

일은 계획대로 잘되고 있었다. 비록 두견은 놓쳤지만 무림맹의 대군사 조원형을 함정에 몰아넣는 데 성공했고, 소림과 무당을 상대할 모든 준비는 끝나 있었다.

'호오… 그렇지만……'

모친의 말에 조미지의 얼굴엔 깊은 근심이 자리 잡았다. 지금은 작은 일에 연연할 때가 아니었다. 하지만 여인의 마음은 자꾸만 만석을 향해 움직이려고만 했다.

거의 일 년 만에 보는 만석은 그때보다 더욱 말랐긴 하지만 장부의 냄새가 더욱 진해지고 한층 든든한 느낌이 들었다.

여느 여인 같으면 당장 그의 품에 안겨들어 모든 시름을 잊었을 텐데, 조미지는 아쉬움을 뒤로하고 몸을 돌렸다.

*　　　*　　　*

"요리할 것도 없잖아? 그냥 뜯어 먹자구."

"그게 무슨 소리야? 통구이로 만들어 먹으면 입 안에 살살 녹아내릴 텐데. 구워 먹자고!"

"난 싫어! 입 안에 생혈이 고이면 얼마나 감칠맛 나는데."

"급히 먹다가는 체한다니까? 그러니 노릇하게 구워서……."

정신을 잃고 바닥에 쭉 뻗은 조원형을 내려다보면서 두 미친 노인은 요리 방법을 놓고 티격태격하고 있었다.

'저 노인들은 누구며 바닥에 쓰러져 있는 자는 또 누군가?

지하를 굽이굽이 내려오다 보니 굵은 쇠창살로 가로막힌 거의 십여 장 크기의 넓은 지하 뇌옥이 막아서 있었다.

손을 대자마자 뼛속을 얼리는 듯한 차가운 느낌. 틀림없이 만년한철로 만든 쇠창살인 모양이다.

하지만 만석은 어렵지 않게 뇌옥으로 들어갈 수 있는 작은 틈을 발견했다.

'조원형!

들쭉날쭉한 석벽 사이로 재빠르게 들어가던 만석이 걸음을 딱 멈추었다. 꿈에서도 잊지 못할 조원형의 얼굴. 비록 어둠 속에서 형체만 보였지만 만석은 한눈에 알아볼 수 있었다.

"제기. 그럼 한 번 해보자는 거야?"

"쳇! 누가 할 소릴!"

말다툼을 하던 노인들이 서로를 기세등등 노려보았다.

쌍둥이처럼 닮은 얼굴을 한 노인들. 그러나 지금 그들의 얼굴색은 한쪽은 푸르뎅뎅하게, 다른 한쪽은 불길에 타오르는 것처럼 불그죽죽하게 변해 있었다. 아마도 익힌 무공의 성질이 다른 듯했다.

‘으음? 대단한 마기다!’

만석이 해연히 놀랐다. 그들의 전신에서 폭죽처럼 터져 나오는 것은 엄청난 기세의 마기. 실로 이런 지하 뇌옥에 갇힌 사람들치고는 전혀 어울리지 않는 기세였다.

‘내공을 잃지 않았어.’

만석은 의외롭긴 했지만 그대로 놔둘 수는 없었다. 두 사람이 싸우면 석실이 무너져 내릴지도 몰랐다. 그들의 기세가 닿는 곳만 해도 벌써 석면이 모래알처럼 부서져 내리고 있었던 것이다.

“그 노인들 참 한심하네? 아, 반은 구워 먹고 반은 산 채로 먹으면 될 거 아니오.”

“마, 맞아! 바로 그거야!”

막 쌍장을 올리며 상대를 공격하려던 두 노인이 부리나케 손을 거두며 이구동성으로 외쳤다.

“엥? 그런 너는 누구냐?”

그러던 점박이 노인이 먼저 고개를 갸웃하며 말하자 그들을 향해 천천히 다가가던 만석이 빙긋 웃으며 대꾸했다.

“사해는 동도라 하지 않습니까. 이렇게 만난 것도 억겁의 인연. 그러니 통성명이나 합시다. 소생은 대견 만석이라고 합니다."

만석이 천연덕스럽게 포권하며 이름을 말하자 두 노인이 엉겹결에 답례했다.

"어, 어엉? 그, 그래. 우린 기련쌍마라고 하는데 난 남마(南魔) 초백(草魄)이라 하고, 저기는 내 동생인 북마(北魔) 초혼(草魂)이라고 해."

만석이 갑자기 머리를 치는 생각에 아연해서 그들을 번갈아 보았다.

주노 무초 대사가 지은 바로 그 무명서의 초입에 나오던 남북쌍마! 마기를 풀풀 날리던 느낌으로 봐도 이들이 바로 장본인이라는 것은 의심할 여지가 없었다.

만석이 심상치 않은 눈길로 보자 북마 초혼이라는 사마귀 노인이 고개를 갸웃하며 물었다.

"그런데 네놈은 어떻게 여기에 들어왔냐? 저 뻗은 놈은 허공에서 떨어졌는데 네놈은 쥐새끼처럼 땅속에서 나왔냐?"

이럴 때 보면 멀쩡하다. 그럼 이들이 미친 것이 아니란 말인가?

만석이 뭐라고 막 대답을 하려고 할 때,

"네놈은 그 빙매향이란 년하고 무슨 관계냐?"

이제껏 점잖았던 남마 초백이 눈을 부라리며 소리쳤다.

목소리에 담긴 것은 처절한 원한이었다.

"빙매향이란 계집은 나의 정혈을 빨아 죽이려고 했던 원수요. 그러나 지금은 죽었을 거요."

"뭐라고? 그 계집이 죽어? 우리를 이처럼 지하 뇌옥으로 유인해서 가두어놓고 죽어버렸다고?"

'으음. 빙매향이 이들을 유인해서 여기에 가두었다는 말인가?'

실로 의외의 일이지만 상황으로 봐서 이곳은 빙궁의 중원 거점이었다. 그런 곳의 지하에 두 사람이 갇혀 있는 것이다.

두 노인이 필요 이상으로 흥분하자 만석이 말을 돌렸다.

"그건 그렇고, 두 분은 우창출이라고 아십니까?"

"우창출이라고 했냐?"

두 사람이 서로를 마주 보며 눈을 끔뻑거렸다.

"우리의 공동전인인데 그놈은 어떻게 되었냐?"

"길게 말하기는 어렵습니다만……."

우창출을 기억하는 것만 봐도 두 사람이 멀쩡하다고 생각한 만석이 간단하게 옛일을 말하자 두 사람이 이빨을 부드득 갈았다.

"크아악! 이 모든 것이 그 개 같은 계집 때문이야! 말을 안 들으면 제자 녀석을 죽인다고 해서 여기서 꼼짝을 안 했더니, 그게 벌써 삼십 년이나 지났어? 크크크!"

두 사람이 거의 발광을 하며 고래고래 소리를 지르더니 누구랄 것도 없이 발을 박찼다.

"놈! 고맙다. 네놈이 우리 제자와 친우 사이였다니 그냥 가겠다. 저놈은 네가 알아서 해라!"

그러나 그들이 나가는 즉시 만석은 이상한 굉음을 들었다.

무엇인가 무너지는 소리. 그 소리가 이곳까지 전파되어 우르릉대며 울었을 때 만석의 신형은 자취를 감추고 없었다.

다만, 만석이 마혈을 풀어주는 덕분에 깨어난 조원형이 어리둥절한 채 떨어지는 바윗돌을 쳐다보고 있었다.

콰쾅쾅!

"우아아악!"

만장평 지하 통로에서의 일이 되풀이되고 있었다.

수십만 근의 화약이 터지는 소리. 수많은 사람들이 죽어가며 부르짖는 처절한 비명 소리들. 그리고 환상처럼 모든 것이 사라지고 밤의 어둠이 온 누리를 감쌀 때 만석은 지하 호수 위로 머리를 내밀고 있었다.

"여기는 또 어딘가?"

만석은 기이한 감흥에 사로잡혀 깊은 어둠 속을 내다보려고 애썼다. 쉼없이 바깥의 기운을 받아들이는 몸은 아무런 이상도 없는 것 같아 마음을 놓은 것도 잠깐, 만석은 불안으로 마음이 떨려오는 것을 느꼈다.

"츳. 무슨 놈의 팔자가 들어왔다 하면 지하로구나."

말 못할 불안감을 짓누르듯 툴툴거리는 만석의 음성이 무겁게 흘러나왔다.

"크으. 덥군."

부글부글 끓는 것 같은 물 밖으로 나온 만석이 눈앞에 드러난 계단을 보았다. 혹시나 지상으로 통하는 통로일까?

만석이 서슴없이 계단 위로 발을 올렸다. 실상 동굴은 가파르게 펼쳐져 있었고 계단 외에 다른 길은 없었으니 다른 방도도 없었다.

끝이 없을 것만 같던 계단이 드디어 끝나고 만석이 내려선 곳은 사방 사오 장 너비의 넓은 지하 통로였다. 거기서부터는 내리막길이 쭉 이어져 있었다.

만석이 아연한 눈으로 석벽의 위아래와 바닥을 훑어보았다.

"허참, 이건 완전히 만장평 화열(火熱) 동굴의 재판이구나."

만석이 탄식을 터뜨린 것처럼 동굴 벽의 무수히 갈라진 틈에서는 뜨거운 물이 분출되어 작은 도랑처럼 흘러내리고 있었다.

그러나 길은 외길, 그때처럼 앞으로 나아가지 않을 수 없었다. 만석은 차분히 심호흡을 했다. 공력을 운기할 필요도 없이 심호흡에 따라 자연스럽게 몸 주위를 막아서는 기운.

그러나 만석은 항상 갈증을 느끼고 있었다. 빙궁에서처럼 단전이 제압되면 자연기와 유통할 수 없게 되어버린다.

단전의 작용이 없이도 외부의 자연기와 유통해서 끊임없이 공력이 생성되는 경지. 그러한 경지는 아직 상상 속에서만 존재할 뿐이었다.

'음? 점차 밝아지고 있다.'

반 장 너비의 열천(熱川)을 따라 조심스럽게 발을 내딛던 만석이 흠칫하며 정면을 응시하였다.

어디선가 빛이 들어오는지 밑으로 내려갈수록 주변이 환해지고 있었다.

"젠장. 정말 덥구나."

아마도 공력이 절정에 이르지 못한 자라면 들어서자마자 녹아버렸을 만큼의 엄청난 열기. 그러나 만석은 단지 숨이 막힐 듯 덥다는 느낌만을 받고 있었다.

이마에서 비 오듯이 흘러내리는 땀방울. 흠뻑 젖은 옷은 몸에 착 달라붙어 움직일 때마다 껄끄러운 기분이 든다.

지하 통로에 들어온 지 벌써 두 시진이 넘은 것 같았다.

다행히 지하 통로는 계속 한 길로만 이어져 있었기에 더욱 단조로운 느낌이 들었다. 차라리 만장평의 지하처럼 열기와 냉기가 함께 있으면 얼마나 좋을까 하는 사치스런 생각마저 드는 것이다.

앞이 보이지 않을 만큼 뜨거운 수증기로 가득했다.

만석이 공력을 눈에 집중했어도 간신히 일 장 주위만 보였다.

꼭 무엇인가 튀어나올 것 같은 느낌으로 만석이 차츰 발걸음을 늦추고 있을 때,

"어헛!"

만석은 놀라움으로 소리를 쳤다.

뭉클거리며 시야를 가리는 두꺼운 수증기 사이로 새파랗게 날름거리는 화염이 보인 것 같았다.

'이런! 그럼 더 이상 갈 곳이 없다는 말인가?'

만석은 지금까지와는 다른 엄청난 열기가 화염으로부터 전해지는 것을 느꼈다. 숨이 막힐 만큼 더울 정도가 아니라 피부를 태울 정도의 강력한 열기. 발길을 붙잡는 이성은 계속 전진하라는 속삭임에 밀려 자취를 감추었다.

"으으음……."

이제는 공기마저 희박해진 공간 속에서 만석은 차츰 정신이 혼미해져 가는 것을 느꼈다.

시야가 뱅뱅 도는 느낌이 들고 바닥이 거꾸로 돌아가고 있었다. 견디지 못한 만석이 그 자리에 털썩 주저앉았다.

"크윽!"

그러나 만석은 주저앉자마자 용수철처럼 몸을 일으켰다.

엉덩이 살을 삶아버릴 것처럼 뜨거운 물에 정신이 번쩍 든 것이다. 얼른 엉덩이 쪽으로 손을 가져간 만석은 한동안 엉덩이 살이 뭉개지지 않은 것을 다행으로 알아야 했다.

"후우… 대체 저 안에는 무엇이 있기에 이렇게 사람을 놀라게 하나?"

그러다 보니 이번에는 장난스런 생각이 든다. 어차피 막다른 골목까지 왔으니 고민할 것도 없고 망설일 것도 없다.

"여기에 무슨 이끼가……?"

한 걸음 안쪽으로 발을 들이밀던 만석이 알 수 없다는 표정으로 중얼거렸다.

그야말로 살이 녹아내릴 것처럼 뜨거운 동굴이다. 그런데 이끼가 자라고 있다니.

'절대 저절로 자란 것이 아니다!'

만석은 내친김에 길게 잇대어진 이끼의 한쪽을 잡아 뜯었다. 거기에는 자연스럽게 생긴 동굴의 균열 자국이 아니라 종횡으로 그어진 선이 드러나 있었다.

만석이 옆의 이끼들까지 모두 떼어내자 사람의 얼굴 크기만한 십여 개의 그림이 제 모습을 나타냈다.

"허어, 여기에 노인의 그림이라……?"

실로 보고도 믿기지 않는다.

눈을 감고 묵상에 잠긴 노인의 얼굴은 느낌만으로도 고아한 가운데 선인(仙人)의 풍도가 엿보였다.

선을 이어보니 일련의 동작으로 보였다.

양발은 어깨 너비로 벌린 채 왼손은 땅을 가리키고 오른손은 하늘을 가리키던 자세가 마지막 열 번째 그림에서는 반대로 바뀌어 있었다.

자기도 모르게 그 자세를 따라 하던 만석은 차츰 모든 열기가 사라지고 청량한 기운이 몸속을 감도는 것을 느꼈다.

'어, 이거 묘한데?

실로 그림이 자신과 일체화되어 움직이는 느낌. 언제부터인가 인체에 빽빽이 그려진 선을 따라 만석의 몸에서도 묘한 기운이 일어 움직이기 시작했다.

홀린 듯 노인의 자세를 따라 하던 만석은 단전이 순식간에 오그라들어 콩알만큼 작아진다는 기분에 사로잡혔다.

작아지고 또 작아진다. 단전은 이제 깨알처럼 작아지고 만석의 눈앞엔 어둠에 잠긴 광대무변한 우주의 형상이 자리 잡기 시작했다.

만석의 뇌리 속에서 억겁의 세월이 흘렀다. 그에 따라 우주의 공간에 빽빽이 자리 잡았던 수많은 별들이 하나둘씩 사라지기 시작했다.

"아아……!"

만석은 참을 수 없는 탄성을 터뜨렸다. 우주는 어느새 만석의 몸으로 변했고, 그 몸속에 수많은 별들이 나타나기 시작했다. 그것도 한순간 모든 별들의 형체가 남김없이 사라져 암흑만이 남았다고 느꼈을 때 벼락 치는 소리가 들리며 머리통이 온통 바스라질 것 같은 강력한 충격이 엄습해 왔다.

번쩍!

머리끝에서 발끝까지 벼락이 꿰뚫고 지나가는 느낌에 온몸이 전율하며 떨었다. 동시에 만석의 뼈대와 몸체를 형성했던 모든 것이 먼지로 화해 허공중에 흩어지는 느낌을 받았다.

얼마나 시간이 흘렀는지 모른다.

돌처럼 굳었던 만석의 몸이 조금씩 떨려 나오기 시작했고, 순간 만석은 깊은 한숨을 내쉬었다.

"후우우!"

우르르르!

그 한숨에 동화되었을까? 처음에는 미약한 진동음과 함께 동굴이 천천히 흔들리기 시작했다.

"헛! 동굴이 무너진다!"

잠시의 시간이 지나자 동굴 안쪽에서부터 소리를 내며 다가오던 진동음이 바위가 갈라지는 소리로 바뀌었다.

"이런!"

무너질 듯 요동치는 지하 통로, 발밑이 꺼져 나가는 느낌에 만석이 발을 박차고 뒤로 날았다.

쿠콰콰쾅!

만석이 지나가자마자 기다렸다는 듯이 동굴은 무너져 내리고 있었다. 그와 함께 무시무시한 화염덩어리가 빠르게 치달려 오고 있었고, 발밑에서는 바닥이 갈라지는 소리가 극심한 전율을 일으키고 있었다.

얼마나 달려나왔을까?

이번에는 만석의 앞에서 동굴이 무너지는 요란한 소리와 함께 천장에서 빛줄기가 비춰 내려왔다.

"구멍이다!"

만석이 한 소리 크게 외치며 구멍 뚫린 천장으로 몸을 날렸다.

第九章

동행(同行)

산과 들, 송림과 개울은 빗물에 씻겨 한층 푸르름을 발산하
고 있었다.

들판의 한쪽 개울 앞, 커다란 바위 뒤에 주저앉은 무진장은
회색빛 구름을 뚫고 파란 하늘이 드러나는 것을 눈에 담았다.

모든 것이 끝났다.

파양호에서 벌어진 공전절후의 대전투.

소림과 무당, 잔존한 팔파일방의 무리, 그리고 죽림마원과
파하륵의 혈사풍, 천웅의 청천 녹림대 등이 뒤얽혀 대혈겁을
치렀다.

밀고 밀리는 싸움. 나중에는 피아를 식별하지 못하는 혼돈
속에서 병기를 휘두르고 또 휘둘렀다.

그러던 언제부터인가 무진장은 전장에서 떨어져 홀로 남은 자신을 발견했다.

그리고 누군가가 외치던 그 소리. 철혈강시!

모두 십여 구에 이르는 철혈강시는 나타나자마자 군웅들을 무차별로 주살하기 시작했다. 창검은 그들의 무쇠 같은 몸을 뚫지 못한 채 튕겨 나왔고 그들의 공격을 막을 수 있는 사람은 아무도 없었다.

지리멸렬.

살아남은 사람들은 겁에 질려 현장을 도주해 버렸고 끝까지 버티던 사람들은 모두 죽었다.

그 끔찍한 광경을 눈에 담던 무진장은 피에 절고 갈갈이 찢긴 옷을 내려다보았다.

"크크크. 이 엉망진창이 된 옷만큼 난 지쳐 버렸어."

그렇게 생각하자니 십여 일 전의 기억을 떠올린 것만도 사치스러운 일이었다. 자신의 목숨을 살리려고 죽어간 많은 사람들 중에는 자신의 조부인 환로 무자개도 있었다.

그 외에 부친 무헌경이나 지옥대주 등의 생사는 알 길이 없었다.

"크훗. 함정, 함정이었지. 북해빙궁 계집들이 꾸민 함정인 줄 어떻게 알았으랴."

한탄하고 자책하던 무진장은 뒤로 벌렁 누워 눈을 감았다.

"이대로 죽는 것이 오히려 행복하지 않을까."

생각하면 양어깨를 짓누르는 복수의 부담감을 어떻게 떨칠 수 있을까. 살아 있는 한 조부와 문도들을 죽인 자들에게 복수를 해야 한다. 철혈강시, 그리고 그것들을 부리던 곳은 누구일까? 빙궁일까? 아니면 대전투를 틈타 누군가 철혈강시를 부린 자가 따로 있을까? 아니면 빙궁과 철혈강시를 부리는 자가 손을 잡고 일을 결행했을까?

"휴우우~ 머리는 어지럽고 몸은 물먹은 솜처럼 가라앉고 있어."

무진장은 점점 무거워지는 몸을 주체할 수 없었다. 눈꺼풀은 묵직한 철추를 매단 것처럼 무거워졌다.

'훗호! 이자가 여기에 있었구나.'

모친은 파하륵과 천웅의 뒤를 쫓고 있었고 조미지는 무진장을 맡았는데 운수가 좋은 모양이었다.

아무리 중상을 입었다고 해도 무진장과 정면으로 부딪친다면 상당한 손실을 각오해야 한다. 그만큼 전장에서 발휘하던 무진장의 무위는 놀라웠다.

그녀가 눈짓을 하기도 전에 육좌와 칠좌를 위시한 빙궁도들이 무진장의 주위를 빙 둘러 포위했다.

'훗. 놈이 죽을 줄도 모르고 태평스럽게 자고 있다 이거지?

'그동안 꿈도 못 꾸었더니 낮잠에 계집이 보이는 꿈이라……'

무진장은 꿈을 꾸는 줄 알았다. 뭔가 따끔한 느낌은 이상했지만 온몸이 꼼짝없이 마비되는 느낌은 깊은 잠에 빠져드는 징조였다.

"얼씨구. 그 계집 제법 예쁘네?"

꿈속이라서 그럴까? 백화가 그려진 얇은 비단 옷을 입은 여인은 천상의 선녀처럼 아리땁게 보였다.

'응? 이 자식 봐? 흐리멍텅하게 눈을 치뜨고는 뭐, 제법 예뻐?'

실상 예쁘다는 소리를 들어보지도 못하고 자란 조미지다.

"자식아! 깨어났으면 빨리 정신 차려!"

짝짝짝!

'엉? 이게 무슨 소리야?'

갑작스런 격타음에 놀란 무진장이 자리에서 벌떡 일어나려고 했다. 정신을 차리고 보니 그 소리는 자신의 뺨에서 나는 소리였다.

"너, 넌 누구냐?"

소리를 지른 것까지는 좋았지만 온몸의 기력은 빠져나가고 없었다.

"내게 무슨 짓을 한 거냐?"

"놀란 척하지 마라. 단지 몇 군데 혈을 짚은 것뿐이니까."

뾰족한 여인의 대꾸. 눈을 크게 뜬 무진장의 뇌리에 떠오르는 것이 있었다.

"너는 혹시 북해빙궁……?"

"홋호호. 이제야 제정신이 드는 모양이구나. 그래, 죽림마원의 마도들은 모두 죽고 너만 남았어. 물론 철혈강시들이 한 짓이지만 말이야.”

“으드득!”

무진장은 소리나게 이빨을 갈았다. 머리 꼭대기까지 치미는 원한의 불길에 정신이 한순간 아뜩해졌다.

“네년들이 음모를 꾸민 것을 안다. 그렇다면 철혈강시도 너희들과 한통속. 설마 아니라고 하지는 않겠지?”

“훗. 그건 금방 죽을 놈이 알아서 뭘 해? 힘만 숭상하는 못난 놈들은 왜 죽는지도 모르고 죽는 거야.”

조미지가 몸을 바짝 숙이자 그녀의 몸에서 난초향이 났다.

“이년이?”

손을 들어 그녀를 밀치려던 무진장은 팔에 힘이 없다는 것을 자각하고 쓴웃음을 지었다.

“냄새 참 좋구나. 내 손 가까이 얼굴을 대볼래? 나도 네 뺨을 때려야 할 텐데 손이 안 올라가서 말이야.”

“흥! 이놈이 아예 미쳤구나!”

짜악!

그러나 그 말의 대가는 입 안이 터져 밖으로 쏟아진 핏덩이였다.

“크크크. 계집, 내가 무력한 틈을 타서 별 지랄을 다하는군.”

입술을 질겅질겅 씹으면서 말하는 것처럼 무진장의 목소리는 뒤틀려 나왔다.

‘훗. 저 지경에서도 옛날의 호방하던 기세는 잃지 않았구나.’

송림 속의 나뭇가지에 올라가 있던 만석은 입가에 슬며시 미소를 지었다.

지하에서 그가 나왔을 때는 이미 전투는 끝나고 땅바닥에 즐비한 시신들만 있을 뿐이었다.

그리고 시신들을 조사하자 전투의 진행 과정을 일목요연하게 알 수 있었다.

무공의 흔적.

소림과 무당 등의 정파와 죽림마원 등의 사마 무리들이 싸우는 중 뭔가 대단한 자들이 급습했다. 그리고 여기저기 얼어붙은 시신들은 그다음 순서였다.

그 뭔가 대단한 자들. 그들의 흔적은 끔찍함, 그 자체였다. 시신에 구멍이 뚫리고 머리통이 떨어져 나가는 등 목불인견의 참상. 얼어 죽은 시신들은 약과였다.

그리고 현장을 벗어난 자들의 흔적을 추적한 지 사흘. 만석은 먼저 무진장을 발견할 수 있었고 그를 추격해 온 빙궁의 여인들을 만나게 된 것이다.

‘아무도 내가 여기 있음을 눈치 채지 못하는군.’

만석은 호흡을 통제하지 않고 있었으나 제법 무공이 고강해 보이는 빙궁도들은 그의 존재를 모르는 모양이었다. 자연의 기가 완전히 동화된 만석은 그 자체로 자연이었다.

'자. 이젠 너희들에게 당한 대가를 치러줄 차렌가?

만석이 이를 드러내며 씨익 웃었다.

'누, 누구?

무진장을 포위했던 빙궁도들의 눈이 경악으로 홉뜨였다. 소리없이 파고든 그림자가 바람처럼 빠져나갈 때 그들은 이미 땅바닥에 고이 누워 있었다.

보고도 믿지 못할 빠르기, 그리고 정확한 몽둥이질. 미처 소리도 지르지 못하고 쓰러진 빙궁도들의 모습이 무진장의 눈동자에 틀어박혔다.

"홋홋홋. 네놈은 내가 너를 빨리 죽이기를 바라는 모양이지만 어림도 없다. 넌 내가 묻는 것에 하나씩 모두 토해내야 해."

"크하하하! 피를 토해냈으니 이번에는 먹은 것을 토해낼까?"

"괜히 태연한 척하지 마. 그럴수록 사람이 추해 보이거든?"

"근데 이상하군. 내 눈에는 보이는데 너에게는 보이지 않는 건가?"

"무슨 소리냐?"

"네 뒤를 보고 말하는 게 어떨까?"

"이놈이 별 수작을 다 부리는구나. 네가 시간을 끌려고 하는 모양인데, 그럴수록 너에게 돌아가는 것은 죽지 못할 고통뿐이야!"

"아니, 그렇지는 않은 것 같은데, 조미지? 오랜만이야."

'혁! 이 목소리는? 아냐, 그럴 리가 없어.'

꿈에서도 그리던 음성. 그러나 다시는 들을 수 없을 그 음성이 이리도 가까이서 들리다니.

조미지의 눈동자가 파르르 떨리며 음성이 들리는 곳으로 돌아갔다.

"아, 아……!"

조미지의 신형이 기우뚱하며 쓰러질 것 같았다. 겨우 일 장여의 거리. 정면에서 보는 만석의 모습은 그녀에게 또 다른 감흥을 선사하고 있었다.

"사, 살아 있었군요."

기련쌍마가 있는 곳으로 들여보내면서 절대 살아나올 것으로 생각지는 못했다. 그런데 저 멀쩡한 모습은 무엇일까? 허름한 옷이 마른 몸을 더욱 두드러지게 보이게 하지만 깊숙이 빛나는 눈동자와 완강한 턱 선은 남자의 체취를 더욱 강렬하게 뿜어낸다.

그녀의 살구 씨 같은 눈에서 한줄기 눈물이 흘러나와 콧등을 타고 턱 언저리로 굴러 떨어졌다.

"오호? 저건 꼭 연인을 만나는 계집 같잖아? 그렇지 않아?"

"크훗. 그러는 당신의 말투는 꼭 친구를 만나는 것 같군."

무진장이 어깨를 으쓱하며 너털웃음을 터뜨렸다.

"크커커커! 아무려면 어떤가? 그런데 우리가 언제 만난 적이 있던가?"

"물론이지. 당신의 손에서 금기린을 구할 때가 엊그제 같은

데 나를 기억하지 못하다니, 이거 섭섭한걸."

말은 섭섭하다면서도 겉으로는 아무런 표정도 없다.

"크크크. 참으로 목석 같은 친구야, 내가 자네를 못 알아볼 리가 없지. 필생의 적수라고 생각했거든? 대견 만석!"

만석의 얼굴에 그제야 표정이랄 것이 생겼다. 그러나 그것은 벌레를 씹은 듯한 씁쓸함이었다.

"아직도 대견이란 이름을 기억하고 있다니 놀랍군."

"아니, 그게 무슨 소리야? 오호라! 이제 보니 장본인만 모르고 있었군? 자네가 만장평 지하에서 어떻게 활약했는지 모르는 사람이 없어. 한마디로 무림공적에서 영웅이 된 것이지. 그래서 더욱 만나고 싶었는데 십 년 만에야 만나게 되다니 참으로 무심한 것이 세월이야."

"당신은 언제나 그렇게 말이 많나? 지금 당장 내게 바라는 것이 있을 텐데?"

"그건 안 돼요!"

아무렇게나 쓰러져 있는 궁도들이 정신만 잃었을 뿐 생명에는 지장이 없는 걸 확인하고 막 안심하던 조미지가 빽 소리를 질렀다.

그러나 두 사람은 조미지에게는 관심이 없어 보였다. 그저 서로의 눈을 마주 보고만 있을 뿐.

"커. 너무 커졌어."

무진장이 허탈하게 중얼거렸다. 처음에는 있는 듯 없는 듯하더니 만석의 모습은 어느새 태산이 되었다가 대해로 변해 그의 눈 밖으로 넘실거리고 있었다.

묵묵히 고개를 끄덕이던 만석이 가볍게 손을 젓자 무진장은 돌연 몸에 힘이 돌아오는 것을 느꼈다. 마치 온몸을 꽁꽁 묶었던 밧줄이 일시에 풀린 듯한 느낌.

그가 자리에서 일어나 만석을 보았지만 만석의 눈은 조미지를 향해 있었다.

"빙궁으로 돌아가시오. 중원에 남아 있는 한 그대와 빙궁은 나의 적이오."

만석이 간단하게 한마디를 했지만 그의 말뜻은 무거웠다.

"어디로 가실 건가요?"

"먼저 철혈강시를 찾아 지옥으로 돌려보내야겠지."

만석이 그대로 등을 돌리고 걸음을 옮기자 무슨 말인가 하려고 하던 조미지가 입술을 꼭 깨물며 입을 다물었다.

과연 모친 조옥련이 만석의 말을 듣고 이대로 빙궁으로 돌아갈까? 실로 어림도 없는 소리였다.

'어, 어떡해?

조미지는 방년의 소녀처럼 발을 동동 굴렀다. 다음에 만나면 그와는 적이 되어 칼을 마주해야 할 것이다.

숲 속 길을 따라 멀어져 가는 만석의 뒤로 무진장이 바삐 발을 놀리고 있었다.

하남 평정산(平頂山).

죽림마원의 본거지는 바로 그곳에 있었다.

초로가 직접 썼다는 책자에 기록된 것처럼 산의 정상에는 푸른 물이 넘실거리는 커다란 호수가 있었다.

거의 수백 척이나 하늘로 치솟은 거대한 수목들이 푸르름을 한껏 뽐내고 있었는데, 호수의 사이사이에도 호숫물에 뿌리박은 수목들이 힘차게 가지를 뻗은 모습은 장관이었다.

"크흑. 소원주님!"

겨우 수십 명에 이르는 죽림마원의 사람들은 무진장을 보자마자 통곡부터 터뜨렸다.

"그래, 그래, 울어서 마음이 풀릴 수만 있다면 마음껏 우시오."

그렇게 말하는 무진장도 하염없이 눈물을 흘리고 있었다.

그들은 숙고 끝에 평정산을 떠나기로 결정했다. 이것은 물론 무적초자가 알고 있다면 다른 자도 이곳을 알 것이라는 만석의 말에 따른 것이었다.

평정산을 떠나면서 만석은 쓸쓸한 기분을 억제할 수 없었다. 산정호수에는 구렁이는커녕 작은 물고기도 없었던 것이다.

산을 내려가 발길이 닿는 대로 정처없이 돌아다니던 죽림마원 일행은 귀가 번쩍 뜨이는 소식을 들었다.

금가의 백혼대가 혈사풍을 쫓아 천산으로 향했다는 것이다.

그리고 그들의 선두에는 예의 이마에 붉은 태양을 새겨 넣은 복면인이 있었다는 소식은 만석의 피를 끓게 했다.

금태원은 행방불명이었고 조원형은 죽었을 것이다. 그렇다면 그 무서운 신위를 자랑하던 그자가 실질적으로 막후에서 금가를 조종하던 자일 가능성이 크다는 생각이 들었던 것이다.

산을 내려가던 그들은 전신이 피투성이가 된 중년의 인물들을 만날 수 있었다. 바로 무진장의 최측근인 혈겸사신 모용광과 과거 제갈세가의 만장평에서 무진장의 시종을 했던 추중원이었다. 죽은 사람이 살아온 것처럼 떠들썩해진 것도 잠깐, 죽림마원의 전대 문주인 환로 무자개와 현 문주 무헌경은 파양호에서 뼈를 묻었다는 말에 장내는 금세 숙연해졌다.

"크아아악!"

악전고투였다. 철혈강시는 어디로 갔는지 몰라도 백혼대라고 불리는 금가의 정예는 무서웠다.

"이익!"

파하륵은 옆구리를 짓쳐 오는 칼날을 간신히 밀어 올리며 상대의 가슴에 투박한 칼날을 박아 넣었다.

"제기. 이것이 대초원의 사자라는 우리 혈풍사의 끝인가?"

벌써 한 달여를 쫓겨 대막으로 후퇴했지만 적의 공세는 늦춰지지 않았다. 그의 등 뒤로 온몸에 피를 뒤집어쓴 타르칸의 거친 숨소리가 뜨겁게 부딪쳐 왔다.

오백 명의 인원 중에 겨우 이십여 명이 남았다. 혈풍사는 궤멸 직전에 다다르고 있었다.

곤륜산을 내려가니 점점 평지와 가까워지면서 눅눅한 바람 대신 건조한 바람이 불어오고 있었다.

아직 이른 가을이지만 여기저기 늪지가 펼쳐져 있는 평원은 황량한 느낌이 들었다.

이리저리 망사처럼 얽힌 물줄기는 무성한 삼림과 키 작은 풀들로 이루어진 광활한 초원을 수십, 수백 덩어리로 가르고 있었는데, 수풀이 칙칙하게 꺼져 보이는 곳은 어김없이 늪지 대였다.

만석과 무진장이 뿌연 안개로 싸인 초원을 내려다보고 있을 때, 뒤를 따라오던 모용광을 비롯한 죽림마원 무리도 발을 멈추고 그들과 시선을 함께하고 있었다.

그들이 멀리 초원을 눈에 담으며 곤륜산 자락에서 흘러나온 개울물을 따라 한참 내려가니, 누런 수초가 무성한 넓은 강줄기가 눈앞에 펼쳐지기 시작했다.

"와아아! 저게 뭐야?"

항아리처럼 움푹 꺼진 넓은 저지대를 가로질러 유유히 흘러가는 거대한 강물은 보는 사람으로 하여금 절로 경이로움을 안겨주었다.

"왓하하. 저건 탑리목강(塔里木江)이라고 하지. 탑리목 분지의 젖줄 역할을 하는데 이곳 주민들은 이 강을 매우 신성시한다네."

만석의 앞에서 걷던 무진장이 웃으며 말하자, 뒤에서 모용광이 한마디 하는 것이었다.

"크카카카. 이 강을 오른쪽으로 쭉 따라가면 나포박호라는 호수가 있는데, 물이 바닷물처럼 무척 짜다는 거야. 그래서 이곳 사람들은 그 호숫물을 증발시켜 소금을 만들어 먹는다는데, 곧 맛볼 수가 있겠지."

"예? 초원을 가로질러 가는 것이 아니었나요?"

이제는 이십대 후반이 되어 구렛나룻이 무성한 추중원이 주위를 둘러보며 반문하자, 모용광이 바로 고개를 저었다.

"어차피 이곳은 처처에 늪이라 갈 길이 마땅치 않아. 때문에 우리의 진로도 나포박호를 거치는 것으로 예정되어 있으니 그리 알아라."

사실 지금까지 어느 행로로 갈지 들어본 적이 없는 추중원이었다. 보이는 드넓은 초원은 그저 막막하기만 해서 어느 쪽이 나포박호 방향인지 알 도리가 없었다.

다만 오른쪽에 우거진 수풀 사이로 난 좁은 길이 있어 나포박호로 가는 길이라고 짐작할 뿐이었다.

"제자들이 산길을 내려오느라 무척 피곤한 모양이니, 여기서 잠깐 쉬는 것이 좋겠습니다."

그들의 대화를 듣던 만석이 휴식을 제안했다.

"그래, 그렇게 하지."

무진장이 고개를 끄덕이며 동의하자, 추중원이 곧바로 휴식을 지시했다.

잠시 그들이 봇짐을 내려 건포를 씹으며 지친 다리를 쉬고 있을 때 부슬부슬 비가 내리기 시작했다.

이어 거센 바람마저 휘몰아치면서 더 이상 앉아서 쉴 수 없게 된 무사들이 여기저기서 불평하는 소리가 들렸다.

"겨우 한숨 돌리나 했더니 이게 뭐야?"

"그러게 말이야. 가을비치고는 너무 심하게 퍼붓는걸?"

그들의 말마따나 처음에는 부슬거리던 빗방울이 금방 장대처럼 굵어지면서 사방이 어두컴컴해졌다.

이미 하늘은 시커먼 먹장구름이 두꺼운 장막처럼 드리워져 손을 내밀면 금세 검정 물이 들 것만 같았다.

사람들이 급히 자리에서 일어나 봇짐에서 꺼낸 벙거지를 뒤집어쓰고, 우의(雨衣)를 걸쳐 입으며 부산을 떨 때였다.

슈슈슛! 피이유웃!

그들의 뒤로부터 날카로운 소성이 거친 바람을 타고 엄습해 들었다.

"습격이다!"

"모두 산개해라!"

다급한 외침 소리가 들리는 것과 동시,

"으아아악!"

십여 명의 무사가 암기에 고슴도치가 된 채 풀숲에 나뒹굴었다.

"앞으로 내달려라!"

만석이 소리를 지르며 무사들의 머리 위를 타 넘는 동시에 몽둥이를 십자로 휘저었다.

처음에는 아무런 소리도 없었다. 그러나 지면과 하늘을 동시에 가르는 빛줄기가 퍼붓는 빗물 사이로 찬연하게 빛날 때,

"끄아악!"

뒤늦게 십여 개의 비명 소리가 들리며 삼림 사이에 숨었던 백의복면인들이 지면을 뒹굴며 흩어지더니 곧 바로 만석을 에워싸며 돌았다.

실로 신속하기 짝이 없는 동작. 복면인들이 각자 빼어 든 병장기가 빗물에 젖어 더욱 섬뜩하게 빛났다.

"후웁. 후으흡."

빗줄기 속에서도 선명하게 보이는 번갯불처럼 푸르스름한 눈길은 어쩐지 보통 사람의 눈빛과는 달라 보인다.

그러나 그들이 내뱉는 호흡 소리는 무척이나 안정되어 있어 삼십여 명의 것이 하나처럼 들렸다.

'으음… 과거 지하 광장에 있던 자들과 눈빛이 동일하다.'

만석이 무림맹의 지하에서 의식을 거행하던 실혼인들을 떠올리고 있을 때,

차창! 채채챙!

"끄어억!"

포위망의 바깥에서는 요란스럽게 병장기가 부딪치는 소리와 함께 섬연한 비명 소리가 끊이지 않았다.

'이자들이 나를 포위망에 가두어놓고 죽림마원을 공격하고 있구나.'

만석이 한 바퀴 몸을 빙 돌리며 아래에서 위로 몽둥이를 치

켜 올렸다. 그러자 마치 빛살 같은 강기가 포위망을 향해 벼락
치듯 떨쳐졌다.

비명도 없이 우수수 지면에 처박히는 백의복면인들 사이로
난잡한 장내의 정경이 드러났다.

벌써 바닥에는 녹의를 입은 십여 명의 죽림마원도가 쓰러져
있었고 빛줄기 속으로 섬광이 번뜩이며 상대를 거세게 몰아붙
이고 있는 것은 백의복면인들이었다.

무진장은 그들 중 머리에 작은 태양을 그려 넣은 복면인 셋
에 둘러싸여 몸을 빼내지 못하고 있었으며, 모용광과 추중원
은 서로 등을 맞대고 칼을 휘두르다 틈만 나면 다른 죽림마원
무사들을 공격하는 복면인들을 쓰러뜨리고 있었다.

'저들에게는 아직 위험이 없다.'

빠른 판단을 내린 만석이 죽림마원도들이 한데 엉켜 적을
맡고 있는 곳으로 빠르게 몸을 날렸다.

만석의 출수는 정확했다. 한꺼번에 적을 죽일 수 있는 상황
이 아니다. 하지만 한 번의 몽둥이질에 어김없이 한 명씩 백의
복면인들이 속절없이 쓰러져 갔다.

삐이이이!

만석이 귀를 후벼 파는 듯한 호각 소리에 일순 눈살을 찌푸
렸을 때, 마치 썰물이 빠지듯 남은 복면인 백여 명이 수풀 사이
로 몸을 감추었다.

"놈들을 쫓아라!"

무진장이 막 소리를 지르며 날아오르려고 할 때, 만석이 몽

둥이를 흔들어 작은 기운을 보내 그의 몸을 막았다.

"왜?"

"쫓아봤자 놈들의 함정에 빠질 우려가 있소. 우리는 서둘러 나포박호로 가는 것이 좋겠소."

놈들의 정보력이 그만큼 대단한지, 아니면 만일을 대비해서 예비대로 남겨둔 것인지는 모른다. 하지만 도망치는 자들을 쫓을 필요는 없는 것이다.

번쩍, 꽈르릉!

빗물이 지면에 넘치는 가운데서도 붉은 핏물이 선명하다.

사지를 잘리고 목을 잃은 시신들이 그들의 발길을 막아섰다.

치명상을 입고서도 아직 목숨을 부지하고 있는 부상자들의 신음 소리가 그들의 발목을 잡았다.

"차라리 죽는 것이 나으리라."

무진장의 결단은 빨랐다. 살아도 죽는 것만도 못할 때가 있다. 살아 있는 목숨이란 끈질긴 것. 고통을 빨리 덜어주는 것이 온전히 살아남은 사람들의 할 일이리라.

속으로 피눈물을 흘리면서도 동료들과 적도들의 목숨 줄을 끊는 그들의 손길은 빠르면서도 단호했다.

"가자!"

무진장은 뒤도 돌아보지 않았다. 살아서 최선을 다하면 되는 것. 그들의 목숨 값으로 새로운 세상을 이룰 수만 있다면 그것으로 족한 것이다.

　　　　　*　　　　*　　　　*

"끝인가?"

파하륵은 등 뒤를 묵직하게 눌러오는 무게에 신형을 휘청했다.

거한 타르칸의 무게. 혈인이 된 지 오래인 그가 무너지고 있었다.

"이잇!"

타르칸의 팔을 잡아당긴 파하륵이 공격하는 적과 정면으로 서며 칼을 내질렀다.

"컥!!"

몇 명을 그렇게 죽였어도 견고한 포위망은 뚫릴 줄 몰랐다.

목숨을 도외시한 채 달려드는 무모한 자들.

파하륵의 흐릿한 시선이 포위망 바깥으로 향했다.

'저자! 저자를 죽여야 하는데.'

포위망 밖에서 팔짱을 끼고 있는 이마에 커다란 붉은 태양을 그려 넣은 자. 가끔씩 휘파람 소리를 내면 금세 공세의 세기와 방향이 바뀐다.

그러는 동안에 파하륵도 적들이 실혼인이라는 것을 눈치 챘다.

그러나 어떻게 이 포위망을 뚫고 저자를 죽인다는 말인가?

게다가 이마 부위에 태양환을 그려 넣은 복면인은 느낌만으로도 절대의 고수.

"크흐흐. 틀렸어."

파하륵은 절망했다. 타르칸은 이미 정신을 잃었는지 축 늘어져 파하륵의 동작을 방해하고 있었다.

"크아아악!"

또 다른 비명이 터졌다. 그리고 파하륵은 그것이 마지막으로 남은 수하의 비명 소리라는 것을 알았다. 실혼인들은 비명 소리를 내지 않았던 것이다.

"제길! 야, 이마빼기에 빨간 것을 그려 넣은 귀신아! 졸장부 새끼! 겁은 많아서 부하들의 뒤에 숨어 나올 줄 모르는구나!"

파하륵은 미친 것처럼 고래고래 소리 지르며 삿대질을 했다.

푸욱!

소리치는 새 그의 옆구리에 칼이 박혔다.

"개새끼야! 네놈이 우두머리라면 앞으로 나서란 말이야!"

또 다른 칼이 그의 오른쪽 옆구리에 박혔다.

황혼 빛을 받은 칼날이 쏟아지는 핏물에 젖어 괴이하게 빛났다.

*   *   *

만석 일행이 나포박호 근처에 다다른 것은 황혼이 뉘엿뉘엿지는 시각이었다.

불그스레하게 젖은 물결이 호수 변을 찰랑이는 광경은 아름답기만 했다.

호숫물을 보자 더욱 갈증이 생긴 일행이 호숫가로 우르르 몰려갔다.

그러나 그와 동시에 모용광이 그들의 앞길을 막으며 손을 저었다.

"물을 마시지 마라!"

바람 속에 짠 냄새가 섞여 있는 것으로 봐서는 쉽게 마실 수 없는 소금물. 목이 마르다고 함부로 마시면 더욱 심한 갈증이 목구멍을 가를 것이다.

그들이 아쉬워하며 눈으로 갈증을 달랠 때,

퓨슈슛!

갑자기 호숫물이 여기저기서 솟구쳐 오르며 새까만 암기가 그들의 머리 위로 퍼부어졌다.

"어헛! 적이다!"

추중원이 소리 높여 외치는 것과 함께 나포박호에서의 혈전이 시작되었다.

"크허헉!"

심장을 짜내는 듯한 신음 소리가 연이어 호수 변을 달구었다.

"으흑! 대체 이 꼴이 뭐야?"

추중원의 허벅지로 비껴 내린 대감도가 반 근가량의 살을 뜯어내며 선명한 핏무리를 쏟아냈다.

싹둑!

십여 명의 적을 해치운 모용광의 잘린 머리카락이 하늘로 솟구치고 있었다. 간신히 목이 떨어지는 것을 피한 모용광이 붉은 눈자위를 희번덕거리며 적을 향해 달려들고 있을 때, 황혼보다 더욱 붉은 기운이 무진장의 혈검에서 폭출되었다.

타라락! 퍼퍼퍽!

포위망이 종잇장 찢기듯이 떨어져 나갔다.

"누, 누구……?"

지면에 칼을 짚고 간신히 몸을 지탱하던 파하륵이 힘없는 눈을 들어 위를 올려다보았다.

"난 대견 만석. 그대는?"

"대, 대견 만석? 나, 나는 혈사풍의 파하륵……."

그 말을 끝으로 파하륵의 신형이 바닥에 처박혔다.

냉연한 시선으로 쓰러진 파하륵을 내려다보던 만석이 천천히 고개를 들어 태양환의 복면인을 응시했다.

이미 장내는 대부분 정리되고 있었다. 잠시 그쳤던 빗줄기가 다시 굵어지기 시작했다. 나포박호 근처에서는 드문 장대같이 쏟아지는 빗줄기. 뽀얗게 이는 물안개 사이로 두 사람의 눈이 정면으로 부딪쳤다.

"내가 누군지 아시오?"

“…….”

“아는 모양이군. 그럼 당신은 누구요?”

만석은 상대의 대답을 기대하지 않았다. 다만 온몸을 짓누르는 상대의 압력을 조금이라도 덜하게 하고 싶었다. 끝없는 싸움에서 지친 만석의 몸은 잠시간의 휴식을 갈구하고 있었다.

“나, 나 말이냐?”

억지로 게워내는 듯한 음성. 쇳덩이를 썰어대는 것 같은 듣기 괴로운 목소리. 그러나 예상에 어긋난 상대의 대답에 만석은 내심 반가웠다.

“그렇소. 당신의 이름이 뭐냐고 물었소.”

“크호호호. 내 이름… 내 이름?”

“이름이 있으면 말해보시오.”

“어, 없어… 내, 내가 누구지? 그런데 곧 죽을 놈이 그건 알아서 뭐해?”

복면인의 음성이 스산해졌다. 심장을 얼릴 듯한 음성.

만석은 상대 역시 이지를 잃은 것을 알아챘다. 그렇다면 오히려 배후의 인물을 알아내기가 더욱 쉽지 않을까?

“아니, 굳이 당신의 이름은 알고 싶지 않군. 그럼, 당신의 뒤에 있는 사람은 누구요?”

“내 뒤에… 내 뒤에… 그, 그건… 무, 무적… 끄아아! 네놈을 죽여 버리겠어!”

무적이라고 말하자마자 머리를 감싸 쥐고 고통스러워하던

복면인이 양손을 헤엄치듯 양쪽으로 갈랐다.

그러자 아지랑이처럼 피어오르던 작은 기운이 갑자기 증폭되더니 커다란 황금빛 무리로 화해 만석을 향해 쏟아져 내렸다.

"이건 태양신공?"

놀란 만석이 몸을 둥실 띄우면서 몽둥이를 좌우로 휘둘렀다.

만석이 끌어들인 모든 외기(外氣)를 한꺼번에 시전하자 그의 몽둥이에서 우우웅 하는 공명음이 끊임없이 터져 나오고 있었다.

"저, 저런!"

중인의 입에서 경악에 찬 부르짖음이 토해질 때, 환상처럼 떠오른 하얀 선이 폭우처럼 쏟아지는 황금빛 줄기를 일직선으로 갈랐다.

"크어억! 그, 그건 무무공공천?"

경악에 찬 소리. 환상처럼 대기를 가른 하얀 선을 얻어맞은 복면인의 신형이 금세 까마득한 점으로 변해 천공에서 사라져 버렸다. 도망쳐 버린 것이다.

그러나 만석은 그 자리에 서서 망연자실했다.

무무공공천이라니?

초로가 금태원의 태양신공을 맞받은 그 무공이 자신의 손에서 펼쳐질 줄이야……. 그렇다면 파양호의 지하에서 만석이 얻은 것은 바로 무적초자의 무공이었다는 말인가?

'정말 대단하구나!'
만석의 신위를 목격한 무진장 등의 솔직한 심정이었다.
이미 만석의 무공은 신화경의 경지에 올라 있었던 것이다.

*   *   *

송아라는 무창제일루의 전망 좋은 창가에서 여아홍을 조금
씩 홀짝거리며 밖을 내다보고 있었다. 과거 만석들이 스승 주
노를 모시고 거나하게 술을 마셨던 바로 그 주루에 우연인 듯
그녀가 와 있는 것이다.
"호오……."
그녀는 간간이 한숨을 쉬며 술잔을 입에 가져가고 있었다.
번잡한 거리를 한참 벗어나 황하의 무심한 물결만이 시야를
잠식해서 그녀의 마음은 더욱 서럽기만 했다.
몰래 찾아간 천무세가는 이미 과거 그녀의 집안이 아니었
다. 이미 부친 송백은 죽었고 애꾸눈을 한 불한당이 집 안을
점거하고 있었다.
무적문의 배일도라는 자. 그녀는 그들을 몰아내고 싶었지만
힘이 없었다. 철혈강시 등 정체를 알 수 없는 자들에게 팔파일
방과 육대세가는 무너져 버렸고, 철혈강시가 바로 금가에서
제조했다는 사실을 폭로한 사문인 보타문도 그자들에게 멸문
에 가까운 타격을 입어 그녀는 돌아갈 곳이 없었다.
언제나 화사하던 그녀의 얼굴이 보기가 안쓰러울 만큼 수척

해진 것은 당연한 노릇이었다.

무창제일루가 문을 연 오정부터 저녁이 된 지금까지 그녀는 술로 끼니를 때우고 있었다.

그러다 보니 취기가 머리 꼭대기까지 오른 그녀는 고개를 탁자에 거의 처박듯이 하고 술을 마시고 있는 상태였다. 그때,

"저, 손님."

조심스럽게 부르는 소리에 흐리멍텅해진 그녀의 눈이 옆으로 돌려졌다.

조금 전에 그녀에게 주문을 받았던 호리호리한 체구의 점소이가 연신 손바닥을 비비며 겸연쩍은 미소를 흘리고 있었는데, 바로 옆에 덩치가 곰처럼 큰 자와 약간 재빠르게 생긴 삼십대의 장한이 그녀를 내려다보고 있었다.

그리고 그들의 눈이 놀라움으로 커져 있는 것은 무엇 때문일까?

'흥! 말도 안 돼.'

그러나 그녀는 취기에 머리가 흐리멍텅해져 두 사람을 알아보지 못하고 있었다.

지금 당장 그녀의 생각에는 어지간히 주루의 좌석이 찼는지 합석을 권하는 것이리라.

그녀의 얼굴에 설핏 불쾌한 기색이 어렸다.

혼자 있고 싶다는 말을 전하고 일부러 칸막이 자리로 안내받지 않았던가.

그녀가 불쾌한 표정으로 점소이를 쏘아보고 있자, 두 사람

중 호리호리한 장한이 공수하며 입을 열었다.

"실례입니다만, 먼 길을 와서 배는 고픈데 막상 여기 들어와 보니 자리가 없군요. 그저 합석을 허락하여 주시면 소생 금생의 영광이겠습니다."

조용하면서도 점잖은 목소리였다.

송아라가 취한 눈으로 보니 단정한 얼굴에 눈에는 정기가 가득하여 절로 호감이 간다.

'크큭. 송아라! 너를 여기서 만나다니 나도 완전히 재수발이 간 것도 아닌 모양이야?

소이는 남몰래 눈을 빛내고 있었다. 하인 시절의 까마득한 상전. 비록 해체되기는 했지만 무림맹의 고위직에 올랐던 그의 눈에는 취한 그녀가 더욱 만만해 보였다.

그의 눈이 몰래 송아라의 전신을 훑었다. 옷매무새가 흐트러져 더욱 농염한 유혹을 발산하는 성숙한 여체가 그의 눈 밑에서 꿈틀거리고 있었다.

'좋아. 결정했어. 오늘 내 너를 극락으로 보내주지!'

'이 친구가 또 음심이 발동했구나.'

우거형은 그런 소이를 한심한 눈으로 보고 있었다.

죽은 줄 알았던 만석은 무림의 구성으로 화려한 부활을 했다. 몇 년간 무림을 지배하다시피 했던 금가가 모든 무림 혼란의 원흉으로 백일하에 드러났다.

무림은 금가의 드러난 만행에 치를 떨면서도 만석의 등장에 마음껏 환호를 보내는 것이 작금의 상황.

만석의 행로가 무창으로 밝혀지자 절박한 위험을 피해 몸을 숨겼던 수많은 무림인들이 속속 이곳으로 몰려오고 있었다.

소이와 우거형은 그가 무창에 와서 어디로 갈 것인지 뻔히 짐작하고 있어 누구보다 먼저 와서 만석을 만나려는 생각이었다.

그런데 소이가 또 엉뚱한 짓을 저지르려고 하는 것이다, 그것도 과거 천무세가주 송백의 금지옥엽인 송아라를 상대로 해서.

"인마! 어떻게 하려고 그래?"

우거형이 전음으로 걱정스럽게 묻자 소이의 눈자위가 신경질적으로 실룩했다.

"넌 신경 끄고 조용히 있어라. 네가 입을 벙긋해서 산통을 깨면 그 순간부터 내 친구가 아닌 줄 알겠다."

'오호? 저거 봐라. 정말 절로 침이 넘어가는구나.'

송아라가 훤히 보이는 곳에 앉아 있던 말쑥하고 건장한 장한이 연신 송아라를 곁눈질하며 침을 삼키고 있었다.

얼마 전에 남궁소소를 만나 정혈을 빨아 먹은 여운이 남았을까? 화화공자 무무성의 벌게진 눈동자엔 진한 열기가 감돌고 있었다.

자시가 되자 취객들이 하나둘 자리를 떠서 주점은 한가하게 변했다. 송아라는 그만 대취해 버렸다. 소이가 그녀의 꼬부라

진 말에 연신 맞장구를 치며 술잔을 권하는 바람에 거의 인사
불성이 되도록 취한 것이다.

"홍! 대견 만석이 뭐 그리 대단하다는 거예요? 옛날 우리 집
에서 하인이나 하던 놈이 말예요."

우거형은 먼저 천무세가로 보낸 터, 소이는 느긋하게 그녀
의 말에 맞장구를 치고 있었다.

"맞는 얘기요. 그자가 지금 무창으로 오고 있다고 하니 내
그자를 소저의 발밑에 꿇어 엎드리게 할 거요."

"호홍! 그 사람은 무림의 영웅으로 칭송이 자자한데 당신이
무슨 재주로요?"

"무슨 말씀! 내 재주가 안 된다고 해도 소저의 명이면 죽음
을 무릅쓰고 그자를 굴복시킬 거요."

"훗호호. 당신은 정말 좋은 사람 같아요."

'크훗. 물론 좋은 사람이지. 곧 너를 극락으로 이끌 테니까
말야.'

"난 이미 소저의 아름다움에 눈이 멀고 귀가 막혔소. 소저의
말이라면 난 견마지로를 다할 거요."

'저자가 대견이 없다고 제멋대로 지껄이는구나. 만석을 만
나면 가랑이를 붙잡고 애걸할 놈이 말이지. 좋아! 네놈이 밥상
을 차리면 난 밥을 먹기나 하면 되겠지?

무무성에게 만석은 다시는 만나고 싶지 않을 만큼 무서운
자였다. 그러나 만석과 함께 오는 것은 다름 아닌 자신의 친형

인 무진장. 실은 무무성 역시 소이나 만석과 비슷한 목적으로 무창에 와 있었다.

'그리고 네 말대로 눈 멀고 귀가 막히게 해줄 테니 너는 자리만 마련해 주면 되는 거야.'

무무성은 자신의 생각에 만족하고 있었다. 죽은 놈 소원도 들어준다는데 산 놈의 소원을 못 들어주랴.

그러는 동안에도 소이의 수작은 계속되고 있었다.

"딸꾹! 이봐! 근데 당신 뭐 하는 사람이기에 내 앞에 있어?"

'계집이 취하긴 취했군. 이제 슬슬 시작해 볼까?'

"어허. 소저가 취했나 보오. 내가 숙소로 안내할 테니 어서 갑시다."

소이가 음흉한 눈을 빛내며 그녀의 팔을 잡았다.

'크흑. 정말 나긋나긋한 것이 환장하겠다야.'

소이가 내친김에 한 손으론 그녀의 팔을 잡고 다른 손으로는 그녀의 옆구리에 손을 깊숙이 집어넣으니 그녀의 탄력있는 유방이 물컹하며 밀착되어 왔다.

"어, 어디로 간다고?"

"아주 좋은 곳이야. 나만 따라오면 천상이 멀지 않다는 것을 알게 될 거야."

이제는 체면 차리고 자시고 할 것이 없었다. 무슨 말을 하든 알아듣지 못하는 취한 계집에게 말을 가릴 필요도 없는 것이다.

별빛도 잠든 늦가을의 깊은 밤. 무창에는 때 이른 눈발이 날리고 있었다.

저녁 때까지 거세게 불던 바람도 자고 소담스러운 눈송이가 지붕에도, 뜰에도 앙상한 나뭇가지에도 내리고 있었다.

밤늦게 무창제일루의 근처에 도착한 만석은 술에 취한 남녀가 비틀거리며 주루의 문을 나가는 뒷모습을 보고 천천히 입구로 다가갔다.

무림의 구성이네, 뭐니 하면서 그를 보기 위해서 수많은 무림인들이 무창으로 몰리고 있다는 소식은 번잡스러운 것을 싫어하는 만석에게는 마땅치 않은 일이었다. 게다가 무창으로 온 것은 개인적인 일, 죽림마원의 일행과 헤어진 것은 당연한 일이었다. 다만 천무세가로 가는 길에 무창제일루에 들른 것은 스승 주노와 배일도는 물론, 관대형과 유식한, 소이와 우거형, 나미나 등의 추억이 그의 발길을 끈 때문이었다.

텅 빈 주루. 탁자 정리를 하던 점원이 마뜩찮은 눈으로 만석을 쳐다보았다.

'쳇. 대견 만석 대공(大公)께서 고향 무창으로 오시는 거야 쌍수를 들어 환영하지만 손님이 부쩍 늘어 괜히 나만 죽어난단 말이야?'

그런 생각은 옆에서 함께 탁자를 정리하고 있던 서너 명의 다른 점원들도 마찬가지인지 그들의 안색도 곱지 않다.

급기야,

"저… 손님, 영업 끝났는데요. 그러니 다음에 다시 오시면 정성을 다해 모시겠습니다요."

말은 공손하지만 말투는 뻣뻣하다. 그중 덩치가 꽤 큰 점소이가 말을 걸자 만석이 희미하게 웃었다.

먼지가 잔뜩 낀 허름한 옷차림에 허리춤에 찔러 넣은 목봉 하나. 그리고 아무렇게나 옷가지를 처넣어 볼썽사나운 봇짐까지. 온갖 종류의 손님들을 다 겪은 점소이로서는 척하면 알조였다. 한마디로 별 볼일 없는 자로 찍힌 것이다.

"어허, 오랜만에 고향에 돌아와서 술을 한잔만 마시고 가려고 했더니……."

만석이 쓸쓸하게 웃으며 발길을 돌리려고 하자 그가 안되어 보였는지 사십대의 점소이가 만석을 힐끔 보더니 소리친다.

"딱 한 잔만 마실 거면 거기 앉으슈!"

"고맙소이다."

만석이 창가의 탁자에 앉자 시키지도 않았는데 예의 점소이가 죽엽청 한 병과 소채를 탁자에 올려놓는다.

"핫하하. 이렇게 환대를 해주시니… 이건 애들 과자 값이나……."

만석이 품속에서 은자 한 냥을 꺼내 점소이 나봉달(羅峯達)에게 건네자 그의 입가가 쭉 째졌다.

'엥? 이제 보니 돈깨나 있는 작자잖아?'

은자 한 냥이면 한 가족이 열흘은 배를 두드리며 지낼 만한 거액이다.

연신 치사를 하던 점소이가 얼른 주방으로 달려가자 다른 점소이들이 부러운 눈초리로 나봉달을 흘낏거렸다.

"헤헤헤. 여기 오리 구이 대령이요."

또 시키지도 않았는데 오리 구이가 날라오고 만석이 취했다 싶은지 각종 비싼 요리가 만석의 탁자에 뻑적지근하게 차려졌다.

'이거야 원, 아예 바가지 씌우려고 작정을 했군.'

그러나 만석은 굳이 나봉달의 행동을 말릴 생각이 없었다.

오랜만에 적당히 취기가 올라 좋은 기분을 깨고 싶지 않았다.

만석이 거의 한 동이가 넘는 술을 비우고 자리를 일어서자 나봉달이 얼른 만석의 팔을 잡고 끈다.

"헤헤. 마침 귀한 손님 주려고 남겨놓은 조용한 방이 딱 하나 있걸랑요. 밤도 늦었으니 쉬고 가세요오."

"고맙소. 이건 신경을 써주신 수고비요."

만석이 다시 은자 한 냥과 술값을 따로 내밀자 나봉달의 눈초리가 음흉스럽게 변했다.

'크흐. 진짜 세상 물정 모르는 놈이잖아?

이렇게 되자 그의 뇌리에 다른 생각이 떠올랐다.

말하는 것으로 봤을 때 오랜만에 귀향한 티가 난다. 얼큰하게 취했겠다, 거기다 혼자라면 객고를 풀고 싶은 생각이 굴뚝일 게다.

'낄낄. 손님이 원하는 것을 미리 알아 챙기는 것도 숙달된 점소이가 할 일인 거야.'

누이도 좋고 매부는 더 좋은 일. 그는 몸 파는 퇴기인 먼 친척 여동생을 떠올렸다. 오늘 밤은 한 탕도 못 뛰었으니 아마도 잠을 못 이루고 이제나저제나 오라비의 부름을 기다리고 있을 것이다.

나봉달이 만석을 후원 숙소에 안내한 직후 부리나케 후원을 벗어났다.

기분 좋게 취한 만석이 막 옷을 벗은 다음 촛불을 끄고 침상에 누웠을 때 방문을 가볍게 두드리는 소리가 났다.

'음? 이 시간에 누가……?'

만석이 얼떨떨한 기분으로 보고 있자니 문이 천천히 열리며 들어서는 여인이 있었다.

'음? 웬 여자가 이 시각에?'

생각하던 만석이 씁쓰름한 미소를 지었다. 취하긴 취했나 보다. 달빛을 받은 여인의 얼굴이 백옥처럼 하얗게 느껴진 것은 지분으로 떡칠했기 때문이었다.

그렇다면 그녀가 만석의 방에 들어온 목적은 단 하나.

'허참, 알고 보니 몸 파는 여자로구나.'

만석이 막 계집을 물리치려고 말을 꺼내려 할 때, 여인이 옷을 훨훨 벗는 것이었다.

"이게 무슨 짓……?"

만석이 황당해서 소리를 쳤지만 그녀는 금세 알몸이 되어 있었다. 첫눈이 온 뒤의 싸늘한 추위에도 계집은 겉옷 한 겹만 걸치고 있었던 것이다.

"홋호호."

그녀가 우뚝 솟은 젖봉우리를 출렁거리며 만석의 앞으로 다가오자 만석이 저도 모르게 눈을 질끈 감았다. 어쩐지 그 늙은 점소이의 친절이 지나치다 싶더니 끝내는 몸 파는 계집을 들여보내다니.

"어머! 그렇게 눈을 감고 있으면 어떻게 내 몸이 보이겠어?"

계집이 대뜸 반말을 하더니 만석의 옆으로 파고들었다.

"호홋! 그렇게 굳어 있으면 어떡해? 이 누님이 특별히 신경 써줄게. 어머! 양물이 크기도 하네?"

그녀가 만석의 하체 가운데에 손가락을 올리고 살살 쓸어주고 있었지만 만석은 당장 어쩌지 못하고 큰 충격에 빠져 있었다.

실로 많이 들어본 목소리. 그러고 보니 지분으로 떡칠하긴 했지만 그 얼굴 윤곽은 상당 부분 누구를 닮았다는 생각이 들었다.

'나미나!'

만석들이 주노의 집에 있을 때 오빠를 찾는다고 떠난 그녀가 몸을 파는 여인으로 전락해 있다니.

'아차!'

그 이름과 함께 떠오르는 장면은 만석을 급하게 했다.

주루문을 나서던 뒷모습만 보이던 남녀.

'맞아! 소이와 송아라다!'

나미나의 수혈을 찍고 그녀의 벗은 몸 위에 옷가지를 올린 만석이 착잡한 눈길로 그녀를 응시했다. 어쩌다가 몸을 파는 여인이 되었다는 말인가.

'후우. 언젠가는 알게 되겠지.'

하지만 알아봤자 무슨 소용인가. 그렇게 생각하는 순간 다른 생각이 떠올랐다.

'아냐. 이건 간단한 문제가 아니다!'

만석이 그녀의 앞에 남아 있다면 지독한 부끄러움에 그녀는 극단적인 선택을 할지도 몰랐다.

'그래, 이대로 떠나자.'

만석이 품속에서 전표를 꺼내 그녀의 옷에 올려놓았다. 무진장이 헤어지면서 준 돈. 필요 이상으로 많다고 거절하니 돈이란 받는 만큼 쓰임새가 있는 것이라던 그의 말이 떠올랐다.

'꼭 오늘의 일을 예상한 것 같구나.'

"나는 오늘 당신을 보지 못했소."

그녀의 볼을 가볍게 쓰다듬던 만석이 천천히 몸을 돌렸다.

십 년 후 그녀가 좋은 남자를 만나 잘사는 모습을 보길 바라면서 만석은 객실을 떠났다.

*　　　*　　　*

주루의 후원 객방. 사지를 벌리고 누운 송아라의 아찔한 굴곡이 눈앞을 가득 채워오자 벌써부터 부풀어 올랐던 그의 하물이 서슴없이 요동을 치고 있었다.

'크으. 정말 죽이는군.'

계집과 동침한 것은 이루 헤아릴 수 없었다.

그러나 과거 감히 쳐다보지도 못할 주인 딸을 욕보인다는 생각에 소이는 필요 이상으로 흥분해 있었다.

가슴이 연신 두방망이질 쳐대며 입 안이 바짝바짝 말라왔다.

덜덜 떨리는 손으로 그녀의 옷을 벗기고 속곳에 손을 댄 소이는 이대로 죽어도 좋다는 느낌에 빠져들고 있었다.

"헉헉!"

한참 씨름한 끝에 실오라기 한 올 걸치지 않은 그녀의 알몸이 어둠 속에서 하얗게 드러났다.

"으으응."

무엇을 느꼈음인가? 그녀가 덮을 이불을 찾는 양 몸을 뒤치락거리자 동산만 한 둔부가 소이의 눈을 와락 채웠다.

"저, 정말 이대로 죽어도 좋아."

생각이 씨가 되었을까? 환영처럼 다가온 기운이 소이의 머리를 관통하고 지나갔다.

소이는 갑자기 뇌리가 하얗게 텅 비는 느낌에 그녀의 알몸 위로 엎어지고 말았다.

'자식! 밥상을 차려준 공로를 봐서 네 눈과 귀만 멀게 해주
마.'

어느새 눈이 그쳤는지 창을 통해 들어온 월광을 받아 흐릿
한 그림자가 침상 위에 길게 늘어졌다.

침상 밑에 소이를 집어넣은 무무성이 침상 곁에 바짝 서서
송아라의 알몸을 응시했다.

'크흐흐. 죽이는군.'

무무성의 목젖이 크게 오르내리고 숨결이 차츰 고조되고 있
었다.

'서둘러서는 안 돼.'

사실 은밀한 일은 빨리 해치우는 것이 신상에 이롭다.

하지만 잠시 주의 깊게 주변의 동정을 살펴본 무무성은 이
짜릿한 순간을 짧게 끝내고 싶지 않았다. 한눈에 봐도 요즘 보
기 드문 처녀지신. 그녀의 음혈을 빨아들이는 상상만 해도 가
슴이 벅차오른다.

'크크크. 이 계집이 아직도 순결을 유지하고 있다니 이게 횡
재가 아니고 또 뭐란 말이냐?'

그의 손이 천천히 송아라의 은밀한 곳을 쓰다듬고 있었다.

주루에서 잠을 자는 점소이를 깨워 두 사람이 들어간 방을
알아낸 만석이 창문을 기웃거렸다.

'아니, 저자는?'

만석은 벌거벗은 뒷모습만으로 여인의 몸 위에서 거친 숨결

을 토해내는 자를 알아보았다. 소이는 어디 가고 저 색마가 이곳에 있단 말인가.

잠시 방을 잘못 찾았나 하고 생각하던 만석이 다급해졌다.

'헛! 급하다!'

무무성이 막 여인의 몸에 진입을 시도하고 있었다.

"크억!"

소리없이 날아간 지풍에 무무성의 몸이 바닥으로 굴러 떨어졌다.

자신에게 무슨 일이 벌어지는지도 모르고 송아라는 새근새근 숨을 몰아쉬며 자고 있었다.

'크으. 술 냄새.'

얼마나 퍼마셨는지 송아라에게서 나는 지독한 술 냄새가 만석의 코를 찔렀다. 만석이 시선을 돌리고 그녀의 드러난 알몸을 이불로 가렸을 때,

"끄으으……!"

소이는 눈두덩과 귓구멍을 태우는 듯한 화끈한 아픔에 고통스러운 신음을 흘리며 깨어났다.

'왜 이리 컴컴하지?'

소이가 깨어나자마자 처음 든 생각이었다.

그의 손이 눈두덩과 귀로 다가갔다. 손에 잡히는 것은 질퍽한 물기. 그것이 무엇인지 깨달은 소이는 공포에 질려 소리를 지르고 말았다.

"으아아악!"

'장님에 귀머거리가 되고 말았구나.'

만석은 소이의 비명을 들으며 고개를 젓고 있었다. 비록 가는 길이 다르긴 했지만 소이가 바라는 대로 출세해서 떵떵거리며 살기를 바랐다.

그러나 말이 좋아 장님이지 두 눈알이 뽑히고 귓전이 뜯겨 나간 소이의 모습은 흉신악살을 연상케 했다.

한편 야심한 시각, 잠을 못 이루고 후원을 배회하던 우거형이 그런 만석을 발견하곤 까무러칠 듯 놀랐다.

"대, 대장 맞지?"

"그래… 나다."

십여 년의 세월. 그 세월의 벽을 넘는 것은 단 한순간이면 족했다. 만석을 붙잡고 꺼이꺼이 통곡을 하던 우거형의 눈에 언뜻 송장 같은 물체가 들어왔다.

"이, 이런……!"

우거형은 소이의 모습에 그만 할 말을 잃었다. 금방 땅이 꺼지며 몸이 지하에 묻힐 것 같은 암울함이 그의 마음을 덮어씌웠다.

소이가 송아라에게 흑심을 품고 더러운 짓을 하려던 것을 모를 리가 없었다. 하지만 이런 처참한 몰골이라니.

우거형의 시선이 만석을 직시했다. 그의 바짝 뜨인 고리눈에는 만석을 질책하는 의미가 담겨 있었다.

만석이 묵묵히 고개를 흔들고 있을 때,

"그자는 무무성이라고 그러더라. 자기 형이 무진장이라면서 목숨만 살려달라고 애걸하더란 말이여."

걸직한 음성. 아직 해뜨기 전의 어스름 여명을 받으면서 배일도가 문 앞으로 모습을 드러냈다. 그의 애꾸눈에는 어처구니없어하는 기색이 담겨 있었다.

과거 천무세가에서 가문 내의 죄인을 가두던 곳.

무무성이 창살을 붙잡고 눈물 콧물을 질질 흘리며 만석에게 애원하고 있었다.

"제, 제발 우리 형을 생각해서라도 목, 목숨만 살려주세요."

단전이 파괴되고 양다리가 무릎부터 부러진 무무성은 얼굴부터 온몸이 피투성이었다. 격렬한 분노에 차 달려온 우거형에게 북어 패듯 흠씬 두들겨 맞은 흔적이었다.

"자네와 나의 악연은 여기서 끝을 내는 게 좋겠어. 자네가 살아 있어봤자 죽림마원의 명예를 회복하려고 동분서주하는 자네의 형에게도 전혀 도움이 되지 않아."

만석은 결정을 내렸다. 무무성을 살려준다면 그에게 정혈을 빨려 죽은 수많은 여인들의 영혼을 어떻게 위로해 줄 것인가.

"부디 지옥에 가서라도 속죄하며 살게."

만석의 말은 어쩌면 부드럽기까지 했다. 하지만 그 소리를 듣는 무무성은 소름이 쭈욱 끼쳤다.

"아, 안 돼! 사, 살려줘!"

그가 몸부림을 치면서 마지막으로 남긴 말이었다.

"실로 악인은 지옥으로라는 말이 실감나."

배일도가 눈을 바락 뜨고 죽은 무무성의 시신 앞에서 한 말
이었다.

십 년 전 홍자려가 그를 찾아 무림맹으로 떠난 후 돌아오지
않았다는 말을 들은 만석은 허탈했다. 북해빙궁에서 다른 여
인을 품은 것을 사죄하고 싶어도 할 사람이 없었다.

第十章

유시무종(有始無終)

　밥을 먹을 때보다 안 먹을 때가 많은 만석이었다. 배일도 등은 그의 고민이 홍자려의 행방 외에도 나포박호에서 도망친 백혼대의 우두머리와 그의 자취와 함께 사라진 철혈강시에 있음을 알고 있었다.

　무림을 한꺼번에 들었다 놓은 백혼대주와 철혈강시.

　이들을 제거하지 않는다면 언제라도 짧은 무림의 평화는 깨질 것이다. 그들의 무서움을 잘 아는 무림인들이 백방으로 수소문하고 있었지만 수개월이 지나도록 그들의 종적은 발견되지 않았다.

　만석은 기별이 오기를 기다리기보다는 스스로 돌아다니며 그들의 행방을 찾느라 천무세가를 비우는 일이 잦았다.

산야를 돌아다니다가 돌아온 시각. 무르익은 봄 내음이 짙게 감도는 대기는 따스했다.

후원의 연못가에서 깊은 생각에 잠겨 있던 만석이 두 사람을 본 것은 오정이 조금 지난 시간이었다.

'우거형이 누구를?'

특별한 일이 아니면 찾지 말라는 부탁을 했으니 그가 누구를 데리고 온다는 것은 뭔가 특별한 일이 있을 것이다.

깊게 눌러쓴 삿갓에 뿌옇게 먼지가 오른 장삼을 입은 마른 체구의 장한. 얼추 보면 비굴하고 추레한 느낌이 드는 자였다. 그만큼 생의 여정이 순탄하지 않았다는 반증도 되리라.

"아, 매우 중요한 일이라 문주님에게 직접 말씀을 전하겠다고 해서……."

소이가 병신이 된 이후로 무척 과묵해진 우거형이 신형을 옆으로 물리며 장한을 드러나게 했다.

그런데 그가 부른 문주라면?

아직 무림에 공표는 하지 않았지만 과거 단한방이 문주로 있던 흑사문과 마동풍의 철혈방이 무적문으로 들어온 것은 벌써 오래전의 일. 이제 만석이 돌아왔으니 무적문도 제자리를 찾게 된 것이다.

'약간의 무공을 익힌 흔적이 있는 자로군.'

만석이 한눈에 장한의 무공이 대단치 않음을 알아보고 경계심을 풀었다.

"내가 만석이오. 하실 말씀이 있다면 들어봅시다."

"네. 저, 저기……."

만석이 그저 조용하게 한마디 했지만 상대는 말을 더듬거리며 안절부절못한다.

그러더니 삿갓을 뒤로 젖히고는 만석을 쳐다보지도 못한 채 두려운 눈빛으로 발바닥만 내려다본다.

"아, 아니, 너, 너는 민광형?"

만석보다는 우거형의 반응이 빨랐다. 어렸을 때 고한성과 민광형에게 몸이 망가질 정도로 맞은 기억이 불시에 떠오르고 있었다.

"네놈이 여기는 웬일이냐? 죽을 때가 되니 제 발로 기어들어 왔느냐?"

"아, 아니, 저, 저는……."

우거형의 격렬한 반응에 민광형은 그 자리에 털썩 주저앉아 만석을 올려다보며 말했다.

"시, 실은 내게 한 가지 정보가 있소. 대, 대신에 그 대가로……."

"대가? 이놈이 죽고 싶어 환장했다 이거지? 좋아, 내 너를 죽여주마!"

우거형이 허리춤에서 검게 반질거리는 몽둥이를 꺼내 들자 민광형의 얼굴이 시커매졌다.

지금은 아니지만 과거 목불인견으로 불렸을 때의 그들이 생각난 것이다.

"그 정보가 그만한 값어치가 있으면 사야겠지. 그래, 그 대가는 들어본 다음에 결정하기로 할까?"

"예, 예."

만석의 말에 민광형이 죽을 목숨 살았다는 듯이 큰 한숨을 내쉬었다.

"저, 저기, 자리를……."

민광형이 우거형의 눈치를 보며 가까스로 말을 꺼내놓자 만석이 천천히 고개를 끄덕였다. 상대가 말을 할 수 있는 여건을 만들어주는 것은 매우 중요한 일이다.

만석이 눈짓을 하자 민광형을 죽일 듯이 노려보던 우거형이 목봉을 도로 허리춤에 끼어놓고 자리를 물러갔다.

험한 눈빛으로 봤을 때, 민광형이 돌아갈 때 조심해야 할 것 같았다.

"그대가 원하는 대로 했으니 이제 말해보시오."

"네, 네. 이건 홍자려, 그러니까 문주님의 정혼녀에 대한 소식입니다요."

우거형이 물러가고 만석이 별다른 감정이 없는 음성으로 묻자 민광형도 안심이 되는지 말의 떨림이 많이 사라져 있었다.

만석은 서둘러 반문하지 않았다. 자나 깨나 언제나 그립고 애절한 이름. 그녀의 이름을 듣기만 해도 가슴의 맥박이 주체없이 튀어 오른다. 그러나 만석은 내색하지 않았다.

'쳇, 어째 반응이 미미하네?

보통 사람이라면 어서 말하라고 닦달해야 정상이다. 아니,

민광형의 멱살이라도 틀어잡고 빨리 말하라고 성화를 해야 하는 것이다.

민광형은 적이 실망하면서도 그녀가 사로잡혀 천웅에게 괴롭힘을 당했다는 말은 쏙 빼고 말했다.

"그녀가 얼마 전에 웬 노인과 같이 있는 것을 본 사람이 있는데……."

그가 기억을 더듬는 체하면서 만석의 표정을 살폈다.

'크흐. 이제야 반응을 보이는구나.'

여전히 말은 없었지만 만석의 눈에는 뚜렷한 열기가 떠 있었다. 드디어 홍자려와 만날 수 있다고 생각하니 자연스럽게 떠오른 기대감의 표시였다.

"거기가 어딘가?"

만석의 음성은 딱딱했다. 만약에 한 치라도 거짓이 있다면 그냥 놔두지 않겠다는 무거운 의미가 그 음성에 들어 있었다.

만석의 눈이 화톳불처럼 타오르는 듯하자 민광형의 안색이 핼쑥하게 질렸다. 특별히 기세를 발하는 것 같지도 않은데 민광형은 온몸에 철추를 주렁주렁 매단 느낌에 간신히 발을 딛고 서 있었다.

"거, 거기는……."

민광형이 땀을 비질비질 흘리며 그가 홍자려를 본 장소를 말하자 만석의 눈매가 깊어졌다.

'태도로 봐서 거짓은 아니다.'

만석은 애써 그의 말을 믿고 싶었다. 무림맹의 지하, 지금은 텅 빈 무림맹의 지하에 그녀가 있다.

그렇게 생각하자 속이 꽉 막힌 것처럼 답답해지면서 가슴에서 열불이 솟아올랐다.

만석은 그를 의심하려는 생각보다 먼저 마음이 급해졌다.

'기다려! 내가 간다, 자려.'

그의 신형이 번뜩하니 까마득한 천공으로 사라지자 울상을 짓고 있던 민광형의 얼굴에 안도감이 어렸다.

'됐어. 이제 난 그 악마 같은 놈들에게서 벗어나게 된 거야.'

단지 하룻밤에 불과했다. 그러나 시신 같은 자들에 둘러싸여 있던 그 순간은 그에게는 악몽이었다.

불과 사흘 만에 천무세가에서 개봉까지 삼천 리 길을 주파한 만석이 무림맹을 거쳐 만장평으로 나아갔다.

군데군데 크게 함몰된 지면. 이곳 지하에서 겪었던 악몽 같은 시간들이 만석의 눈앞에 펼쳐지는 것 같았다.

온몸이 파김치처럼 지쳐 있으면서도 만석의 눈매는 날카로웠다.

'폭포!'

옛날 지하 통로를 거쳐 폭포수로 나오는 것이 아니라 이제는 거꾸로 폭포를 거슬러 올라가야 한다.

급히 들끓는 호흡을 가라앉힌 만석이 폭포수의 뒤에 있는 동굴로 쏜살같이 날아갔다.

"녀석이 왔는가……?"

곁에서 들어도 무슨 소리인지 알 수 없는 웅얼거림.

만석의 뒷모습이 폭포수 뒤로 사라지자 등장한 이마에 태양 문양의 복면인이 길쭉한 신형을 소 옆의 모래사장에 나타났다.

어쩐지 과거와는 달라진 느낌. 왜 그런지 착잡한 눈빛으로 만석을 응시하는 태양복면인 뒤로 십여 명의 유령 같은 복면인들이 둘러쌌다.

"가라! 가서 놈을 죽여라!"

유부에서 들려오는 것처럼 기괴한 목소리.

파라락!

장삼 자락이 펄럭이는 소리만 들리며 꼿꼿이 선 채 경공을 전개하는 그들의 신형이 폭포수 뒤로 사라졌다.

빙매향 등과 만났던 지하 호수 한편의 작은 공간에 들어온 만석이 가부좌를 틀고 몸속에 휘도는 기를 내보내 지하 동굴 속을 관조하기 시작했다.

차츰 무형의 기파(氣波)가 퍼져 나가자 만석의 머리 위로 칠채(七彩)의 구름 같은 기운이 떠올라 머리 위를 서서히 선회하기 시작했다. 놀라운 광경. 이른바 내공이 극에 달한 단계인 등봉조극의 현상이었다.

'안에는 없다.'

만석이 적이 실망을 느끼고 기운을 걷으려고 할 때, 기의 한 자락을 타고 이상한 기운이 전해졌다.

'이건 살아 있는 것의 기운이 아니다.'

만석이 즉시 기파를 거둬들이고 주변을 기막(氣幕)으로 차단했다. 그러자 안개 같은 기운이 만석의 주변 일 장을 감싸 버렸다. 실로 안에서는 밖을 볼 수 있지만 밖에서는 안이 보이지 않는다.

'혹시 저자들이 철혈강시?'

만석은 어둠 속을 꿰뚫어 보고 있다가 갑작스럽게 나타난 십여 명의 인영을 볼 수 있었다. 처음에는 호수 위를 달려 만석을 향해 똑바로 다가오다가 갑자기 만석의 기운을 놓치자 심히 당황한 듯했다.

대부분은 호수 안쪽으로 날아 들어갔지만 두세 명은 만석의 주변을 얼쩡거리며 팔을 휘젓고 있었다.

'으음… 대단하다!'

자신을 감싼 기막이 물결처럼 세차게 밀리는 느낌에 만석이 속으로 침음성을 흘렸다.

'이자들이 기막의 존재를 느꼈다는 것인가?'

위기를 느낀 만석이 기운을 더욱 증폭시켜 보았다.

끼이이!

'헛! 실수다!'

강시 세 명의 눈이 일시에 그가 앉은 곳으로 집중되자 만석은 다급해졌다.

'좋아! 선공이다!'

그 즉시 만석의 몽둥이가 불시에 쳐들리며 사선을 그었다.

파아아!

벼락같은 움직임에 비해서 소리는 바람이 스쳐 지나듯 미약했다.

끼아아악!

비명성과 함께 강시들의 몸뚱이에서 피 분수가 솟구쳐 어둠 속에 뿌려졌다.

'이런!'

그러나 몸뚱이 한쪽이 완전히 부스러져 나갔지만 그들의 신형은 잠깐 주춤했을 뿐이었다.

두 번, 세 번.

만석의 몽둥이가 그들의 머리 통 위에서 춤을 추었다.

그러나 머리통이 반쯤 부서진 철혈강시는 몸을 크게 휘청하면서도 만석을 향해 돌진해 왔다.

파팡!

그들의 양손에서 강력한 경기가 뿜어지자 만석이 재빨리 몸을 굴려 옆으로 피했다.

콰콰쾅!

흡사 천 근의 화약이 한꺼번에 터지는 굉음이 일며 일 장여의 돌바닥이 와르르 무너져 내렸다. 그와 함께 호숫물이 솟구쳐 오르며 만석의 전신을 씌워왔다.

'큭. 졸지에 물에 빠진 쥐새끼가 되었구나.'

만석이 실소를 흘렸지만 위험은 가까이에만 있는 것이 아니었다.

동굴 통로 안쪽으로 사라졌던 강시들이 빠르게 접근해 오는 소리.

'이러다간 여기서 뼈를 묻을지도 모른다.'

여기에 있는 강시 세 놈만 해도 만만치 않다.

만석은 그제야 자신이 함정에 빠진 것을 느꼈지만 그것을 생각할 여유는 없었다.

'가만. 혹시……?

만석이 과거 빙궁으로 향할 때 빙매향에게서 들은 얘기를 떠올렸다. 금성혼은 빙궁 출신이며 태양신공의 극성은 바로 빙궁의 무공이라는 것.

'그렇다면?

만석은 뇌리가 해연히 맑아오는 느낌에 속으로 무릎을 쳤다.

만석의 몸 안에 깃들은 빙기(氷氣). 십여 년 전, 그가 유황도의 절곡으로 떨어졌을 때 몸속에 침투한 차가운 기운이 그의 몸 한쪽에 가두어져 있었다.

실은 만석은 그 빙기가 이질적인 기운이라 다른 방도를 생각하지 못하고 일시 몸속에 봉인하여 둔 것이었다.

'그래, 이 기운을 꺼내 쓴다면?

생각보다 몸이 빨랐다. 뜻이 일면 기운이 저절로 상응하는 단계. 제어에서 풀려난 빙기가 만석의 몽둥이를 통해 강시들에게 뻗쳐 나갔다.

파삭!

강시들이 막 장력을 발출하려다 그 자세 그대로 얼어붙었다.

 '좋아!'

만석이 회심의 미소를 날리며 몽둥이로 강시의 머리통부터 부수고 내려갔다.

그와 함께 얼음 알갱이들이 눈꽃처럼 분분이 날리며 강시들의 형체가 바스라져 내렸다.

"너희들도 그만 가라!"

호기가 치솟은 만석이 몽둥이를 종횡으로 흔들며 빙기를 쏘아올리자 가까이 접근했던 강시들이 차례로 얼음덩이로 부서져 내렸다.

 '이제 끝인가?'

만석의 눈에 일순 복잡한 감상이 스며들었다.

비록 영혼이 없는 시체지만 눈가루처럼 지면과 호숫물에 떨어져 내리는 강시의 파편은 시원하기보다는 안타까운 심정을 안겨준다.

"어둠에서 잉태된 자들이여, 다시는 광명 세상에 나오지 마라."

만석이 몽둥이에 묻은 빙편을 씁쓸히 내려다보며 중얼거렸다.

"저, 저런?"

강시들의 비명 소리에 놀라 지하 호수로 달려들어 왔던 태양문양의 복면인의 눈이 경악으로 물들었다.

거의 모든 무림인들을 떨게 하던 철혈강시의 최후였다.

그들의 손에 얼마나 많은 무림인들의 핏물이 묻었던가.

그런 그들의 마지막 모습은 싱거우리 만큼 허무했다.

'저기?

침울했던 만석의 눈이 급작스런 변화를 보였다.

모든 음모의 주재자이며 무림에 엄청난 해악과 폐해를 끼쳤던 원흉. 그가 휘둥그레진 눈으로 만석을 응시하고 있었다.

그들의 눈이 거의 정면으로 맞부딪치자 만석의 눈이 움찔하며 떨렸다.

'저 눈, 어딘가 익숙한 느낌이 든다.'

그러던 만석이 픽 웃었다. 그럴 리가 없다. 아마도 여러 번 맞닥뜨린 적이 있어 낯설지 않은 느낌이 드는 것이리라.

"거기 서라!"

괴복면인이 몸을 돌리려는 낌새를 보이자 만석의 몸이 빛살처럼 날아갔다. 극성에 이른 만리파의 경공. 아니다, 이제는 인간의 한계를 뛰어넘은 그의 신형이 복면인의 앞길을 차단했다.

"훗. 이제는 절대 놓치지 않는다!"

만석이 이빨을 드러내며 씨익 웃었지만 그의 심장은 벌름거리며 세차게 뛰고 있었다. 아마도 숨이 콱 막힌다는 표현이 이럴까. 만석이 손에 든 몽둥이 끝을 가볍게 주억거리며 흡사 마비된 느낌의 감각을 깨웠다.

"크크크큭. 네놈은 아직도 애송이에 불과해."

처음으로 들은 복면괴인의 음성. 그러나 그 음성에는 어쩐지 가벼운 떨림이 들어 있었다.

"크훗. 떨고 있군. 네놈도 강시인 줄 알았더니 입은 살아 있어 다행이구나. 지옥불에 떨어지기 전에 네놈이 누군지 알려 주겠느냐?"

"내가 누구냐고? 크크크. 애송이가 그건 알아서 뭐 하냐. 고작 강시 몇 구 처리했다고 기고만장이로구나."

'역시 아니란 말인가?'

익숙한 눈빛, 그러나 복면인의 음성은 꾸며낸 것 같은 느낌이 없었다.

'바보같이. 이자가 누구든 무조건 죽여야 한다. 그런데 이자의 정체가 무엇인지 알 필요가 있을까?'

만석이 쓰게 웃으며 몽둥이를 치켜들었다.

고오오오!

공간이 이지러지는 느낌과 함께 천라지망 같은 기운이 복면괴인의 주변을 차단해 갔다.

"크크큭. 어림도 없다, 애송이! 겨우 그 정도로 나를 죽일 수 있겠느냐?"

복면괴인이 괴소를 터뜨리자 만석이 빙긋 웃었다.

쓸데없이 말이 많다. 원래 말이 많은 자가 아니라면 겁을 집어먹고 있다고 봐도 된다.

"대명천지에 얼굴도 드러내지 못하는 놈이 말만 많구나. 자, 두말이 필요없다. 나의 몽둥이를 받아랏!"

만석의 마지막 말은 굉렬한 울림이 되어 천둥처럼 지하를 들먹였다.

"오너라, 애송아!"

복면인이 쌍장을 내밀며 진력을 분출하자 만석의 몽둥이가 기이한 호선을 그렸다.

콰콰콰쾅!

실로 엄청난 격돌. 지하 호수의 물이 마구 요동치며 허공으로 솟구쳐 오르고 삽시에 커다란 균열이 일으킨 지하 동굴이 무너져 내리기 시작했다.

파팍!

그러나 저항도 잠깐, 만석의 몽둥이가 복면인의 가슴을 강타했다.

콰직!

동굴이 무너지는 것에 비해서는 들리지 않을 만큼 미약한 소리. 복면인의 가슴에서 핏줄기가 쏟아져 내렸다.

"왜, 왜?"

그러나 만석은 가슴을 치미는 의문에 왜라는 말만 되풀이했다. 잘못하면 양패구상을 할 수도 있는 상황. 마지막 순간에 복면인이 진력을 거둔 것이다.

말 못할 의문에 사로잡힌 만석이 상대의 복면을 확 낚아챘다.

‘노인?’

만석이 미처 다른 생각을 하기 직전, 길쭉했던 복면인의 몸이 급속히 쪼그라들기 시작했다. 아마도 몸속에 충만했던 진력이 빠지면서 본모습이 드러나는 것 같았다.

“스, 스승님!”

이럴 수가…….

온전히 드러난 노인의 얼굴은 바로 몽매에도 잊지 못하던 스승 주노였다.

무명서를 쓰고 난 후 자신의 오두막에서 거지 노인의 덧없는 죽음을 보고 무초라는 법명을 버리고 평범하게 살고 싶어 했던 스승 주노.

어찌하여 그가 무림정복의 야욕으로 세상을 어지럽혔다는 말인가. 그로 말미암아 죽은 자도 능히 수만을 이르고, 가장을 잃고 부모 형제를 잃고 도탄에 빠진 사람들의 숫자가 또 얼마나 되랴.

한 팔에 들어오는 스승의 왜소한 체구가 더욱 서러웠다.

주노를 끌어안은 만석이 세상의 종말이 온 것처럼 울부짖고 있을 때 주노의 팔이 가만히 움직여 만석의 어깨를 토닥거렸다.

“스승님……?”

“녀석, 울지 마라. 어차피 사람이란 한 번은 죽는 것. 이 죄 많은 늙은이의 마지막을 네가 함께해 주니 노부는 얼마나 행복한지 모른단다."

"아녀요, 아닙니다, 스승님. 제자가, 이 못난 제자가 스승님을 죽이고 말았습니다."

"어허! 쓸데없는 소리! 난 이미 환희초의 기운이 골수까지 파고들어 죽어가고 있었다. 네 잘못이 아니니라."

"스승님……?"

"그래그래, 그만 진정하고 내 말을 들어라. 이제 내 생명이 얼마 남지 않았구나."

그러나 만석은 쉽게 마음을 진정할 수 없었다. 아무리 스승이 죽어가고 있었다고 해도 자기 손으로 스승을 죽인 것이다.

"클럭, 클럭……."

급기야 주노의 입에서 바스라진 내장이 섞인 핏물이 흘러나오기 시작했다.

흐릿하던 주노의 눈이 꺼지기 전에 마지막 불빛을 토하는 촛불처럼 빛을 뿜었다.

'회, 회광반조?'

만석은 가까스로 마음을 잡을 수 있었다. 스승의 마지막 말, 그것은 어쩌면 모든 음모의 귀결점을 의미할지도 몰랐다.

"헛허허. 모든 것은 무적초자의 음모로구나."

주노의 짧고도 긴 얘기. 백이십여 년 전부터 내려온 엄청난 음모는 모든 것이 무적초자가 꾸민 것이었다.

"노부는 그의 지시를 받아 무명서를 써서 세상에 뿌릴 수밖에 없었다. 모든 무림 세력들을 충돌하게 하고 그 와중에 철혈 강시를 투입해서 무림을 대혼란에 빠지게 했지."

만석은 왜 그렇게 할 수밖에 없었냐고 묻고 싶었지만 그럴 수가 없었다. 거센 바람에 흔들리는 불씨만 남은 등잔불처럼 주노의 목숨은 경각에 닿아 있었다.

"노부가 마지막으로 희망을 건 것이 너였다. 너라면, 바로 너라면 언제고 무적초자를 뛰어넘을 수도 있다고 믿었다. 허허허. 부질없는 짓인지는 몰라도 그것이 노부의 바람이었구나."

다시 주노의 눈에서 빛이 사라졌다.

끄르륵!

주노의 뱃속에서 숨이 넘어가는 소리가 들렸지만 그는 마지막 안간힘을 쓰고 있었다.

"무적초자… 그자를 죽여라! 억조창생의 이름으로 그자를… 그자를……."

"스… 스승님!"

만석의 단말마를 뒤로하고 주노의 목이 꺾였다.

자신의 시신을 놔두고 어서 천중산으로 떠나라는 말을 끝으로 그는 한 많은 일생을 마감한 것이다.

만석이 눈물로 흠뻑 젖은 눈으로 주노의 시신을 보고 있다가 천천히 돌 바닥에 뉘었다. 사부의 유명(遺命), 그것을 지키는 것은 살아 있는 만석의 몫이었다.

"스승님… 못난 제자는 그만 떠납니다. 언제고 무적초자, 그

자의 머리통을 들고 돌아오겠습니다."

만석이 뒤를 돌아보며 지하 호수를 떠났다.

얼마 후, 미동도 하지 않던 주노의 시신이 미세한 꿈틀거림을 보였다. 죽은 시신이 움직이다니!

그러나 몸이 움직이는 것뿐만 아니라 시신의 눈도 뜨이는 것이었다. 투명한 안광. 사이하게 보이는 눈알이 몇 번의 작은 꿈적거림을 보였다.

"크흐흐. 진짜 죽을 뻔했는걸?"

말과 동시에 뼈대가 거북살스럽게 어긋나는 소리가 들리더니 그의 신형이 차츰 굵은 뼈대를 갖추어갔다. 보고도 믿기 힘든 괴사(怪事)였다.

그런데 어긋났던 뼈대가 완전히 들어 맞춰지니 누군가를 연상시키는 모습이 되었다.

"크크크. 설마했더니 놈이 놀랍게 성장했어. 이는 하늘이 나에게 있는 것. 흐흐흐. 무적초자, 당신의 야망은 여기가 끝인 거야."

소문!

누가 퍼뜨린 소문인지 모른다. 그러나 만석이 천중산에 도착할 때쯤에는 무림인이라면 누구나 아는 소문이 되어버렸다.

"지금까지의 모든 음모는 바로 무적초자의 짓이었다!"

"대견 만석이 그를 처단하러 천중산으로 향했다."

"가자, 가서 대견을 도와주자!"

실로 하늘이 놀라고 사람은 까무러칠 만한 엄청난 소문이었
다.
수만 명의 무림인들이 천무세가 옆의 천중산으로 물밀듯이
몰려들었다.
만고의 영웅이 탄생하는 대역사의 현장. 구경에만 관심을
둔 무인이 대부분이었으나 이 기회에 명성을 얻으려는 무림인
의 숫자도 적지 않았다.
'이게 무슨……?'
사흘 만에 무창에 도착해서 천중산으로 향하던 만석은 어이
가 없었다. 대로를 그득 메운 엄청난 인파. 각종 병기를 휴대
한 것을 보면 그들의 대부분 무림인들이 분명해 보였다.
"대견 형, 같이 갑시다!"
그때였다. 길가의 수목 옆에 서 있던 만석은 자신을 부르는
소리를 들었다.
'무진장!'
그리고 그의 옆에서 시원한 웃음을 보이는 자.
혈사풍의 파하륵, 바로 그였다.
"우와아! 대견 만석 대협이시다!"
누군가 만석을 알아본 자가 있었던 것일까? 무리의 한편에
서 터져 나온 환호성은 만석이 길을 돌아 사라질 때까지 계속
되었다.

"겔겔. 누가 노부를 욕하냐? 귓구멍이 근질근질한 것이 미치겠다야."

천중산의 정상. 낙락장송이 우거진 곳에 그림처럼 아름다운 초옥이 있었다. 편평한 바위 위에 누워 눈을 가늘게 뜨고 봄볕을 즐기던 그의 실낱같은 눈이 부엌을 분주하게 드나들고 있는 두 여인을 향했다.

금혜지와 홍자려.

잠시 후 두 여인이 각기 술상과 작은 술 항아리를 들고 다가오자 무적초자는 겔겔거리며 흡족한 웃음을 터뜨렸다.

"좋아, 좋아, 여기가 바로 극락이 아니겠냐?"

술상이 놓여지고 홍자려가 술 항아리를 공손하게 들고 큰 잔을 채우자 주향이 너울거리며 주변에 퍼졌다.

"커어, 좋구나!"

한번에 술을 털어 넣은 무적초자가 구운 오리 다리를 북 찢어 입에 가져가 게걸스럽게 뜯기 시작했다.

"저기, 할아버지, 만석 그분은 언제 오시나요?"

그의 모습을 조심스럽게 살피던 홍자려가 묻자 금혜지의 눈빛에도 궁금함이 맴돌았다.

"겔겔. 걱정 마라. 노부가 언제 거짓말을 한 적이 있냐. 근데 그놈이 워낙 살기가 짙은 놈이라 피를 몰고 다닌단 말이야."

"네? 그게 무슨?"

"그놈의 앞으로 죽을 놈들이 많다는 말이야. 쯧쯧. 사람은 언제나 제 분수를 알아야 하는 법인데, 남들이 부추기면 그걸 까맣게 까먹으니."

무슨 말인지 이해가 안 가는 말을 하던 무적초자가 다시 한 잔의 술을 시원하게 들이컨 후 술잔을 홍자려에게 내밀었다.

"자, 너도 한 잔 받거라. 피의 잔치를 구경하려면 맨 정신으론 흥취가 덜하거든? 아암, 그렇고말고."

무적초자가 자문자답하는 것은 흔히 있는 일이었다. 그러나 선문답을 하듯 항상 자세한 설명은 생략하기에 홍자려는 묻고 싶은 마음을 참고 술잔을 받아 들었다.

"그런데 여기서 피 잔치가 벌어지나요?"

오리 구이를 먹기 좋게 발려 빈 접시를 채우던 금혜지가 가벼운 말투로 묻자 무적초자의 눈이 옆으로 째진 느낌이 들었다. 그가 장난스런 생각을 할 때 흔히 짓는 표정이었다.

"겔겔겔. 소리가 들려, 죽어가면서 질러대는 소리가 들린단 말이야. 덫에 걸린 짐승처럼 마음껏 괴로워하면서 죽으렴. 칼을 든 놈들은 모두 죽일 놈들이야. 죽어도 싼 놈들이란 말야!"

갑자기 미친 것처럼 눈을 희번덕거리며 소리를 지른다.

금혜지와 홍자려가 놀란 눈으로 그를 보자 무적초자가 겔겔거리며 웃음을 터뜨렸다.

"사람을 죽인다는 것은 언제나 재미가 있어. 짐승들은 삑 하고 죽거나 꽥 하고 죽는데 사람의 비명 소리는 무척 다양하거든?"

'미, 미쳤어!'

무엇 때문일까? 대체 어디서 자극을 받았기에 농담 같지 않은 농담을 하는가.

"왜, 이상하냐? 노부가 미친놈처럼 보이지?"

"아, 아녀요. 할아버지께서 미치다니요? 사람이란 속이 터질듯 답답하면 가끔씩 미친 척하기도 하잖아요?"

진심은 아니었다. 그러나 어떻게든 노인의 발광을 억제하려는 금혜지의 안간힘이었다.

"케케케. 아니다, 얘들아. 난 미쳤어. 그래서 말이다, 노부가 한 가지 제안을 할 테니 들어주겠냐?"

"어머? 저희들이 들어줄 수 있는 것이라면 못할 게 뭐가 있겠어요? 그렇죠, 언니?"

금혜지가 홍자려에게 동의를 구하자 그녀가 마지못해 고개를 끄덕였다.

"그래, 우리가 할 수 있는 일이라면……."

"겔겔. 물론이다. 너희들은 할 수 있어. 그게 말이다……."

무적초자가 은근한 시선으로 두 여인을 번갈아 보았다.

"곧 만석이란 놈이 오거든? 아니, 노부가 부를 거란 말이야. 너희들, 홀딱 벗고 거꾸로 세상을 보는 것도 재밌잖냐? 그걸 보면 만석이 녀석도 아주 좋아할 거야, 그렇지?"

"깔깔. 농담이시죠?"

금혜지가 입을 가리고 웃었지만 홍자려는 웃을 수 없었다. 노인의 미쳤다기보다는 고집스런 눈빛. 그 눈빛은 지금 그녀들에게 선택의 여지가 없음을 알려주고 있었다.

완연한 봄을 맞아 산속의 계곡은 매우 청량했다. 수십 명의 무사들이 만석의 눈치를 보면서 앞장서 가고 있었지만 그 정도는 무시하면 그만이었다.

"대견 형, 참으로 좋은 날씨에 멋진 경치요. 그 무적초자라는 미친 작자가 살기에는 경치가 아깝소."

무진장이 손에 든 채찍을 흔들며 말을 건네자 뒤를 따르던 파하륵이 구릿빛으로 탄 얼굴에 빙긋 미소를 띠었다.

"하, 이 친구는 말도 없이 웃기만 하는군."

무진장이 어깨를 으쓱하며 머리를 저을 때, 갑자기 앞에서 비명 소리가 울리기 시작했다.

"이게 무슨 소리……?"

무진장이 발을 박차고 앞으로 달려나가려고 할 때, 그들의 뒤편에서도 비명 소리가 들리기 시작했다. 한두 명이 아닌 수십, 수백 명이 한꺼번에 내지르는 비명으로 세 사람의 귀청이 한순간에 먹먹하게 변할 지경이었다.

"저, 저건……?"

막 행동을 개시하려던 세 사람은 놀라 그 자리에 우뚝 멈춰 섰다.

수림을 통과하던 사람들이 한꺼번에 검은 가지에 휘말려 피를 빨리고 있었으며, 윙윙 하는 소리에 눈을 올려다보니 수를 헤아릴 수 없는 주먹만 한 혈봉(血蜂)들이 새까맣게 하늘을 덮고 내려오고 있었다.

"이익! 이놈의 미물들!"

"죽어랏!"

중인들이 힘을 합쳐 장력을 쏘아대고 병장기를 휘둘렀다.

그러나 뒤로 퉁겨난 혈봉들은 튀어나간 속도의 배 이상의 빠르기로 중인의 머리 위로 덮쳐들었다.

"아, 아아……!"

누군가의 비명 소리인 줄은 모른다. 다만 절박한 위험, 그의 목소리에는 경각에 달린 중인의 목숨을 반영하고 있었다.

"저, 저……?"

알지도 못하는 사이다. 하지만 수많은 사람들이 한꺼번에 죽음의 위기에 봉착하자 무진장과 파하륵은 안타까움에 발을 동동 굴렀다.

그때, 만석의 눈에서 번갯불 같은 안광이 뻗쳐 나가며 손에 든 몽둥이가 기이한 호선을 그렸다.

가히 수백, 수천 줄기의 백색 광망이었다. 세상의 모든 그림 자를 한순간에 지워 버릴 듯한 광망. 그 광망이 일시에 씻은 듯이 사라졌을 때, 바닥에는 혈봉이 산더미처럼 쌓여 있었으 며 줄기가 남김없이 베어져 나간 흡혈목의 가지들이 지면 위 에서 부들부들 떨고 있었다.

중인들이 멍한 정신을 막 수습하고 만석을 향해 눈을 돌렸 을 때, 그의 신형이 번뜩하니 사라졌다.

"어, 어디로 갔지?"

"으아악!"

만석이 올라간 산중턱. 바위 뒤에 은신해 있던 두견은 들고 있던 피리를 떨어뜨리며 바닥에 나뒹굴었다.

그의 양쪽 팔은 이미 어깨에서부터 깨끗하게 잘려 나가고 없었다. 공포에 질린 두견의 눈동자가 아직도 더운 피를 왈칵왈칵 쏟으며 꿈틀대는 자신의 팔들을 담았다.

"어, 어떻게 나를 발견했지?"

"무릇 모든 물체는 자신만의 고유한 기운을 갖고 있지. 네가 아무리 바위로 화했어도 바위의 기운과 완벽히 동화되지 못했다."

"크흐흣. 그랬어. 내가 너를 얕본 것 같아."

"그렇게 자책할 것은 없다. 곧 너의 주인도 네 뒤를 따라 갈 테니까."

"내 주인? 무적초자 말인가? 아냐. 그분은 인간이 아니야. 구름 속에서 노니는 신선이란 말이야."

"자네는 잘못 알고 있어. 지상에 발을 듣고 있는 한 신선은 없어. 자, 죽기 전에 말해보게. 그는 어디에 있지?"

"이놈아! 어디긴 어디야. 네 머리꼭대기에 있다."

수백 장 멀리에서 들려오는 심령전음. 아니, 마음만 먹는다면 소리만으로 절정에 달한 무인을 죽일 수 있을 것이다.

"좋소. 기다리시오!"

만석이 나직하게 대답하는 순간 이미 만석의 신형은 산 정상에 도달해 있었다.

"아, 아니, 저건?"

언제나 담담하던 만석의 입에서 경악성이 터졌다. 거의 십 장은 될 것 같은 장송의 꼭대기. 그 가지에는 벌거벗은 여인 둘이 거꾸로 매달려 있었다.

"타핫!"

한눈에 그들을 알아본 만석이 다급히 발을 박찼다.

'주, 죽었어……'

그녀들을 잡을 때 만석은 알았다, 두 여인의 몸에는 미미한 온기만이 남아 있다는 것을.

"곌곌곌. 노부가 네게 주는 마지막 선물이다. 죽어서 거꾸로 매달려 있는 정혼자와 정인을 보는 재미도 쏠쏠할 거야."

허공에서 번뜩 나타난 머리통이 장난스럽게 웃고 있었다.

어쩌면 주노와 상당히 닮은 얼굴. 만석은 더 이상 말할 기력이 없었다. 세상이 송두리째 무너져 버리는 기분은 만석을 지독한 분노로 몰아넣고 있었다. 그러나 마지막 남은 이성의 끈이 발작하려는 만석의 마음을 억눌렀다.

"으으음. 하나만 물어봅시다. 백여 년 전에도 당신은 마음만 먹으면 무림을 정복할 수 있었소. 그런데 왜 이제 와서야 이런 짓을 한 것이오?"

"곌곌곌. 무림정복이라고? 그게 무슨 재미가 있어? 난 사람들이 죽고 죽이는 것이 너무 재미있어. 너도 생각해 봐라. 난 신도 아니지만 더구나 인간도 아니다. 죽고 싶어도 죽지 못한

단 말이야. 사람은 어차피 한 번은 죽어. 그런데 죽지 못하는 내가 얼마나 괴로운지 알아? 난 죽지 못해 지겨웠어. 그래서 어차피 한 번은 죽는 놈들을 상대로 장난을 했을 뿐이다.”

“장난… 장난이라고?”

만석은 아예 허탈해져서 아무런 생각도 할 수 없었다. 어찌 미쳐도 이렇게 미칠 수가 있단 말인가. 세상을 뒤엎는 힘을 가진 자가 미치면 수많은 사람들이 고난을 겪어야 한다.

“겔겔. 너도 상당한 경지에 오른 것 같구나. 조금만 있으면 너도 내 마음을 이해하게 될 거야.”

“개소리! 죽지 못해 괴로웠다고? 좋아, 그럼 내가 당신을 죽여주지! 진짜 죽음이 뭔지 당신에게 보여주겠단 말이야!”

만석이 몽둥이를 치켜들자 약간 굳은 얼굴이 된 무적초자가 지게 작대기를 손에 들었다.

“세상의 악이여, 가라! 천뢰(天雷)!”

만석이 마지막으로 깨달은 경지. 만석이 몽둥이를 하늘로 찌르듯이 던져 넣었다.

그러자 갑자기 하늘에서 태양이 사라지면서 세상천지가 두터운 어둠에 덮여 버렸다.

그리고……

번쩍! 꽈지직!

뇌성벽력이 공간을 찢어발기며 무적초자의 전신으로 떨어져 내렸다.

“어림없다, 이놈아!”

무적초자의 지게 작대기가 그제야 반응을 보였다. 단지 꺼질 듯 가느다란 선. 공간의 한 면을 잘라내는 희미한 선이 만석이 부른 뇌의 기운과 충돌했다.

푸썩!

마른 짚단이 지면에 떨어지는 소리. 다만 그 소리뿐이었다.

만석은 몸의 내부가 뭉텅 비는 듯한 강력한 충격을 받았다.

그 순간, 끈 떨어진 연처럼 곤두박질치며 만석의 신형이 까마득한 공간으로 떨어져 내렸다.

"크으으. 하마터면 진짜 죽을 뻔했어."

술에 만취가 된 것처럼 무적초자의 신형이 마구 비틀거리고 있었다.

"으헉!"

무적초자가 가까스로 신형을 바로잡으려고 할 때, 그의 마른 목을 우악스럽게 틀어잡는 손길이 있었다.

"너, 넌 금성혼?"

무적초자의 음성이 가차없이 떨려 나왔다.

"크흐흐. 그럼 누구겠소, 사형."

"으드득! 쥐새끼 같은 놈! 정면으로 상대할 자신이 없으니까 술수를 부려?"

"아니, 아니, 무슨 말씀! 저 만석이 녀석은 내가 키운 제자거든? 제자를 이용해서 당신을 죽이는 것이니 그리 욕먹을 일도 아니지, 안 그렇소?"

"케케케. 이놈아, 난 불사지체야. 네가 죽이고 싶어도 난 절대 죽지 않아!"

"천만에! 자, 당신의 목뼈가 부러지는 소리가 들리지 않소? 당신의 불사지체는 깨진 거야. 크카카카! 나는 이기고 당신은 졌어. 그 대가는 죽음이야!"

무적초자는 그렇게 목뼈가 부러져 허무하게 죽어갔다.

휘이이이!

한줄기 바람이 불었다.

금성혼이 광소를 날리며 멀어져 간 공간에는 오늘도 따스한 봄볕이 내리쬐고 있었다.

〈大尾〉

처음부터 끝까지 어려웠습니다.

평소 '글이란 살아 있는 생물 같아서 스스로 제 갈 길을 가는 것이다' 라고 생각해 왔습니다.

글 쓰는 이가 적당히 북돋아주고 물꼬를 터주는 역할을 하면 글은 자기가 갈 길을 찾아 물처럼 흘러간다고 믿었습니다.

글의 옆에서 북돋아주고 물꼬를 터주는 사람.

그러나 그 사람은 워낙 미숙한 데다 어리석어서 글의 진로를 막아서는 장애물이었습니다.

그럼에도 이 글이 완결까지 오게 된 것은 전적으로 애독자님들의 도우심 덕분입니다.

시장이 어렵다고 합니다.

작가와 출판사가 좋은 작품을 내야 시장도 살고 장르도 살겠지요.

처음 이 글을 출판할 때, 독자님들이 보신 다음 '돈이 아깝다'는 소리만 없다면 성공이라고 생각하였습니다.

이제 와서 생각해 보면 그 작은 소망마저 욕심이었습니다.

"있어도, 없어도 그만인 작품. 이것도 쓰레기였어."

허공답보가 그런 평을 듣고 있을지도 모릅니다.
그러나 저는 이 글이 마지막이라고 생각하지는 않습니다.
언젠가는 독자님들의 넘치는 사랑을 받는 작품을 가지고 다시
돌아오겠습니다.

끝으로 이 글이 나오기까지 노고를 아끼지 않으신 심재영 선생
님을 비롯한 청어람 관계자님들, 그리고 무엇보다 이 글을 애독해
주신 독자님들께 머리 숙여 감사의 말씀을 올립니다.
또한 묵묵히 저를 지켜봐 준 아내 형미, 그리고 우리의 두 아이
홍민, 설아에게도 사랑한다는 말을 전하고 싶습니다.

—여름이 오는 해변에서
배금산 올림.